沉月之鑰

水泉——著
竹官——繪

愛藏版・第一部・卷七

Content

〈畫夢 下部〉

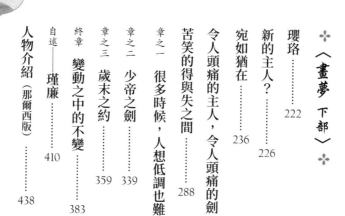

晝夢

中部

✣ 心上的想念

『你的好兄弟理論聽了真讓人心寒，除了好兄弟以外的人都可以捨棄，好兄弟又只有一個名額，而且已經決定了，這樣……你叫我到底該怎麼辦啊？』

『咦？我只是說好兄弟絕對不能捨棄而已，我沒有說要捨棄你啊！什麼怎麼辦啊，暉侍，你就這麼想要一個名分嗎？嗯——愛妃你對朕還有什麼不滿？難道想當皇后嗎？』

『咳咳，親愛的音侍，我們今天還沒有抽籤，誰是皇帝還是妃子尚未決定，不要自己決定之後就演起來了，這樣不公平。』

『什麼？還要抽啊？今天改成猜拳吧，猜拳至少還有贏的機會，抽籤我已經連中十次妃子啦！身心都不暢快！』

『猜拳啊？分出勝負要很久呢……話說回來，雖然我知道跳話題是你的習慣，但我剛剛的問題你就這麼不回應了嗎？』

『啊，什麼？』

『除了好兄弟以外，還有什麼比較高級的分類可以選？』

『如果照等級的話還有主人、喜歡的人、記得名字的人、女孩子跟小花貓。』

『噢，主人……』

『主人不能選！啊，女孩子你不能選啦！真是的，計較這種東西做什麼，為什麼一定要分類啊，擺在比較特別的位置，相處起來不開心的話也沒有用嘛！』

那個時候，他為了掩飾不小心說溜嘴的話而有點慌張，他則像是想到了什麼，輕輕一笑。

『說的也是。不要擺到特別的位置，或許也是好的吧。』

因為主人凌駕於其他所有的存在，未來早已能夠預見。

不要擺到特別的位置，不要特別惦記。

那麼，也就不會傷心了吧。

之一

可靠的好兄弟、永遠不會不耐煩的玩伴，

日子過得很美滿。

大家總是希望自己幸福快樂，

我想我的確幸福快樂。

雖然主人不太理我，好兄弟常常揍我，玩伴也偶爾會不能奉陪……

將身上的衣服卸除後，暉侍踏入了浴室，拿起水瓢便開始舀水沖洗。

雖然暉侍閣也有比較大的浴池，但沒有閒暇功夫慢慢泡的時候，他一向選擇在小浴室洗澡，一方面省麻煩，一方面也是數年下來的習慣。

即使是洗澡的時候，他也會思考很多事情。應該說這種自己一個人的時間，比較能靜下心來思考，所以不該浪費掉。

因為是晨浴，剛好可以用來想今天一整天要做的事情。身為侍必須處理的公務、西方城那邊的聯繫，通通加起來差不多白天就用光了——在將水淋上頭髮，順便檢查有沒有掉色時，他穩妥地安排著今天的行程，不過這冷靜的思緒很快就被外面由遠而近的聲音打斷。

「暉侍——暉侍暉侍！」

聲音主人的腳程很快，快到他腦中只來得及閃過「哎呀，音侍來了」並抓條布披起來，對方就已經毫不客氣地打開浴室的門，探了身子進來，還在看見他的時候眼睛一亮。

「啊，找到了！暉侍，今天天氣很好，我們一起去抓小花貓吧？」

音侍積極找人的時候，多半是為了玩樂，而只要是戶外玩樂，十次有九次都是抓魔獸。

「抓小花貓嗎？我也很想陪你去，但是我今天……」

暉侍露出了帶著歉意的苦笑，從他的話語中聽出婉拒的意思後，音侍立即慌張地展開說服。

「艷陽天耶！完全沒有下雨的跡象！小花貓們都會出來活動的，感覺比較有機會找到特別的小花貓啊！」

「話雖如此……」

「而且我覺得今天運氣一定會很好，我早上起床到現在都沒有碰見違侍，這一定是個好兆頭，跟我去抓小花貓嘛！」

暉侍認為沒碰見違侍跟運氣很好沒有多少關係，但他當然不會刻意糾正這一點。

「抱歉，音侍，我今天有很多事情要做，可能沒有辦法陪你去。」

不談其他瑣事，矽櫻交代下來的事情當然是要辦的，長老那邊約定好的聯繫也得進行，抓個小花貓大概白天就沒了，這樣的話，時間絕對會不夠用。

「咦？」

被他這樣直白的拒絕後，音侍眼中的光采立即就消失了，整個人從原本充滿期待的樣子瞬間轉為垂頭喪氣，如此大的變化，也讓暉侍眨了眨眼睛。

雖然溼淋淋的身體吹風有點冷，但現在好像不是個舀水沖暖身體的好時機。

「啊，明天天氣就未必這麼好了……」

音侍一面碎碎唸一面露出哀傷的表情，看起來還是不太想離開。

感覺應該已經被綾侍狠狠拒絕過，不然現在他早該急忙去糾纏綾侍了。瞧他這副沒有伴很難過的模樣，暉侍暗暗地嘆氣，面上則依舊維持笑容。

「好吧，那我陪你去，今天會有什麼樣的小花貓，還真令人期待呢。」

有些事情可以明天做，有些事情勉強可以晚上做，而某些不能拖延的事情，就得靠他想出個好理由推拖了。

雖然有點麻煩，但應該還應付得過去。在心中盤算過、做出這樣的結論後，暉侍改口答應了音侍的邀約，也如預期地看到音侍恢復精神。

「太好了！暉侍你是個好人，不像老頭那麼狠心，那我們快走吧——」

「……音侍，我認真地問你一句，不管是誰在洗澡，你都會毫無障礙地跑進浴室找人，然後抱住這個還沒洗完澡的人要拉他外出嗎？」

對於一開始音侍闖入浴室，到現在熱情地抱住他，無視他頭髮還在滴水、也還沒換上外出的衣服，就要把他拉出去的行為，暉侍不得不心情複雜地問一句。

東方城的風氣應該沒這麼開放，開放、或者說是少根筋的，大概只有音侍本人吧。

「啊，什麼？噢，你在洗澡啊？」

音侍的話語顯示他根本沒弄清楚人事時地。

「那我出去等你，要快一點。」

就算發現他在洗澡，被點出擅闖浴室，音侍仍然無所動容，好像不覺得這會怎麼樣。

所謂的少根筋就是這個樣子嗎？

反正不管音侍給他什麼樣的驚奇，他都會視為生活樂趣然後默默接受。

這種突發變故其實也挺有意思的，而現在他需要做的，就是在音侍又失去耐心再度闖進來之前，快速沖一沖整理好出去。

至於洗澡時照鏡子自戀一下的嗜好，大概也得犧牲一天不做了。

「暉侍，你穿個衣服好久，穿那麼麻煩做什麼？」

音侍在旁邊看暉侍套外衫、綁帶子的時候，彷彿內心充滿納悶，所以問出了這樣的問題。

「出門就該好好打理衣著，就算是去虛空一區也一樣，這樣對小花貓才不失禮。」

配合音侍的思考說一些胡話，對暉侍來說沒有任何難度。

「啊，還是你考慮得周到！還好綾侍幫我整理過衣服了，這樣跟小花貓約會就沒問題啦！」

音侍聞言頓時恍然大悟，也沾沾自喜了起來，不過他這番話讓暉侍略感鬱悶。

跟小花貓約會？小花貓？不是跟我，是跟小花貓？還是我也是小花貓？

雖然很介意，但如果要問出這種問題，並希望音侍給個認真、正常一點的答案，那恐怕是不太可能的，他心知肚明，便不做這種多餘的事了。

「好了，我們出發吧。」

「出發——」

抓小花貓這種事情，不需要特別準備什麼。食物誘餌，網子之類的東西，通通都不用帶，只要打起精神提起勇氣，拿自己的所有技藝去應對就是了。
因為所謂的小花貓並非真正的可愛貓類，而是凶猛具危險性的魔獸。
想起剛開始相處時的點點滴滴，暉侍一方面覺得懷念，一方面也因為記憶而莞爾。
如果說離鄉背井來到這裡，自我調適中有什麼額外的收穫，他想，認識了這個人，鐵定是其中之一吧。

之二

原生居民是很短命的生物，
就算沒碰上意外，也比養得好的小花貓短命。
我要花好長的時間才能記得一個人的臉跟名字，
然後要花更長的時間才能將一個人徹底忘記。
我告訴自己原生居民是不行的，
但為什麼他們每一個都是原生居民……

剛成為「暉侍」，進入神王殿的時候，他所要面對的第一個考驗，就是如何在這個陌生的環境生存、找到適合自己的定位——儘管他是侍，理當與另外四個原有的侍平起平坐，但在這之前他只是個平民，如今的「同事」原先可是他難以靠近的大人物，那麼，做好人際關係是必須的。拉攏對他有敵意的人，塑造自己無害可親的形象，然後保持距離冷靜地觀察其他人，若能做好這幾點，大概也就足夠了。

想要接近權力核心，取得想要的情報，穩固神王殿內的人際關係是必須的，對於另外四個侍，他也做了簡單的分析。

珞侍只是個孩子，單純而容易信任人，善良可愛，基本上暉侍也屬於那種會被外表打動的人，所以看到珞侍就會情不自禁地想照顧他。由於珞侍看起來什麼也不知道，他們之間的關係可以不摻入複雜的心機，這是個不錯的狀況。

主要負責政務的違侍，是個即使投其所好想拉近關係，也會因為對方臉皮薄而造成反效果的人，要想從這裡下手可能有點難度，除非他可以變成像珞侍那麼可愛的小孩模樣……但這當然是不可能的，所以，維持表面和平就好。

感覺上應該知道最多事情的綾侍，不只外表看起來難以親近，骨子裡也一樣難以親近。要不是看到他對音侍特別包容忍耐，暉侍真的會以為他是個完全冷情的人，不過就算知道這一點也沒有用，看在綾侍眼裡，他只是個外來者，那拒人於千里之外的態度表達得相當明顯，毫無空隙可鑽。

至於音侍，他就有點摸不透了。

常常不待在神王殿的音侍，跟他沒什麼接觸交流的機會，碰面打招呼的態度感覺似乎只把他當成路人，過了好幾個月才喊得出他的名字。音侍幾乎不經手政務，矽櫻對他百般容忍，這些線索拼湊起來，就構成了神祕且深不可測的印象。

儘管音侍常常做出奇怪的言行舉止，但在「深不可測」這個印象之下，他也只能疑惑地將之歸類在大智若愚，事後得知自己錯得離譜時，他頓時感嘆外表詐欺，以及自己疑心病太重。

他跟音侍一直維持著認識但不太熟的關係，直到遭遇西方城刺客入侵神王殿的事件。

從音侍掌心延伸出去的劍刃，讓他聯想到了什麼，但一時之間沒有抓住那個頭緒，反倒是音侍開始煩惱搞砸了事情後，他順著隨口說了一句不會告訴綾侍，立即就收到了音侍感激的眼神。

好像是因為這件事情，音侍便對他產生了友好分數，給他貼上了好人標籤，甚至過了幾天還主動來邀他出去玩。

這麼快的進展讓暉侍有點錯愕，他們不過前幾天說了幾句話而已，忽然就變成可以一起出遊的交情，這使他覺得說不定出遊只是藉口，實際上音侍有別的目的。

不管有什麼目的，眼前這一關都是得過的，如果可以順便加深關係，對自己應該也有利——那個時候他抱持著這樣的想法，微笑著答應了。

「好是好，不過……要做什麼呢？」

「去抓小花貓！很有趣的，如果有你喜歡的，也可以順便抓回來喔！」

這個出遊目標乍聽之下有點不明，不過既來之則安之，暉侍在研判自己搞不懂後，決定見招拆招，去看看再說。

「啊，你沒有問題的話，我們出神王殿就直接用挪移的術法過去吧，我可以帶你一起。」

音侍親切熱心地這麼表示，於是他也錯失了在出發之前先得知地點的機會。

「嗯，那就麻煩你了，音侍。」

還沒成為侍的時候，他聽過最多次，音侍在平民之間最有名的特徵，除了那張俊美得讓人嫉妒的臉孔，就是不知是真是假的純黑色流蘇了。

體驗過定位後位置準確的大距離挪移，以及見識過日前音侍的殺人手段，暉侍認為音侍的實力應該不假，只是，在看清楚眼前的景物，並在腦中核對後，即使他一向面對任何事情都十分鎮定，仍因身處的位置而傻眼。

「好——！開始尋找可愛的小花貓吧！」

「音侍……這裡是虛空一區嗎？」

和音侍那精神滿滿的聲音完全不同，暉侍問問題的聲音略帶遲疑，實在不明白為什麼自己會被帶來這裡。

「嗯？當然是虛空一區啊！」

得到音侍肯定的答覆後，暉侍看了看周圍，再看看自己身上的紫色流蘇，沉默。

我哪裡得罪了他嗎？還是為了滅口，刻意帶我到這裡來讓我死啊？

雖然表面上掛著紫色流蘇，但這只是他保留實力沒去升級的結果，要在虛空一區保命還是做得到的，不過，若音侍要直接出手對付他，狀況可就不同了。

想歸想，音侍畢竟沒有真的動手，兩人之間的氣氛也十分和平，所以他只能抱持著對此行的疑惑，繼續發問。

「你不是說要抓小花貓嗎？小花貓……在哪裡？」

聽他這麼問，音侍很愉快地指向前方那群正在彼此惡鬥嘶咬的凶猛魔獸。

「小花貓！」

暉侍已經不指望能得到什麼正常答案，然而如此驚世駭俗的答案仍使他腦袋裡有什麼東西破碎了一下。

他不曉得該破碎的是自己的價值觀還是對音侍的評價，當下他盡量讓自己露出最自然溫和的笑容，對音侍點了點頭。

「噢，真的，是小花貓呢。」

他一定是在考驗我，冷靜。失去理智質疑一切的合理性就暴露出我的不安了，不管是什麼考驗都放馬過來吧，我怎麼可能這麼輕易就動搖？

「我們找一隻最可愛的帶回去吧！這次一定要抓一隻綾侍也喜歡的！」

音侍見他「進入狀況」，顯然很高興，抓起他的手就跟他手牽手朝著魔獸們的方向奔進。

要直接衝撞過去嗎？

不迴避一下繞路，就這樣直接衝撞開路？

儘管內心勸自己淡定，但暉侍仍然在己方距離與魔獸群越來越接近的情況下不斷在心中質疑。

這種快速自主投奔死亡的感覺使他隱隱地胃痛，什麼都不做、也什麼都不問，就這樣交給音侍處理，真的是沒有問題的嗎？

「——音侍，你不覺得我們正在前進的路上那群小花貓很擋路嗎？」

能夠熟練無排斥地使用新學到的名詞，一向是他自豪的優點，不過，因為心裡的緊張，即便他的神情沒有半分慌張，他問這句話的時候仍急促了點。

「噢，那個啊，沒有問題的，從中間通過就可以了，小花貓很乖的，不必在意。」

不必在意。

暉侍整個無法分辨音侍想給自己的考驗是什麼。

是看出真話假話的能力？

對新來的同事建立權威，測試他對自己的服從度？

看穿了這個新同事是西方城的間諜，想讓他嚇破膽自己招認？

單純測試他的實力與臨場反應能力？

如果他沒做過虧心事，一切問心無愧，或許不會產生這麼多念頭，偏偏他就是心中有鬼，想相信音侍毫無心機實在很難。

而在正面衝撞魔獸群之前，音侍忽然像想到了什麼一般，停下了腳步。

「啊，我忘了，你是暉侍，而且還是原生居民，不是刀槍不入的老頭，那應該不會跟搔癢一樣……好吧，不然繞個路好了，難得有願意陪我來抓小花貓的人，可不能就這麼死了。」

這段話暉侍那時候大概有一半聽不懂。

所以我通過考驗了？你改變主意不要我死啦？

摸不透音侍心思的感覺，使暉侍覺得很不安定，這樣被音侍隨心所欲地拉著到處跑，又不明白到底要做什麼，時間的流動彷彿也漫長了起來。

「暉侍，你覺得那隻小花貓看起來怎麼樣？」

指著右前方毛長到蓋住軀體所有部分的大型魔獸，音侍回頭這麼問暉侍，這又使暉侍陷入了剖析狀況的難題。

表情看起來很喜歡的樣子，所以我附和說很棒就可以討他歡心吧？

還是這是個陷阱，他打算等我說看起來不錯之後再變臉批評我有毛病？

或者只是單純考驗我的審美觀？

音侍看似單純而隨口問出的一個問題，在暉侍看來，隱含著重重玄機，根本不知道該怎麼回答，因為回答後會得到的反應，他完全無從預測。

「暉侍，你怎麼不回答啊？」

音侍等了幾秒沒得到答覆，頓時有點疑惑。對他來說看起來順不順眼、可不可愛，應該是一眼就能定生死的事情，暉侍停頓這麼久讓他不太明白，所以又追問了一句。
「噢，還真是隻長毛貓。」
因為不得不交出一個答案，暉侍只好選擇一個不帶個人喜好，純粹陳述事實的回答方式。
「那你覺得抓這隻怎麼樣？」
音侍笑容滿面地接著問出這句話，使暉侍有點無言。
怎麼樣？還能怎麼樣？你想抓就抓，為什麼就是要我給意見？你果然有什麼陰謀嗎？
「你喜歡這隻？」
最後他決定笑著把問題丟回去，看看音侍會如何應對。
「喜歡啊！牠那身毛！那身毛啊！我覺得可以打很多蝴蝶結，編很多花樣，打扮成超有特色的小花貓！帶著在路上走一定很風光，沒有人會不回頭的！」
「……」
暉侍的笑容定格。
這種時候到底應該說什麼呢？
原來你知道蝴蝶長什麼樣子啊。
你已經暴露出你知道蝴蝶長什麼樣子了，那你還要繼續假裝眼前的生物是小花貓？
不，你真的知道蝴蝶長什麼樣子嗎？
暉侍發現自己的思考漸漸歪曲，被誘導往「音侍就只是個沒神經的白痴」這樣的方向，意識到這一點，他連忙提醒自己不要失去警覺心。

再怎麼說也是東方城的侍，不可能是個簡單人物，我不能這麼快就下定論。

所以，他今天的目的到底是什麼？

「那我們就來抓這隻吧！附近沒有別隻，這樣比較簡單，暉侍，你協助我逮住……啊，你會什麼？」

暉侍正覺得想協商合作方式的音侍看起來總算有幾分正經時，音侍就劈頭問了他這麼一個問題。

「劍術。」

純粹想像的基礎幼時就被抹殺殆盡的他無法學習術法，符咒也不太上手。劍術可以被包含在武術範圍內，魔法跟邪咒則是打死都不能說出來的祕密，因此，以一個「東方城原生居民」的身分，他只能這麼回答。

「咦？術法呢！符咒呢！你不是侍嗎！怎麼都不會？那魔法跟邪咒呢？」

音侍一聽之下有點焦急，而他沒經思考就脫口而出的話語，也使得暉侍嚇了很大一跳。

「……音侍，你在開玩笑吧，魔法跟邪咒我怎麼可能會？那是落月的東西啊。」

該不會真的看穿我了吧？想藉機套話？

「啊，對喔。」

被他提醒後，音侍馬上沮喪了起來，只得重新思考工作分配。

「那只能我一個人抓了，拿劍會傷到小花貓的，萬一誤殺了就沒了，要找一樣的可不容易，這身毛不曉得養多久才能養到這樣呢。」

沒套到話也不露骨地逼問，而是立即轉移話題，到現在還是想讓我鬆懈嗎？

暉侍心裡驚疑不定的狀態依舊，不過就算如此，表面上還是得演下去。

「我可以為你加油，不過抓到以後你要怎麼帶回去啊？」

「啊，可以挪移到資源一區再騎回去啊，這不成問題啦。」

其實現在不管音侍說出什麼話，暉侍都覺得自己不需要吃驚了。

反正就是為了動搖我的心神，讓我露出破綻，才故意如此誇張的吧？這樣的話，吃驚不就著了你的道了嗎——從以前到現在從來沒信任過任何人的他是這麼想的。

接下來的事情不關他的事，反正站在旁邊看音侍突襲壓制那隻長毛魔獸，直到魔獸屈服哀鳴就是了，瞧他那麼認真在抓魔獸，暉侍也不由得懷疑起自己的判斷力。

是我想太多了嗎？他真的只是想抓魔獸而已？

但為什麼要找不怎麼熟的我一起來？明明自己一個人也抓得了不是嗎？

暉侍正疑惑著，眼前的狀況又生變。

如同變戲法一般，那隻屈服於音侍的魔獸忽然打個了噴嚏，全身的毛就這麼掉光了，目睹這一幕，音侍瞪大了眼睛，然後發出了理想幻滅的哀號。

「毛！我理想中的毛！全都沒了——！」

這種情況一樣不在暉侍的預想內，而他還沒做出反應，音侍就解開對那隻魔獸的束縛，接著轉身朝他跑過來了。

「暉侍──牠明明沒有穩固的毛卻欺騙我的感情！」

「冷靜，你冷靜一下……」

「沒有毛我就不要了！啊，全裸之後根本一點吸引力也沒有！」

「好，我了解，不過……」

「可惡，今天的小花貓運到底在哪裡！啊，暉侍，你要不要也挑一隻喜歡的？我可以幫你抓。」

你話題也跳得太快了吧……？

被音侍抓著肩膀搖晃的暉侍正在平衡自己體感的時候，一下子又聽到這個問題，腦袋幾乎要轉不過來。

「總之我今天不抓了！可是這樣很空虛，特地跑出來一趟卻什麼收穫都沒有，還是幫你抓一隻回去紀念吧，你看怎麼樣？」

音侍對想抓的魔獸不合理想的憤怒只持續了幾秒，似乎是找到了新的目標，他的注意力在這幾秒之間就轉移到了暉侍身上。

剛剛是測試我的審美觀，現在又是測試……？難道他想從我接不接受他的提議來評斷我是不是能拉攏的對象？神王殿裡有派系鬥爭嗎？我是不是對東方城的情況還不夠了解？

被音侍搞得越來越混亂的腦袋完全喪失了正常的運作能力，暉侍在心中滿是問號的情況下把事情想得越來越嚴重，整個人無所適從。

「抓一隻？也不是不可以……」

暉侍覺得自己開口說話的時候，其實根本已經搞不清楚說出來的是什麼了，他從來沒遇過這種人，好像所有的推算都會失誤，所有的揣測都摸不著邊，狀況也不在他的掌握中。

「那好，我們趕緊再去找其他的小花貓吧，時間也不早了，太晚回去綾侍又要多問——」

「如果要直接回去我也……音侍！後面！」

由於兩個人中一個情緒激動，一個心神不寧，以至於後方那隻被音侍抓住又放開的魔獸朝他們撲襲過來時，他們居然沒有第一時間察覺。

在暉侍警覺他們遭遇攻擊時，當下直接的反應就是把音侍推開，然而這麼做的後果就是使自己成為首當其衝遭受攻擊的目標。因為來不及拔劍，為求自保，他下意識就使出了魔法抵禦，接著便因為注意到自己用了魔法而腦袋一片空白。

糟了，音侍還在旁邊，我怎麼會……

怎麼辦？難道該祈禱他看不出這是魔法？

「啊，暉侍，剛剛你用了魔法？你不是說你不會嗎？」

很可惜他的祈禱沒有奏效，音侍一眼就看出了他用的招數，因而面露訝異。

「那是……」

他想要硬扯個解釋出來，但他完全忘了這不是個適合停下來講話的時候。

「暉、暉侍！」

音侍的驚呼與襲上胸口的劇烈疼痛是同時發生的，他這才想起自己忽略了面前的危險，忘記凶惡的魔獸還在身前。

重傷失血的暈眩感中，他彷彿看到金光爆起，連帶著魔獸的哀鳴。

然後，他就什麼也不知道了。

暉侍在一片黑暗中朦朧地覺得好像可以聽見什麼聲音，這種似醒非醒的感覺讓他有種必須一直跟自己的意識搏鬥的感覺，十分疲憊。

儘管他反射性地想清醒過來，卻又因為估測不到醒來後要面對的是什麼樣的糟糕情況而想逃避現實。

明明已經做了心理準備，也一再提醒自己小心警戒了，為什麼還是露餡了呢？

果然音侍是個不可小看的人物，那誇張又特立獨行的言行也確實達到了混淆視聽、動搖人心的功效？

西方城探子的身分如果被發現，會被如何處置？

暉侍在一片黑暗中掙扎著思考這些問題，雖然他早就知道接下這種任務來到東方城，最後一定不會有什麼好下場，但他還是不由得想起離開故鄉後就無緣見面的弟弟，以及其他很多很多會留下遺憾的事情。

然而在他醒來的時候，情況卻不像他想的那麼糟糕。

他躺的地方是熟悉的暉侍閣，不是哪個審判罪人的房間或者地牢，身上也沒有任何的疼痛感，除了一種剛睡醒的昏沉無力。

起身詢問走廊上的僕人後，他得到了幾個消息。像是他的傷口已經經過矽櫻的治療，所以才會消失，而在他昏迷的時候，有幾個侍來探望過——這樣聽起來，事情應該還沒有揭穿，只是他猜不出原因。

如此看來，可能只有當面問音侍才能得到解答了，比起耐心地等待音侍自己來找他，他想一想還是決定單刀直入去音侍閣找人，畢竟處於被動的立場會讓他情緒浮躁，早點知道比晚點知道好。

不過，暉侍才剛走到音侍閣外的廊道，就陷入了困擾中。

因為之前沒什麼交情的關係，他從來沒去過音侍閣，哪個通道能走，哪個通道不能走，由於現在乍看之下沒有任何標示，所以他解讀不出來。

沒有留標示的話，是現在不想被打擾？不歡迎訪客，不讓人進去嗎？

大白天沒什麼事情，為什麼不讓人進去？還是他根本不在裡面？

「你在這裡做什麼？」

想事情想得太認真的情況下，暉侍完全沒注意到有人接近自己，算一算這已經是短期之內不知道第幾次失去警戒，嚇一跳的同時，他也調整好表情面對眼前的人了。

忽然出現在這裡的人是綾侍，不曉得是恰好路過還是有事要找音侍，那張足以使人讚嘆的美麗臉孔一向帶著嚴肅的神情，此刻也不例外。

「我想找音侍，但不知道該怎麼進去。沒有標示是不是代表他現在在忙呢？」

綾侍跟音侍比較熟，這點暉侍是知道的，抱持著問綾侍可能可以得到解答的想法，他開口詢問。

術法、符咒基礎不好的他無法隨便動用魔法跟邪咒，在沒標示的情況下實在看不太出來哪條通道沒有防護機制，隨便亂闖可是會死人的。

「他沒有什麼要忙的正事。你找他有什麼事情？」

綾侍對他的態度總是這樣淡漠，他對大部分的人都是這種態度。他要找音侍的真正原因不可能告訴綾侍，要是只說想詢問自己受傷後發生了什麼事，大概又會被質疑這種問題問誰都可以，不必特地來問音侍……

腦中轉過這些思緒後，暉侍微笑著說出了擬訂好的答案。

「我對小花貓有點興趣，音侍之前應該也抓過一些，不曉得養在哪裡，開不開放觀賞，所以我打算拜訪他討論一下。」

聽完他的答案，綾侍看他的眼神立即出現了變化——變得十分異樣。

如果原本綾侍只當他是個不想深入接觸的普通人，現在這眼光看起來就是把他當成腦袋有病的異類了，甚至在沉默幾秒後，綾侍還難得地以關心為動機對他說出了十分失禮的話語。

「你……頭腦沒出問題吧？王血治療出了什麼錯嗎？但是聽說傷到的是胸口不是頭部，還是這消息有誤？回去躺一躺休息久一點說不定就會改變想法，你讓你的頭腦沉澱清楚再來吧？」

從這番話，暉侍可以得到綾侍真的很擔心他的精神狀況這樣的結論。忽然得到這樣的關心不曉得該不該說受寵若驚，但他現在腦袋確實十分清楚，他只是想見音侍一面而已。

「嗯？感謝關心，但我現在覺得很好，沒有什麼不正常的地方啊，對小花貓有興趣有哪裡不對嗎？」

「與其說是關心，不如說我不樂見可以用的人又少一個。打從你如此自然地使用小花貓這個名詞來稱呼魔獸，就可以證明你跟音侍一樣腦袋有洞了，你明明已經親眼見過那是什麼生物而且還險些因此而死不是嗎？」

雖然過去跟綾侍沒什麼交集，不過暉侍知道他是個很敏銳的人，這話透露出懷疑他隱瞞了什麼的意味，卻也讓他聽出弦外之音。

音侍腦袋有洞。從綾侍口中毫不掩飾地出現這樣的批評，似乎不能看作毫無根據的毀謗，但他還是無法輕信。

真的是這樣嗎？身為一人之下，萬人之上的侍，不只不務正業惹是生非，還能得到女王的關注與包庇，而這一切並不是用來掩飾他深藏不露的內在，事實上就像表面呈現出來的一切，他就只是腦袋不正常？

這可能嗎？

「雖然魔獸是充滿危險性的生物，但卻可以被音侍捕捉回來飼養，我對其中的奧妙感到好奇，很有探究的慾望，至於小花貓這個名詞……我覺得這樣稱呼也挺可愛的，應該沒有關係吧？」

暉侍做出了證明自己腦袋清楚的解釋，只是這樣的解釋也只有讓綾侍看他的眼光從「異類」減輕為「怪人」罷了。

「你如果想進去，我可以帶你進去。發現有人願意跟他組小花貓同好會的話，他說不定會很高興呢？」

綾侍說這話的時候語帶嘲諷，而重要的是他願意幫忙帶路，暉侍當下道了謝，就跟在他後面進了音侍閣。

「啊，綾侍——！你知道我無聊所以來看我了嗎——？」

還沒走進音侍所在的房間，房門就在音侍激動的聲音中打開了。

「不是。我只是把暉侍帶進來而已，沒有標示他不會走，你這個白痴。」

綾侍一見到音侍就冷著臉直接罵人，這讓音侍有點受傷。

「咦？反正你會走啊！」

「我會走又怎麼樣？這跟別人會不會走有什麼關係？」

「也只有你會來啊！」

「……你到底為什麼可以這麼肯定？」

「啊，多少年來不都是這個樣子嗎？除了你，誰會來找我啊，連櫻都不會來！」

暉侍覺得，從剛剛到現在，自己的存在似乎徹底被忽略。

他們講起話來好像就當四周沒有別人了，這種狀況下，到底要出聲顯示自己的存在，還是默默等他們結束，因為對兩人的了解都還不夠，他一時之間有點難以下決定。

「進來打掃的僕役已經到我那裡陳情過很多次了，你到底什麼時候才要做出清楚的標示？連這點小事情都不肯好好做嗎？」

「啊，說什麼打掃，他們都亂動我的東西，常常放得我找不到在哪裡！提到這個我就生氣！」

「那只是為了讓你有整潔明亮能夠見客的廳房吧？」

「不就說了除了你根本沒有人會來嗎！是要給誰看啊！」

暉侍認為自己被忽視的感覺已經獲得了證實。而沒等他感嘆完，綾侍就尖銳地反駁了。

「我一開始就說我帶暉侍過來了，你現在是間接表示你不把他當人看？」

綾侍的話語與其說是幫他爭取人權，還不如說是絲毫不在乎他的感受。

「啊？暉侍？哇！真的！是暉侍！你也是知道我被禁足無聊得要死才來找我的嗎？」

音侍的視線總算聚焦到他身上了，他不曉得該不該感到安慰。

「被禁足？」

這件事情暉侍不曉得，所以他好奇地問了一聲。

「因為他把紫色流蘇的『原生居民小孩』帶去虛空一區還讓他受了重傷，櫻罰他禁足十天。」

綾侍瞥了暉侍一眼後，代為回答了這個問題。

「啊，什麼小孩，沒那麼小吧，他比小珞侍大隻啊。」

「不管他是小孩還是少年，那根本就不是這件事的重點。我要走了，你們慢慢分享小花貓的事情吧。」

由於不想再跟音侍糾纏下去，綾侍草草留下這麼一句話，也不等音侍接口，就自行轉身離開了。

「怎麼這麼快就走了——！啊，等等，什麼小花貓啊？暉侍，綾侍他說什麼小花貓？」

原本想追上去的音侍因為忽然意識到某個關鍵字而停下了他的腳步，暉侍則立即混過這個話題。

「沒什麼，音侍，我有事情想跟你說，我們……可以進去談嗎？」

「啊！」

一聽到這樣的開頭，音侍馬上臉色大變。

「你……你該不會是要跟我告白吧？」

「……告白？」

暉侍一瞬間又無法理解他的思考是如何跳到這上面的了。

「因為有很多女孩子對我說過很像的話，接著就說喜歡我，我本來以為只是朋友的喜歡，但綾侍卻跟我說不一樣——我只要笑著回答我喜歡她們跟喜歡小花貓一樣，她們就會難過地跑走，搞得我現在遇到告白都很煩惱，你不會也這樣吧？」

他對發生在音侍身上的這些孽緣不予置評，卻起了點玩心。

「如果我說是呢？喜歡你會造成你的困擾？沒試過你怎麼知道困不困擾？」

「咦——你還真的喜歡我嗎！」

音侍現在面上的神情如果一定要找句話來形容，就是天崩地裂。

「可是我已經有好兄弟了啊！好兄弟只能有一個的！」

為什麼只能有一個？如果一定要按照字面上的意思，應該有一兄一弟才剛剛好啊？綾侍到底是你的好兄還是好弟？

雖然聽不太懂，暉侍還是順著他的話接了下去。

「我可以排隊候補，我不介意。」

「啊，你說什麼？問題是，應該等你排到死、骨頭都長毛了也排不到吧！你根本不可能活那麼久啊！」

從音侍嘴裡說出來的話，十句大概有四句是無法讓人一下子就聽懂的，這句話就是其中之一，這下子暉侍也有點犯愁——當然，愁的不是骨頭會不會長毛的問題。

見面到現在，音侍的態度都沒什麼不對勁之處，彷彿一點也沒有拿他會魔法的事情來威脅他的意思，那徹底忽略的樣子，簡直就像是忘了有這回事一樣。

忘了有這回事？有可能嗎？

「不過……你有這番心意我還是很高興的！雖然我們之間沒有成為好兄弟的緣分，但我們還是可以多多往來！反正綾侍未必每次都有空，那你就可以陪我去抓小花貓啦，我不會虧待你的！下次我一定會更小心！等禁足結束我們再去吧！」

啊？小花貓？還來啊？

音侍很快就轉移了話題，並且將話題轉移到對他有利的那個方向去，暉侍被他抓著肩膀，聽著他開朗肯定的話語，總覺得快要習以為常了，卻又難以就此接受。

就這麼若無其事地提起魔法的事，試探他的態度，再決定下一步怎麼走？

「這一次一定會有收穫的！就這麼說定了！」

暉侍還來不及考慮或拒絕，音侍就已經自行做出了結論。

坦白說比起研究小花貓，暉侍現在對研究音侍這個人更感興趣，而想研究這個人的底細深淺，增加相處機會就對了，既然音侍想做的事情是「抓小花貓」，那他就陪他去抓，只要能取得確實的情報，讓他更了解東方層高層的事，一切就值得了。

「好啊，希望這次可以抓到你喜歡的。」

雖然這種有把柄捏在對方手裡的感覺不太踏實，但他還是決定再觀察一陣子。

取得確實的情報再下結論固然是比較穩定的做法，不過，讓他選擇這樣處理的，是他的直覺。

從音侍的身上，一向敏感的他，感覺不到惡意。

但謹慎的天性讓他告訴自己，也許是音侍藏得太深，連他的直覺都可以瞞過，如果是這樣的話，那就很可怕了。

他還不信任他，只是想發掘所有疑問背後的解答，讓自己將一切掌握得一清二楚。

說不定他心裡有一個角落暗自希望音侍就只是個單純的笨蛋，而他不是因為想要為自己的狀況解套才這麼希望的。

不管是對自己沒能擁有、沒體會過的特質有所渴望，還是猶如想發現稀有動物般的心情，他一面釐清又一面迷惘，同時也因最糟的情況沒有發生所以覺得處理上能放得開。

原先想混熟以便獲取情報的想法，現在已經不存在了。就算神王殿的其他幾個侍都無法成為打探情報的來源，他還能從矽櫻那裡嘗試，這也不失為一個辦法。

將「事情還未外洩，現在還來得及策劃滅口」的念頭壓下去後，暉侍的思考也沒有就此中斷，他在反覆推敲的過程中剖析，直到下一次與音侍約好的外出來臨。

「啊！關了這麼多天，終於又可以呼吸新鮮空氣了，感覺真好——」

看得出來音侍待在自己的房間裡都快悶壞了，暉侍附和地點點頭，頓了一下，才接著發問。

「今天還是去虛空一區嗎？不考慮虛空二區？……」

「啊，那裡的魔獸太雜了啦，除非有消息說那裡出了什麼特殊品種，否則我一般是不去的。」

音侍忽然講出魔獸這個名詞，讓暉侍遲疑了幾秒。

「不是小花貓嗎？」

「啊，聽說也叫做魔獸的樣子。二區的品質沒一區那麼好，所以我一般都不喊二區的叫小花貓啦。」

不是聽說也叫魔獸，是本來就叫魔獸。反倒是從來沒有叫做小花貓過才對……

「音侍，你常常去抓小花貓嗎？這是你平常的興趣？」

暉侍帶著好奇心問了這個問題，音侍則搖搖頭。

「沒有，這是高級的樂趣，一般來說沒有伴的話我一個月只去一兩次吧，不過高級的樂趣要拿來招待朋友啊！一個月五六十次都不嫌多！所以我才會找你去抓小花貓──啊，你評評理，我正常一個月也不過去一兩次，綾侍卻總是推拖冷臉一直拒絕跟我去，好兄弟做成這樣是不是太小氣了啊！反正十次有九次最後還是會答應，為什麼不乾脆一點一開始就答應呢！」

音侍解釋著，忽然就抱怨起自己與他人的私人事情了，不只論點有些矛盾，講著講著甚至還叫他評論……

暉侍覺得自己好像慢慢可以跟上這種跳躍的思考節奏，這種感覺很好。

「確實是小氣了點呢。」

在一個侍面前說另一個侍的壞話，有點違背他想跟大家相安無事的人際關係期望，特別是音侍跟綾侍關係很好，雖然音侍現在生綾侍的氣，但氣消以後想起他說過綾侍不好，說不定又會對他產生不滿——

人際關係這種複雜又麻煩的東西，暉侍十分了解，但這麼一句話應該還在可以說的範圍內，當說話對象正情緒激動時，最好就順著他的言語方向去說，他是這麼認為的。

「啊，果然嘛！這才不是我的偏見，你也這樣認為啊！下次我要這樣跟他理論！」

而他安慰的對象立即表示要爆料給當事人知道，他也不得不慶幸自己沒說得太過頭。

「對了，暉侍，出發之前我先帶你去參觀我養的那些小花貓吧，綾侍說你對我的小花貓們很感興趣，你早說我就帶你去看了嘛！」

當音侍再度轉變話題說出這番話時，暉侍雖然維持笑容，臉上的肌肉卻有點僵硬。

他彷彿可以想像綾侍用冷嘲熱諷的語氣對他說出「腦袋沒壞？喜歡小花貓？那就成全你，幫你製造近距離接觸的機會吧？」的畫面。

看來綾侍那天根本就覺得他在睜眼說瞎話，索性把他的話轉告給音侍，陷害他順便幸災樂禍。

這樣的話，與綾侍之間的相處策略似乎有必要再修正一下。暉侍腦中一面黑暗地想著這些事，一面作出回答。

「這真是我求之不得的好事，我們快出發吧！在附近的房間嗎？」

「啊，沒有耶，我會帶進神王殿的只有幾隻而已，其他都在戶外啦，我可以抓來給你看。」

音侍閣雖然不算小，但魔獸那麼大隻的東西要養在裡面恐怕也會有些問題，放在戶外飼養的確比較合理，可是那句抓來給你看就有點讓人不安了。

「房間裡的是比較喜歡的嗎？」

「是啊是啊，最乖最聽話的我就會帶來房裡養，這樣比較不寂寞。」

談到寂寞，暉侍沒有發表什麼感想，那是個他不能去思考的問題，他沒有那樣的餘裕。他的時間不該用來思考如何排遣寂寞感，因為去在意寂寞，是沒有意義的事情。

「不然我們先過去房間那邊好了，啊，一定要跟在我後面走喔，我怕我指錯地方，結果那裡有防護結界，萬一又讓你受傷就不好了。」

聽到音侍的話，暉侍當即決定無論發生什麼事他都要走在音侍走過的路上。

養魔獸的房間比較靠內，而音侍一打開房門，裡面就高速竄出一個小小的物體，讓暉侍嚇了一跳。

什麼魔獸？

在他還沒看清楚那團物體是什麼東西時，音侍就已經眼明手快地一把抓住，提到眼前來，暉侍跟著定睛一看後，頓時有種無話可說的感覺。

那是一隻小花貓。

一隻貨真價實、童叟無欺，看起來充滿驚恐的小花貓。

親眼看到這無害的小動物從音侍要帶他進去的房間裡跑出來，對他的衝擊其實是很大的，他一時之間有種不知道該如何修正自己價值觀的感覺，這個世界跟他所認知的樣貌頓時有了很大的修正空間。

總是小花貓小花貓地喊，結果居然真的是小花貓？

為什麼？那天在虛空一區看到的那些，明明怎麼看都是魔獸啊！

難道馴服以後就會變成小花貓？這是什麼道理？所以音侍說虛空二區的是魔獸，是因為那裡的魔獸無法變成小花貓嗎？等級夠高的魔獸才能變成小花貓，就像等級夠高的武器護甲才能變成人一樣……

暉侍腦袋裡快速轉過的這些思考，中斷在一個讓他有點在意的地方，之所以中斷，是因為他發現自己好像想到了什麼不該忽視的東西。

可以變成人的……武器？

他想起先前從音侍掌中出現的金色劍刃，腦袋靈光地連結起女王擁有的神兵，再核對自己看過的，西方城有關月牙刃希克艾斯的記載。

難道真是這樣？

如果是這樣，女王對他的縱容就說得通了，不管做出什麼事情，女王總不可能把自己的劍給砍了，若是這樣的身分，腦袋不太正常仍身居高位也是可能的，侍的身分只是個掩飾罷了……

真正的答案就這麼簡單？就這麼簡單嗎？

儘管這樣推論下來似乎都有個合情合理的解釋，但這麼順利的推理流程反而使他不得不懷疑一下，算是個性上的毛病。

「啊，這隻貓是哪裡來的啊？神王殿裡為什麼會有貓啊？」

音侍帶著疑惑說出的這句話，當場又把他剛才的假設推翻了一半。

這樣聽起來這只是不曉得哪裡跑來的一隻普通的貓，跟被他稱為小花貓的魔獸沒有任何關係，再往裡面看看，確實有一隻大型的魔獸在裡面打呼，那麼這貓會這樣竄出來，只怕是感覺到生命威脅，有路可逃就急忙逃生吧。

所以沒有魔獸變成小花貓這回事……但這不代表沒有武器變成人這回事。

「我還以為這是你養的呢。」

關於音侍認得貓，卻又把魔獸喊成小花貓的事，暉侍已經不想計較了，要這樣真真假假地懷疑他說的話，是很累人的。

「我養的？我怎麼可能這麼沒眼光？這麼小，一點用處也沒有啊！養寵物也該養個有用的，況且這根本沒我精挑細選的小花貓們可愛嘛。」

以暉侍的理解，寵物的價值就是觀賞與撫慰，所以不需要有什麼實際能力，只要可愛就可以了，但既然音侍的審美觀都讓他親口說出魔獸比較可愛了，那他也沒辦法為真正的貓辯駁什麼。

「這隻貓你打算怎麼辦？」

從毛的狀況，看起來的模樣，暉侍覺得這不太像野貓，但有人養的貓會跑進神王殿是一件很奇怪的事，搞不好是殿內的人員飼養的，可是帶著寵物到工作地點來也有點不像話，要是把貓拿去掛失物招領，被違侍看到了肯定要罵的。

「啊，都跑到這裡來了，雖然沒有用，我還是姑且養養好了。」

音侍將貓拎到面前盯著看，話說得不太甘願。他好像完全沒考慮到貓可能有自己的主人，因而沒去思考將貓還給主人的可能性。

「你這裡有貓吃的食物嗎？」

雖然管一隻貓的閒事很沒意義，不過看音侍都養些大型魔獸，暉侍覺得眼睜睜看著一隻小生物送死，似乎有點不忍心，只好善意地關心一下。

「當然沒有啊，反正丟給僕人照顧就可以了啦，又沒有很可愛，偶爾玩玩沒關係，沒興趣自己養。」

聽到要丟給僕人養，暉侍覺得好像安心了不少，畢竟音侍現在被他暫時斷定為「可能真的腦袋不同於常人、缺乏很多常識」的武器，小貓可以被正常的僕人照顧實在是太好了，至少應該不會死得不明不白。

「噢，阿狗在睡覺，那算了，我們去野外的場地看其他小花貓吧，先把這隻關起來，你等等我。」

一隻魔獸，被稱為小花貓，名字又取叫阿狗。

若是認真去分析其中的奧妙，也許會頭痛不止，但單純什麼也不想地聽聽就罷的話，卻讓他露出了笑容。

他不知道旁人是怎麼想的，不過，這些跳脫一般認知的話語，聽久了反而會使他會心一笑，覺得很有意思。

見識過越來越多音侍脫離常識的表現後，當音侍將他帶到虛空四區，指著眼前遼闊的土地說這是他的野外放養場時，他也不再臉上抽搐了。

「你看，地方廣大，視野良好，這裡不錯吧。」

這麼對他說的音侍，頗有一種天下就是我家的氣勢。

「是很好啊，這裡整區都是嗎？」

「啊，沒有啦，我有畫白線圈起來的，不過小花貓們都不會乖乖待在圈內，有點麻煩，綾侍說過有種職業叫做牧羊人，不曉得有沒有專門牧貓的，可以的話真想聘請一個來幫我管一管呢。」

「虛空」開頭的地方是無主區域，主要是環境不宜人居，想開發任何土地上的利用價值都有太大的風險，管理不易也不符成本，兩國索性就不將其劃歸為領土了。

在做出這種決定的時候，他們顯然沒料到會有人毫不在乎地來這裡侵佔土地，直接當作圈了就是他的……而那所謂牧貓人，怕是再高薪也請不到的，管理魔獸這檔事，灰黑色流蘇都不曉得做不做得來，還是小命重要啊。

「跑掉以後還找得到？」

難怪會說要抓給我看，不抓根本看不到啊……不過這根本只是讓魔獸換個地方生存而已吧？

「找一找總會有的，有的時候也會走失，啊，所以我還是想養在家裡嘛，改天一定要多帶幾隻回去，就算會被綾侍罵也不管了，辛辛苦苦抓到的，放在這裡卻被別人偷走，這樣怎麼可以呢！」

應該沒有人會來偷這種東西。應該是自己跑掉的。暉侍這麼想的同時，也發現這裡的野獸密集度很低，一眼望過去幾乎沒瞧見幾隻。

「虛空四區白天活動的生物還真少啊？」

「啊，不是這樣的。」

音侍對他搖搖手，接著就解釋了起來。

「小花貓們很乖，會自己覓食，這裡的生物大概不是被吃掉就是躲起來了吧，所以要找到小花貓不難，很空曠。」

這好像是破壞原生環境的行為。把幾隻虛空一區的高等魔獸送來虛空四區當霸王啊……？

暉侍想歸想，但也沒有很在意，他連憂國憂民的閒功夫都未必有了，關心生態環境更是不可能有的。

「那萬一小花貓們彼此碰面，自相殘殺了怎麼辦？」

「啊，牠們很聰明啦，有弱小可以欺負，當然不會去碰大的。」

「小花貓裡面沒有好勇鬥狠的嗎？」

「既然都被我抓來養了，牠們就是好兄弟！敢把好兄弟咬死吃掉就是不可饒恕！如果有那種小花貓我一定抓起來好好懲戒，再丟回虛空一區，哼！」

連魔獸也要被迫接受這種好兄弟的觀念，讓暉侍一陣失笑。

「你還真仁慈，只是把牠們丟回去，沒有直接殺掉呢。」

「啊，沒有必要的話，我不喜歡殺生啦，抓小花貓的時候清場就已經殺很多了。」

不喜歡殺生？真的是武器變的嗎？

「不過說起來，小花貓裡面如果有母的，你要怎麼讓牠們當好兄弟？」

因為好奇音侍會回答出什麼樣的答案，所以，雖然有點像故意找碴，暉侍還是問出了這個問題。

「我抓到之後都會檢查啦，母的就放了，大男人一個怎麼可以養母的小花貓，這是不對的。」

……？哪裡不對？

暉侍覺得當自己的腦袋轉不過來的時候，就是少認知了音侍的某些行事準則，這時候打破砂鍋問到底也不曉得妥不妥當，而錯過這個瞬間，音侍馬上就跳話題了。

「好啦，我去我把珍藏的小花貓抓來給你看，你想看哪一隻？要我唸名字給你挑嗎？」

音侍一副很大方任君挑選的模樣，暉侍則搖了頭。

依照之前聽到的阿狗推論，就算唸出名字也無法知道那隻魔獸的真實特徵，反而會有種在假象矇蔽中得選一個的心驚感。

「如果要找到特定的某一隻，可能會有點困難吧，不如走走看看，碰見哪隻就看哪隻？」

這樣的話，他就可以用參觀動物園的心情跟音侍一起散步，想像起來似乎是個不錯的選擇。

「啊，那也可以，小花貓都喜歡躲在有遮蔽的地方乘涼，我們找找看有大石頭的地方吧。」

音侍沒有反對他的提議，可惜真正執行起來跟他所想像的散步有點距離。

可能是因為迫不及待想獻寶的關係，音侍行進的方式不是用走的，也不是用跑的，他在一個與一個的大石頭之間衝刺，暉侍光是要跟上他的速度就覺得體力消耗十分劇烈。

真糟糕，如果之後還想打好關係增加相處機會的話，體力也得……確實地練一練……

他一面喘氣一面思索鍛鍊身體的必要性，這個時候，音侍終於停下了他沒回頭過的衝刺行進，雀躍地指向前面。

「啊！發現小三！」

前方那隻只有一條腿、看起來很憨厚的野獸顯然因為這聲叫喊而嚇了一大跳，一瞧見音侍，立即朝反方向沒命般地跳著逃跑。

「小三！你跑什麼跑！等等我啊！在新朋友面前怎麼可以這樣丟我的臉！快停下來——」

就算那頭野獸跳得再快，也比不上音侍衝刺的速度，這段撞見主人後的逃命只持續了五秒就被終止了，瞧著被抓住腳後動彈不得，也不敢攻擊音侍的小三，暉侍實在忍不住想問一句。

「嗯……你曾經抓過同類型的小花貓兩隻，這隻是第三隻所以叫小三，是這樣嗎？」

他試圖給這個名字找個合理的解釋，但音侍沒這麼好猜透。

「啊，才不是呢。有人說命中缺了什麼東西就要取名字補，我覺得小三缺了三條腿，所以才取叫小三，希望另外三條腿可以補回來。」

補回來？怎麼補？再長三條腿出來嗎？

「那阿狗是身上缺了狗？」

在講出這句話的時候暉侍就覺得自己很蠢，如果是十天前，他可能無法想像這種話是自己口中說出來的，人的改變果然既快速又不知不覺。

「什麼身上缺了狗啊？暉侍，這話聽起來好笨喔，我只是缺條看門狗所以取叫阿狗啊，也不是每一隻小花貓取名的原理都一樣的啦，那多無聊啊。」

音侍說我笨。

我被音侍說笨了呢……

「咦咦！暉侍！你怎麼了！猜錯也不要難過嘛！不然下次我們給你找一隻身上缺條狗的小花貓，你也可以幫牠取名叫阿狗，你可以的！」

身上缺條狗的小花貓到底是什麼，為什麼我覺得聽起來很猥褻？

「我沒有很介意，我們還是繼續看你的小花貓吧。」

收起沮喪的神情後，暉侍重新露出無懈可擊的微笑，準備繼續研究小三，哪知道音侍手一放，拍了拍小三的頭，就說出了他意料之外的話。

「好啦，小三看過了，我們去找下一隻吧。」

小三在判斷自己沒事之後如獲大赦，音侍則再度以凡人望塵莫及的速度衝刺往下一顆大石頭所在地。

等……

等等我啊……

因為體力不支的關係，暉侍一時之間有種想留下來跟無害的小三作伴的衝動，可是音侍跑掉，到時候看不見他的人影，究竟會不會回頭找，他實在沒有把握。

訓練體力，從今天開始。

下完決定後，暉侍便認命地追音侍的足跡去了。

「這是嗚瓜答啦歐卡。上個月才抓到的！我追逐牠追逐了好久，從日正當中追到看夕陽，好不容易才等到牠體力不支，今天運氣真好牠在休息，沒警覺心，不然我們可能又得跟牠一起跑一大段路才能逮住牠呢。」

第二隻出現在暉侍眼前的，是隻短腿的魔獸。聽完音侍的介紹，他也覺得運氣真的很好，要是要他跟著跑到見夕陽，他只怕體力訓練的第一天就會勞動過度暴斃。

「為什麼一定要用逼得牠體力不支的方法來捕獲牠呢？設法把牠困住不行嗎？我看牠這個樣子，跑得應該也不快嘛。」

「啊，你可不要小看牠了，雖然嗚瓜答啦歐卡腿看起來有點短，但動起來可是很快速的！我就是看牠跑步的樣子太逗趣，又一副自認為跑得快就能跑掉的模樣，才決定跟牠一起跑的，要當小花貓的主人，就得讓小花貓承認你才行！從牠的長處下手，徹底擊潰牠的信心，讓牠認清楚你遠遠贏過牠，即使是牠的專長項目也比牠更強，這樣牠才會收起原本的心高氣傲，老實地認你為主人！」

暉侍不曉得該說「聽起來很有道理，沒想到你顧慮了到這麼深的層面，讓我刮目相看」，還是「有必要做到這種地步嗎？只是隻唯一的優點在於跑步的魔獸罷了，你有必要這樣殘酷地否定牠的生存價值嗎」，不過，他還想問另外一個問題。

「所以……嗚瓜答啦歐卡服從你了？牠服氣了嗎？」

要記住這個名詞，再準確地發出來，實在不是一件簡單的事，暉侍深深這麼覺得。

「啊！當然有啊！雖然牠還是一樣看見我立即拔腿就跑，但這是牠畏懼主人同時又力求上進希望突破自我的表現！牠只是每次見到主人都希望再比一次可以取得更好的成績而已，只要想到牠的心願如此單純，我當然每次都該滿足牠一下陪牠跑一跑啊。」

在談到小花貓的話題時，音侍的思路好像就特別清晰，難得地有條有理，雖然一半以上是歪理，也算很難能可貴了。而且聽說音侍不太擅長記人，魔獸們卻記得一清二楚，顯然真的有用心在上面，只能說是十分特別的興趣。

這次他們第二次單獨外出相處，觀察的時間總和還不算多，不過暉侍已經幾乎可以做出「音侍這個人就跟他表面上的樣子一樣單純」這樣的結論了。

他大概有百分之九十的程度相信音侍沒有自己原先想的那麼深沉，應該是可以放心結交的對象，但基於小心，他仍需要更多的證據來證明自己的感覺。

如何證明，他還得再想想，現在放輕鬆繼續小花貓參觀之旅就好了……雖然他的雙腿不太輕鬆。

「而且啊，在我騎過的小花貓裡面，啦歐答嗚瓜卡也是跑起來最不激盪的一隻！我覺得牠是很優秀的坐騎，雖然方向不太好控制，然後跑得快了點害我來不及跟別人打招呼，但牠依然是一隻很棒的小花貓！」

那個名字忽然變了。跟剛剛好像不太一樣了。前幾次明明還一樣的。

「音侍，牠不是叫嗚瓜答啦歐卡？」

「啊，你說瓜答卡歐嗚啦嗎？」

「……我可以問一下你這個名字是怎麼取的嗎？」

「這不是我取的，是牠自己的名字，我只是感應到牠想被這樣稱呼而已，牠有的時候無聊就會修改自己的名字好幾次，不過大致上還是幾個同樣的音在變換啦，哈哈哈哈。」

認真的？

在猜測音侍是希克艾斯的情況下，暉侍不由得思考起武器是否能跟魔獸心靈相通的問題。

不可能吧……應該不可能吧？嗯，不要跟他認真，跟他認真是不對的。

「啊，暉侍，我看你跑得好像有點喘，你現在就可以騎騎看啊！既然有代步的小花貓，不用也太可惜了，我很大方的，借你！」

騎騎看？騎牠？騎這個？

暉侍朝瓜答卡歐嗚啦看過去——現在不曉得有沒有又改成別的名字了——這隻短腿魔獸也心有靈犀地瞪向他，鼻孔噴氣。

「呃，音侍，我畢竟沒跟牠賽跑過，也沒取得牠的認同，我想牠不會願意讓我騎吧？」

「說得也是，不然你先跟牠賽跑看看？」

「我不要。」

暉侍完全不想逞強，直接乾脆地拒絕了。

這種時候逞強會死人的，而現在他也不會驚疑不定地猜測這是音侍用來測試折磨他的詭計了。

「咦，你不試試看嗎？連嘗試都不嘗試一下？搞不好辦得到啊？試試看嘛！」

音侍完全忽略自己才剛說過「看你跑得好像有點喘」，彷彿因為沒熱鬧可看就不甘願了起來。

「音侍，我覺得你可能忽略了一個重點。」

「嗯？什麼什麼？」

「小花貓如果會因為自己的專長項目被比過去而認主，那麼我要是跟牠賽跑贏了，牠改認我為主的話，你就平白丟掉一隻小花貓了，看你這麼喜歡牠，我實在不忍心奪人所愛。你只是想借我騎而已，最後因小失大的話，我心裡會過意不去的。」

暉侍以十分正經的神色對音侍這麼說，他一說完，音侍立刻像被提醒了什麼重要的事情一樣，睜大眼睛點了點頭。

「啊啊！有道理耶！綾侍還說你跟小珞侍一樣是小孩子，小珞侍就講不出這麼有道理的話啊！嗯——瓜答卡歐嗚啦啦嗚嗚啦啦啦畢竟現在還是我最喜歡的小花貓之一，而且一開始沒送人就是決定要養牠了，身為主人的我當然要負責捍衛我們之間的關係……好吧，那只能這樣了，我們去找下一隻。」

「你能夠明白真是太好了。」

忽略那突然變長很多的名字後，暉侍的笑容顯得真心誠意，其中也包含了他自己才曉得的理由。

慢慢抓到如何迎合音侍的思考模式來影響他的決定，真是太好了。

「這是好兄弟紀念日。」

暉侍見到的第三隻魔獸，名字非常淺顯易懂。

這是第一隻光聽名字就可以知道為什麼而取的魔獸，與其說是淺顯易懂，還不如說是就因為這種理由而被安上這樣的名字好可憐……

「你跟綾侍結為好兄弟的紀念日抓到的？」

雖然光聽名字就猜得出來，暉侍仍想印證一下，搞不好其實是因為別的理由而取的，若有這種出人意料之外的發展，對他來說也有額外的趣味。

「啊，不是耶。」

「不是嗎？那麼是……？」

額外的趣味還真的來了。

「因為我根本忘記我跟綾侍是哪一天認識的了，那天忽然發現我居然忘了這麼重要的事，就趕緊把那天當作是紀念日去抓了這隻小花貓，以後只要想起牠就不會忘記了。」

但……本來就不是那一天啊？紀念日這種東西隨便哪一天都可以的嗎？

「你該不會沒看上這隻小花貓哪一點，只是單純一定要在那天抓一隻取這個名字？」

「啊！你怎麼知道！你也看得出這隻小花貓沒有任何魅力嗎！」

我當然看不出來。應該說牠缺乏的是吸引你的魅力吧。

以暉侍的眼光來看，這就是隻很正常的魔獸，沒有什麼看起來比較特殊的地方，因此吸引不了音侍的興趣也是有跡可循的。

既然是不怎麼喜歡的魔獸，沒什麼看點，介紹不了多久，他們當然也不會在這裡花多少時間，音侍當即又表示要去看下一隻魔獸。

「音侍，你養在這裡的小花貓一共有幾隻啊？」

暉侍覺得自己問一下有個心理準備比較好。

「我沒算過耶，而且不知道會不會有哪一隻偷偷跑掉或者死掉了……躲在奇怪的地方死掉，會害我連找出來立墓碑都沒辦法，唉。」

這樣聽起來應該不是看個三隻五隻就能了結的數量，恐怕也得等到黃昏才能回去……

暉侍才剛頭痛地想到這裡，音侍身上的符咒通訊器就響了起來。

「啊，綾侍找我，你等一下。」

好兄弟的通訊，音侍當然是不會不接的，只是剛接通，講沒幾句話，音侍的聲音聽起來就不太愉快了。

「什麼啊——我才出來半天而已——對啦，我跟暉侍在一起啦，有什麼不可以嗎？我哪有把小孩子胡亂帶出去玩，他自己同意的！我們早就約好了！我也沒帶他去什麼危險的地方，只是帶他來參觀我的小花貓們啊，小花貓們都很溫馴的，你又不是沒看過！」

從音侍講出來的話語，可以大致推斷出綾侍正在指責音侍不經腦袋思考的行為。但之前綾侍明明以看好戲的姿態旁觀，說他們想組小花貓同好會也沒問題的，現在他們真的跑出來找魔獸，綾侍卻又有意見，也不曉得到底是怎麼回事。

難道他以為我只是打腫臉充胖子說著玩玩，不會真的跟音侍玩在一起，才會那樣幸災樂禍？然後現在終於發現事情不太對了嗎？

暉侍想到這裡，音侍那邊也快要結束了。

「櫻為什麼又生氣了？是你跑去告訴她的吧！好兄弟怎麼可以這樣扯好兄弟的後腿啊！而且如果要叫我回去，櫻怎麼不自己跟我聯絡，每次都透過你！啊，氣死我了！」

固然心中有萬般不滿，但音侍最終還是吵不過綾侍，畢竟對方都搬出矽櫻來壓他了，想任性不聽話、硬是不回去，他還是辦不到的，因此，結束通訊後，音侍嘆了很長的一口氣。

「啊，暉侍，雖然還有很多可愛的小花貓在等我們，可是那個可惡的老頭一定要我帶你回去，還說什麼不能缺手斷腳，事情哪有那麼嚴重啊！我們下次再來吧，下次一定要挑綾侍正在忙的時候偷偷溜出來！只要他沒注意到，我們就成功了！」

人在興頭上被打擾，除了覺得掃興，有時也會燃起越挫越勇的鬥志，音侍顯然就是進入了這種狀況，非要達成自己的目的才甘心。

「只要你有興致，我就奉陪。」

暉侍的承諾給得十分乾脆，事實上也是相準了人人都會認為是音侍硬要拉他出去，所以不會追究他失職罷了。

「有你這句話就夠了！那我們回去吧——」

「等等，音侍，還有一件事。」

想來想去，錯過這次獨處時間，之後不知道還要等多久，中間難保不會出現變數，他想確認的事情現在確認比較妥當。

「上次……你看到我用了魔法的事情……」

他在說起這件事的時候，多少帶點遲疑。如果直接流暢地進入編藉口解釋的階段，反而澄清得太過刻意，最好先開個頭，看看音侍怎麼反應，再決定接下來的應對。

「啊，那個啊，你放心，我不是那種不能學外國東西的迂腐派啦！我一點也不介意，不會歧視你的，況且魔法我也會用啊！」

音侍聽他提起這件事，當下便用力拍了他的肩膀，要他放輕鬆。這友好的態度讓暉侍鬆了一口氣，同時也得到了一個情報。

音侍會用魔法。

總覺得音侍就是希克艾斯的可能性又增加了許多？

「是嗎，那真是太好了，幸好你不拘小節，我還真擔心當上侍之後被人發現會用落月的技法會讓人產生疙瘩呢……」

一向遲鈍的音侍，這次倒是特別聰明，他像是被暉侍點醒了什麼一樣，露出恍然大悟的表情後，隨即做出保證。

「噢，我曉得了！你不想被人知道這件事對吧？我會幫你保密，不會說出去的！上次我的醜事你也有幫我保密沒告訴綾侍嘛，這是禮尚往來彼此互惠！」

在音侍做出這番保證之後，暉侍對他剩下的那點疑慮，也差不多都煙消雲散了。

單純到沒藥救啊，真是。

之三

我喜歡愉快地度過每一個當下，

就像我現在在做的。

我喜歡愉快地度過每一個當下，

這也是我一直以來，都在做的。

「哈哈哈！看你還往哪跑！」

音侍耀武揚威地指著被困在網中的魔獸，這時習慣上總會聽到暉侍接著附和的話語，但後面卻沒傳來任何聲音，讓他疑惑地回頭。

「暉侍，怎麼了，你在發呆啊？我們好不容易抓到小花貓了，你居然這麼安靜？」

原本正回憶過往的暉侍，聽見音侍喊自己的聲音後，總算回神了。

「沒什麼，我只是想起當初我們第一次抓小花貓的情景，覺得有點懷念。認識你已經好多年了呢……」

雖然音侍從一開始就天然裝熟，回憶起來似乎沒什麼可以拿來笑他「當初那麼禮貌又小心翼翼」的事，但相較之下，他們確實因為越來越熟而在很多事情上都無所顧忌了，因為什麼都不必注意，所以相處起來很輕鬆，這是跟別人在一起時沒有的優點。

他的心中彷彿沒有晦暗之處，整個人就像是光一樣。

他可以跟他一起開懷大笑，嘗試一堆放開羞恥心與正常價值觀的事情，音侍的情感似乎都能感染到他心裡，只要看到音侍，他就會覺得心情明朗而愉快——就像是鬱悶時的特效藥一樣。

他覺得自己很喜歡這樣單純的人。儘管對方心裡他不是最重要的，但那並不要緊，他還是很珍惜這段緣分。

「啊，你突然回憶起來做什麼啊？說起來你也長高好多，抓小花貓的手段被我訓練得越來越多元啦，這樣以後等你拿到純黑色流蘇，要自己一個人抓小花貓也不是問題了！不必特別感謝我，哈哈。」

的確從跟音侍熟起來以後，他多訓練了自己很多原本不會訓練的東西，要是魔獸可以抓來賣錢，搞不好他不當侍也能以此謀生，這種因應抓魔獸而培養出來的能力實在讓他有點啼笑皆非，更何況，所謂不當侍、自力更生的日子，其實根本不會有到來的一天。

「要是每天都可以跟你抓抓小花貓、玩樂嬉戲地度過就好，該有多好呢。」

暉侍看著音侍，忽然發自內心地說了這麼一句話，音侍則絲毫沒察覺他話語中的沉重，沒想太多就接了下去。

「當然可以啊！不要像綾侍一樣總是拿有公事要忙拒絕我，跟我一起遊山玩水無憂無慮明明就很棒！」

「我是覺得很棒啊，只是現實有很多無奈嘛。」

「就拋開一切的束縛想做什麼就做什麼啊！跟我一樣就好了！」

「這世界上只有一個這麼特殊的你啊，拋開一切的束縛，又哪是這麼容易做到的事情呢……」

事到如今，其實他也不明白自己是無法拋開，還是不願拋開。

「啊，你跟我在房間裡演戲的時候不就很放得開！這有什麼差別嗎？」

「雖然我想說有很大的差別，但要向你解釋的話又太困難了呢，好吧，沒什麼差別。」

「暉侍你這是什麼欺負人的講法啊！我把你當成好兄弟候補，你怎麼可以對我不耐煩呢！」

音侍在他面前總是特別幼稚任性，自從判斷出這是親暱度的表現後，他就一點也不介意了。

「我怎麼會對你不耐煩，只是差不多也該回去了，今天輪到你去沉月通道搶人不是嗎？要是拖到你的時間，害你被罵，那就不好啦。」

「對喔！我都忘了！啊啊，暉侍，還好有你在，只有你會這麼溫柔地提醒我啊！真是的，那得趕快回去準備了，至少也已經抓到小花貓，不算白白浪費時間，我們走吧！」

在音侍倉促做出決定後，隨即開始打包抓好的魔獸準備撤退，暉侍自然是跟他一起行動的，回到神王殿分開之後，他總算有時間去處理延宕下來的事情了。

依照當前的優先順序，他趁著天還沒黑，先出去處理了矽櫻交代的事情，回來的途中還買了朵珠花，想著可以當作禮物送出去，往神王殿內部走時則遇到了違侍，被他質問了一下今天上哪去了……當他總算回到暉侍閣後，就得開始交代自己為什麼錯過約好的回報時間，然後將理由交出去。

他所要做的就是陳述自己的時間並不自由，有些突發狀況無法避免，為了長久的未來打算，與神王殿內高層的關係越緊密越好，相較之下只能做出這樣的選擇——

至於遠在西方城的長老會相信多少，他沒有把握，多少也有種事情怎樣都好的感覺，這也許是因為他已經累了。

擁有的越多，就會越恐懼面對失去一切的終局，只是他知道那是躲不過的，他沒有把握住這些的方法，唯有盡力維持。

等到音侍知道了真相，會怎麼看待他呢？

或許他會再也見不到那因他而展露的笑容……儘管那是現在的他習以為常，能夠自然而然得到的。

之四

因為惦記會帶來痛苦，所以我一向只往前看。

我不會回頭，並不是因為我已經忘記。

昨天的我作了一個夢，

夢裡的他還是笑笑地迎接我，

不在意被我所殺的事。

我告訴他我想停在一切都還沒發生的時候，

但我無法像小珞侍一樣等他回來。

音侍閣的通道現在只標他才看得懂的標示，

不是因為相信他會回來。

我只是不讓那些看不到又不知道的人通過，

不是笨到相信死去的人會回來……

音侍是在睡午覺翻身滾下床的情況下醒來的。平常他睡覺的時候雖然不算很規矩，但會睡到滾下床的次數也不算多，遇到這種狀況，他不由得唉聲嘆氣了起來，只覺得今天運氣大概不太好。

「啊，今天又要做什麼打發時間呢？」

以前還是劍型態的時候很單純，躺著不動時間就會一直過去，現在當個人，麻煩就增加了不少，不能一直屏除五感的情況下，就得設法消滅無聊的感覺。

「嗯──照老樣子去糾纏綾侍──還是上街找樂子呢？」

自己一個人，要出主意實在不太容易。他一直覺得自己不擅長開發新樂趣，所以小花貓才會這樣抓了又抓，抓了再抓，抓抓抓抓那麼多年。

這個時候他察覺綾侍的氣息正在接近，顯然來到音侍閣了，要找的人自己送上門來，對音侍來說是挺省麻煩的事情，只是依照睡覺會摔下床的運氣來看，綾侍特地過來一趟顯然不會有什麼好事情，他的直覺馬上就應驗了。

從綾侍進門後那不善的神情就可以觀察出他不高興，一見面，綾侍就將一個東西往他身上丟，他接過來一看，原來是他的音侍符。

「噢，原來掉了喔。」

因為常常外出，又常常亂釋放劍氣的關係，被他隨便帶在身上的音侍符總是會一不小心就因為繩子斷裂之類的原因遺落在外面，有的時候找不回來只能重新製作，有的時候則會被人撿到，現在的狀況大概就是這一種。

察覺自己又把侍符玉珮弄掉後，音侍心裡就暗叫糟糕，這種狀況下，綾侍不唸他一頓是不會作罷甘休的，而他一向討厭聽人說教，就算對象是自己的好兄弟也不例外。

「明明不是不重要的東西，你就不能上心一點嗎？會常常弄丟就是一點也不在意吧，你知不知道你每丟一次侍符玉珮都給東方城帶來很大的麻煩？」

「啊，我有在反省啦。」

「我看不出來。」

「你……這東西本來就很不好收，而且本來就不怎麼重要啊！只不過是個小玩具，要我怎麼上心？」

「自相矛盾。」

綾侍冷冷地指責他後，隨即提出反例。

「你自己的常常弄丟，暉侍那個缺了角的就可以一直放在身上，不都是侍符玉珮嗎？不都一樣不好收，一樣只是個玩具？」

被他這樣一說，音侍一時之間答不上話。

「這只是因為……」

他的思緒像是定格了一樣，反覆旋繞的，只有幾個再單純不過的念頭。

因為不願忘記。

因為害怕忘記。

他自己的音侍符，弄丟的話，再找回來就有了，找不回來也能再做新的，幾乎一模一樣，完全可以取代。

可是暉侍符的話……

「這個……只要弄丟一次就沒有了。找不到理由去叫人打造一個新的，就算打造出來，也不是暉侍的東西……」

他當初拾起這個破損的侍符玉珮，像是想把握住一點最後的什麼一樣，離開沉月祭壇的途中，始終捏得緊緊，不肯鬆手。

其實他留住的東西什麼也不是，但他還是固執地不肯看開，用這枚玉珮，在表面上宣稱暉侍失蹤的現在，提醒自己他已經死去。

他不會催眠自己暉侍總有一天會回來，因為那分明已經是不可能的事。

「……我不該質問你這個問題。」

綾侍沒有再以嚴厲的語氣對他說話，他總是會在這種時候軟化下來，但音侍寧願沒有能造成「這種時候」的事件。

說什麼好兄弟候補啊，早說過等到死也等不到的……

就算是作夢，也很久很久才出現一次啊。

音侍想著夢中見到的懷念容顏，不由得沒再回應綾侍說的話。

與不願遺忘兩面一體的，是越發深刻的想念。

而致使思念永無止盡的，或許便是他清醒著、卻又放不下一切的心了吧。

The End

✣ 希克艾斯與好兄弟候補的小插曲

（1）

「你們現在的狀況到底是……」（綾侍）

「啊，他是我的好兄弟候補！」（音侍）

「我都還沒死你就找候補？」（綾侍）

「喔嗚嗚嗚嗚我錯了！我馬上把他降級成小花貓！我錯了！不要走！」（音侍）

（2）

「暉侍，從今天開始你是小花貓了。」（音侍）

「咦？只不過一個下午，發生了什麼事情？」（暉侍）

「啊，綾侍生氣了，說我急著換好兄弟，但不是這樣啊！所以只好這樣了。」（音侍）

「但我想我可能不夠格當你身邊的小花貓呢，你應該看不上我吧，我身上沒有哪裡會想讓你抓回來養的，唉。」（暉侍）

「別這麼說啊！我喜歡你溫柔的態度跟充滿新奇點子的腦袋！如果你是小花貓，一定是我

最喜歡的小花貓，我一定會把你帶回音侍閣天天住一起！」（音侍）
「那就這麼辦吧，我收拾收拾過去給你養，不過別餵我奇怪的東西。」（暉侍）
「咦？可是？這樣對嗎？等等……」（音侍）

（3）
「……我為什麼最近每次來都會看到暉侍？」（綾侍）
「啊，他住在這裡。」（音侍）
「嗯，我住在這裡，咩。」（暉侍）
「暉侍閣不能住人嗎？你們同居做什麼？咩什麼咩！」（綾侍）
「啊，他現在是我養的小花貓啊。」（音侍）
「是的，我現在是音侍最喜歡的小花貓，咩嘻嘻嘻。」（暉侍）
「小花貓的叫聲也太失敗了！好好的人不當，當什麼小花貓！音，你跟我到外面去說明！」（綾侍）
「怎麼又生氣啦？」（音侍）

（4）
「這不是取消好兄弟候補資格的問題！你們那樣相處很明顯是錯誤的！」（綾侍）

「什麼，我們相處和樂融融啊，彷彿都快心靈相通了……」（音侍）

「反正這樣是不對的！」（綾侍）

「不然我委屈一下，跟他一起當小花貓？我們用咩咩汪汪應該還是可以溝通。」（音侍）

「那我豈不是也變成小花貓了嗎！」（綾侍）

「哇，老頭，你真有同甘共苦的精神，你也曉得好兄弟最好是同種族啊。」（音侍）

「——」（綾侍）

（5）

「暉侍，從今天開始你又是好兄弟候補了！」（音侍）

「雖然都你說的算，但我可以了解一下怎麼回事嗎？啾啾。」（暉侍）

「不用再扮演小花貓了啦，反正就是綾侍說可以了，既然可以了就這樣吧。」（音侍）

「為什麼，你不是說喜歡我嗎？你不想跟我同居了嗎？」（暉侍）

「那是因為、小花貓，啊，可是……」（音侍）

（6）

「老頭，暉侍說人跟人也可以同居，反正他又不是女的，我覺得挺有道理，所以我們打算繼續住在一起。」（音侍）

「……到底為什麼會有人那麼想跟你同居？」（綾侍）

「為什麼不會有？我們住起來超開心的啊，他可以連續陪我說六小時的話耶，就算不出門抓小花貓也不會無聊。」（音侍）

「大家以後要找暉侍都得上你那裡去找，這像話嗎？」（綾侍）

「那不然我跟他去住暉侍閣好了，反正只有你會找我嘛，大家找他就方便啦。」（音侍）

「……我不管你了。」（綾侍）

（7）

「……音侍怎麼不在這裡？」（綾侍）

「分居了呢。找他嗎？他回音侍閣了。」（暉侍）

「你們終於受不了同居狀態了？」（綾侍）

「不，只是聽說小別勝新婚，他說沒在你那裡體會過，所以找我嘗試看看……」（暉侍）

「……」（綾侍）

綾侍大人辛苦了，加油啊。

The End

他和他的今天、明天與未來的每一天

『我從此以後過著幸福快樂的日子。』——暉侍

『我希望從此以後過著痛苦難過的日子。』——范統

『我希望每天范統起床後都不會發現我偷偷用了他的身體。』——暉侍

『我每天早上起床都鬼壓床。死暉侍！你晚上光明正大用了，早上還要搶，到底想怎樣！』——范統

其一　學習相處是兩個人的事

對范統來說，發現暉侍的靈魂跟著自己回到原本的世界，其實並非一件很困難的事。除了作夢夢到，還進化到醒著的時候也可以直接溝通，這大概是之前出借過身體、接線的氣場頻率越來越融合的關係，使得明明是自己獨居的范統不得不開始體會跟人同居的感覺。

而且因為這個室友趕也趕不走，他勢必得尋求跟他好好相處的方法才行——幸好暉侍還算

可以溝通。來到新世界後，暉侍對一切都感到好奇，為了從范統那裡取得需要的知識，他頓時變得聽話了許多，省了范統不少煩惱。

由於暉侍寄生在他身上，個人隱私的問題當然得溝通清楚，范統可不希望自己不管在做什麼事都有人跟著看，所以就跟暉侍說好了，要他迴避的時候跟他打個招呼，他就把探查外界的知覺收回去，可以看的時候會再叫他。不過范統常常打了招呼以後就忘了叫人，暉侍也針對這一點抱怨過不少次。

『你的記性實在太差了，范統。轉個頭就忘記我在等你，說好要喊我卻總是忘記，我真的這麼沒有存在感？只是看不見又摸不著，你就這樣忽略我，是欺負我沒身體嗎？』

暉侍抱怨這件事的次數多了以後，語氣間酸溜溜又帶點苦悶的感覺就越來越明顯了。

「有的時候我不是記得，只是時間剛好短一點，你疑神疑鬼的懷疑我記得你做什麼啦？」

有鑑於直接用嘴巴回答會說出反話，一開始溝通的時候范統都是想在心裡直接告訴他的，但後來仔細想想，反話的詛咒自然解除需要講滿不知道多少句話，那麼拿暉侍來當講反話的對象好像不錯，所以後來他就這麼做了。

『哼，你洗個澡洗八小時？就算在東方城的水池溺水掙扎也用不了這麼久。』

這種拙劣的謊言，暉侍根本懶得跟他拐彎子就直接戳穿了，范統因而突然有點懷念剛來的時候什麼都客氣地請教他，看到新東西就興致勃勃發問的那個暉侍。

「雖然我們沒說好打聲招呼你就不迴避，但到底有沒有做我也不清楚嘛……」

在下不了台的狀況下，范統有時也會鬼迷心竅地說出一些不負責任的欠打話語。

『非但不道歉，不承諾改過，居然還想推卸責任！你這樣我怎能放心把我未來的幸福交給你！』

暉侍以誇張的語調控訴著他的行徑，但說到一半又不正經了起來。

「我沒有要你交給我啊！我自己的幸福都不知道要怎麼辦了，你的幸福我哪管得著啊！」

這種一顛倒就會變得很糟糕的話，難得以正常的狀態講了出來，或許是件值得慶幸的事，但就算這樣，暉侍一樣可以找到調侃他的著眼點。

『啊啊，范統你要這樣始亂終棄的話，你就做吧，沒有擔當的男人是不可能娶得到老婆的。』

「不要這樣隨隨便便就戳我的爽處！小心我不跟你絕交啊！我能不能嫁到老公才不需要你操心，我可是做鐵口直斷的，你以為我會那麼輕易就不被你蠱惑嗎！」

『做鐵口直斷的又怎麼樣，你斷過的命運，搞不好還沒有想做我老婆的女孩子多，我說你沒希望就是沒希望。』

「你是在低調個屁啊！長相那種你賜給父母的東西，憑什麼拿來說嘴！」

『這跟長相沒有百分之百的關係，你要是不懂這一點，一輩子都只會是個處男，哈哈哈哈。』

「——」

就算一開始是認真嚴肅的抱怨，爭執到最後也會以完全離題的吵嘴收場——而跟暉侍吵架幾乎是佔不到便宜的，大概是九比一的獲勝機率，那個一還不見得會出現。

每次吵著吵著就這麼算了，范統也不知道該不該說暉侍脾氣好不計較，因為這跟他對他的印象似乎有落差。

事實上確實也是這樣。暉侍嘴巴上沒跟他計較，卻一直記在心裡，等到他又多犯了幾次，暉侍便拿實際數據出來說了。

『范統，我畫正字記號統計，你忘掉我已經第三十次了。』

他只說這樣就不說下去，彷彿在等待他的反應一般，反而讓范統難以接口，只好試圖敷衍。

「不、不客氣啦，但是沒喊你又不會怎麼樣，你也沒有因此而損失了什麼吧？」

『我損失了觀察這個世界的時間與樂趣。』

「喂喂，讓你觀察我在做什麼本來就不是我的義務吧！你怎麼能當成你理所當然的權利啊！」

由於暉侍根本沒有聽反話的障礙，他的翻譯精進到好像都知道他心裡在想什麼了，所以現在偶然說出正常的話，范統也不會有賺到的感覺。

『范統，我知道你心裡沒有我，這也沒關係，反正我只是個意外被你帶到陌生世界的孤魂野鬼，無依無靠也沒資格提出要求，你就忽略我吧。』

「等等！這又是在演哪一齣戲啊！什麼孤魂野鬼，你明明就住在我身體裡，哪裡孤哪裡野了！你給我說模糊！」

『是啊，我連想野去其他地方也不行，我知道你不會了解這種苦悶。』

「為什麼又說得好像我綁住了你，你住在我身體裡住得很甘願的樣子了啊！難道我還不夠難相處嗎？」

『這些日子麻煩了你許多事情，你的恩情我無以回報，因為幫你找個老婆實在太難了，我想我就徹底安靜下來別再打擾你吧。』

「你到底想怎樣就說清楚啦！要告別還硬要再多刺我一刀，都不會嫌自己太有誠意嗎！」

結果這回溝通下來，做出了忘記喊暉侍一次就借他一小時身體的協議，范統覺得自己根本是腦袋不清楚就把自己給賣了，一時之間對於自己總是被暉侍玩弄在手掌心感到悲哀。

萬一他食髓知味，捨不得放棄有身體的感覺，就不把身體還我的話，怎麼辦？

這類的疑慮范統自然還是有的，但他也難以直接問暉侍。

如果有這種企圖，暉侍這個奸詐狡猾的傢伙當然是不可能被他看出蛛絲馬跡的，之前暉侍就趁他睡覺的時候偷他的身體起來活動了，警告他不可以這樣之後似乎也沒有再犯，所以，范統覺得，要一起生活，多少還是信任一下同居人吧。

反正忘記喊人這種事別再發生就好——想也知道是不可能的。剛做完約定，隔天早上就發生了，不過等他想起來該告訴暉侍不必迴避了的時候，已經是下午，接著當然就是實現他的承諾，乖乖把身體交出去。

閉上眼睛，然後意識往內拉離的過程，再度體驗起來還是覺得很神祕，接下來他的位置就跟暉侍對調，變成在裡面觀察外界了，雖然不太能適應，卻也還稱得上有趣。

『只有一個小時喔，暉侍。』

「知道啦。」

雖說只有一個小時，但范統覺得剛開始的微妙感過去後，這一個小時還真夠無聊。什麼事情也不做，只是盯著暉侍用自己的身體在做什麼，根本毫無樂趣可言，這種只用眼睛的活動，一般來說應該看電視電影才對，電視節目或電影可以按照自己的喜好選擇，一個小時就可以演出很多吸引人的劇情，相較之下，盯著暉侍在做什麼當然乏味得可以，而他也無法對此提出抗議。

「范統，這個要怎麼用啊？范統？」

這屋子裡的科技產品以及電腦中的應用程式，暉侍雖然已經問過不少，但仍難免遇到不會用的，在他想求教於范統時，卻發現范統可能躲到裡層睡覺去了，完全沒有回應。

「噢……既然這樣的話，超過一個小時也不是我的錯囉？」

有光明正大多佔用時間的機會，暉侍當然樂得不叫醒范統，事後多用的時間也不可能拿之後范統犯錯時應該借他用的時數來抵，想著想著，這種佔到便宜的感覺還挺愉快的。

范統的疏忽也會導致他損失掉自己的時間——至於相對之下讓暉侍多出很多時間學習新

知，甚至英文還學得比范統好的事，就不曉得算不算意外的收穫了。

其二　伊耶、雅梅碟

暉侍吸收新知的速度，就跟海綿吸水的速度一樣快。雖然范統剛開始覺得什麼都不懂、什麼都好奇的他比較可愛，但被問久了還是會煩的，因此，逐漸學會各種事物，可以自己研究東西的暉侍，相處起來也方便很多，常常借他身體之後就可以丟著不管沉入潛意識睡覺了，對范統來說這樣還不錯，只要不計較多睡掉的時間的話。

范統也曾經質疑過，只有靈魂跟記憶寄生在自己身上的暉侍，到底是用什麼原理來吸收新知、儲存記憶，畢竟暉侍記得的學會的東西都沒出現在他腦內變成可用的能力，也就是說，暉侍並非使用他的腦袋來學習，學習完的事物也不包含在過繼給他的記憶裡，這真是很難理解的狀況。

秉持著別思考那麼多對自己比較好的信念，范統後來就沒再想這件事，當他是自行成長的另一個生命，然後就不管他了。

在對他屋子裡的東西東摸西摸過一次後，暉侍最感興趣的還是范統的電腦。只是一個體積不大的工具，裡面卻有各種足以消耗掉所有時間的遊戲與資訊，不懂的東西連上網路搜尋，搞不好還比范統講解的詳細，用電腦來吸收這個世界的資訊十分快速又簡便，唯一的缺點只是會被錯誤資訊誤導而已，但這點小瑕疵並不礙事。

瀏覽網路上的小說跟各種影片，對暉侍來說也很有趣味，而電腦稍微通透一點後，他自然也會好奇范統的電腦裡除了他常玩的遊戲以外都放了些什麼東西。每個檔案每個程式都有其功能，那麼了解一下應該也沒什麼不好。

基本上范統會放著他用自己的身體，都不怎麼監視，就是因為這個房間裡沒什麼怕他看到的東西，只要他不出去、不跟人接觸，造成范統的麻煩，范統就會覺得他很乖，不需要防備

——暉侍是這麼認為的。

所以電腦裡的東西，隨便看看也不會怎麼樣。

這當然是個經過推算後，有點問題的認知，當下暉侍也不管這麼多，就從范統那十分凌亂的電腦桌面開始尋找自己看得懂或者可能有興趣的東西，然後他看到了一個名稱是「A片」的資料夾。

A片？Action？動作片？

憑藉著現有的英文水準，暉侍勉強拼湊著這個名詞可能的意義，然後覺得這個名詞感覺挺正確的，搞不好就是正確答案。

點開資料夾，裡面的檔案都是標準的影片格式，這讓他對自己的推論更加有信心。這個世界的動作片他也挺喜歡的，無論是科技武器還是奇幻風格的戰鬥，研究起來都頗有意思，搞不

好還可以從裡面得到新戰鬥技法的靈感，雖然在這個世界用不太到。

基於對動作片的興趣，順便也印證一下自己的猜測是否正確，暉侍隨便挑了一個檔案就點開來看了，儘管檔名都給人一種不知所謂的感覺。

螢幕上開始播放的影片，一開始還有點不知所云，不過很快就進入了劇情主旨，進入劇情主旨的同時，暉侍亦馬上領悟了這並非他原先所想的動作片，雖然也有動作沒錯。

所以A片的A到底是什麼？

暉侍按下了暫停，先上網搜索了一下相關知識，覺得又得到新的詞彙後，才安心地繼續觀看。說起來既然不是他原本預計會看到的動作片，其實他可以直接關掉才對，但這種片子看一看也沒什麼關係，即使沒營養，身為一個男人，有得看還是會看的。

片子雖然有中文字幕，使用的語言卻不是中文也不是英文，暉侍便看看字幕，姑且聽聽罷了，反正講了什麼根本不是重點，但聽覺被某兩個關鍵性單字刺激時，他還是停頓了一下，眼睛瞥過字幕，試圖尋找出蛛絲馬跡，然後什麼也看不出來。

由於好奇心太過旺盛，這又不知道該從何查起，暉侍只好去吵正在休息的范統。

『喂，范統、范統。』

『……？時間到了嗎？』

用心靈溝通把人喊醒後，就可以直接用嘴巴講了，暉侍立即問出自己內心的疑惑。

「這片子裡的女人為什麼會喊伊耶跟雅梅碟？同名嗎？」

『你在說什麼啊……喂！誰讓你開我電腦裡的A片看啦！別人電腦裡的東西不要亂看，沒學過嗎！』

范統一被叫醒，發現電腦上正在播放的是什麼熟悉的片子後，立即大驚小怪地叫了起來。

「誰會學過？好東西要跟好朋友分享啊，你偷藏了這種樂趣，怎麼都不告訴我。」

『我們根本沒有熟到可以互相分享A片的地步吧！』

「又不是陌生人，有什麼好害羞的，不就是個正常而健康的興趣而已嗎？你是沒跟朋友分享過還是沒朋友？我覺得甚至一起探討內容都沒什麼關係啊，只要不是你演的都沒問題吧？話說回來，你還沒回答我的問題呢。」

『你先關掉好不好！那是日文啦！我們一定要用這種音效當背景音來討論事情嗎！』

「啊——討厭，老爺不要，少爺在看——」

『不要把台詞唸出來！不要用我的聲音唸！住口！』

「我只是覺得這台詞很有趣嘛，果然還是要半推半就的比較能迎合你的喜好嗎？」

『為什麼是我的喜好啊？你為什麼不說是一般大眾的喜好！』

「當然是因為你把這片子存下來放在你電腦裡了啊，放在桌面這種隨處可見的地方，不就是常用嗎？因為原先一個人住，所以在多一個同居人後就毫無警覺心地不把不想被看到的東西收好，這樣是不對的喔。」

『把身體還我！不給你用了！你這個討厭鬼！』

要讓范統惱羞成怒是一件毫無技巧性的簡單事情，但也是得付出代價的。

在搞清楚某兩個魔法劍衛的名字跟某兩個日文詞語發音相似，甚至另一個魔法劍衛的名字也可以聯想到某個日文詞彙後，暉侍頓時有點難以正眼看待他們，不過，可喜可賀的是，范統總算找到了同伴可以分享聽見這些名字時內心的苦悶，不必繼續憋在心裡大吼大叫了……儘管這收穫是以有點恥辱的對話換來的。

其三　精英人才與平凡人的差別

『范統，今天一起看電影吧？』

一早范統醒來，暉侍就糾纏著說要看電影。因為范統負責看的話，暉侍在裡面也可以跟著看到，不必借身體，所以借不到身體的時候，暉侍就會提出這類的要求，希望范統答應。

「不，不行，也是時候該關店了，存款用下很多，再不做生意賠錢，很快就站吃海空沒辦法活下去了，這裡可不是東方城，沒有私家糧食能領的，人果然還是不該有危機意識……」

范統一面拒絕他，一面用還不太清醒的腦袋講了一大堆的反話，同時下床梳洗準備做點事情。

『這是你得工作賺錢的意思？』

暉侍有點失望，沒樂子尋的話，生活就無聊了。

「你以為我想賴在家裡不動嗎？問題是沒半個人會不養我啊！」

這句話在被顛倒後，頓時形成很微妙的話語，總而言之是有人養的話他也想賴在家裡不動的意思，於是暉侍又繼續問了。

『你之前沒存多少錢啊？養我又不花錢，不是說什麼之前生意很好賺了不少嗎？還不夠活一輩子？』

「這個世界沒有你想像的那麼複雜啦！這裡物價所得什麼的，你這個生前領高官薪水的傢伙才不會不了解呢！自己查查電腦算算花費，再粗估一下還要活多少年，就可以計算出總共要存多少錢才能躺著不動死一輩子啦！那根本是天文數字，天文數字啊！」

即使回到了自己的世界，范統依然得為錢的事情煩惱，他覺得自己好像就是這種庸庸碌碌的平凡命，這跟在幻世攀上有頭有臉的朋友，靠朋友吃飯的生活實在有點落差，雖然這樣比較腳踏實地，但想到要工作還是會發懶。

『你這張嘴，鐵口直斷的生意真的做得起來？』

暉侍不是瞧不起他，只是單純覺得這種職業配上這種後天缺陷，分明是一場災難。

「我也不知道，客人聽了正常話之後好像比較生氣，反正他們根本不想聽到好消息，就隨便他們吧，不然講到關鍵的時候你出來幫我講，這樣總沒有問題啦。」

『喔……』

「別那麼興致勃勃的樣子啦，不然你幫我一次，我就欠你一百次，像是買點沒吃過的食物吃吃看這種事情，應該還是做得到的。」

『一換一百？范統，你真大方。』

「那不是反話！別鬧了！想也知道不可能好嗎！」

『是嗎？我還以為范統你人很 nice 的，這其中一定沒有什麼誤會。』

「不要拿新學的話來隨便亂套用！自以為在話語中混一個英文單字很拉風嗎！感覺很喜歡啊！」

『我只是覺得這種程度的英文，你應該聽得懂才是。』

「所以你的用意不是測試我的英文程度？意義何在啊！」

基於人活在這個世界上就是得為了生計想辦法的狀況，暉侍就跟著范統去開店做生意了，接觸鐵口直斷的相關業務，觀察客人上門時的狀況與求問的事情，其實也有其有趣之處，但收入不穩定的情況下，范統還是唉聲嘆氣的，總是叫他別開出太奢侈的要求。

『范統，帶我去搭飛機吧，這玩意兒看起來好新鮮，居然可以飛那麼高都沒問題？聽說高空中可以看到漂亮的雲海耶，你看我放你電腦裡的那些照片。』

凡是沒接觸過，很難想像什麼樣子的東西，暉侍通通都有興趣，而這次他的提議讓范統的臉垮了下來。

「機票不昂貴耶，尤其你還要那種可以飛到低空的，那根本是國際航班，就更便宜了啊！

又不能去了就不回來，機票還得買兩張呢！只搭飛機出國，再搭飛機回來，這一點樂趣也沒有吧！但如果要配合國外旅遊，那個花費用想的我就覺得心臟快要萎縮啦——」

儘管范統如此困擾，暉侍卻只針對自己注意到的地方接話。

『國外旅行啊……聽起來不錯呢，我們什麼時候去？』

「就跟你說沒錢去啦！這麼小筆的開銷我吃不消！現在生意又沒有很差，這筆錢我賠半年都未必賠得到！」

『所以只要有錢，你就有時間去？』

「那當然啊！我這店面隨時要休假都不可以，我自己就是員工嘛！」

『噢。』

被這樣嚴正拒絕後，暉侍就沒再提起這件事了，接下來日子還是照樣過，暉侍也還是有事沒事就跟他借身體玩玩，過了三個月，就在范統已經完全不記得發生過這件事後，暉侍忽然叫他去刷存摺簿子，一刷之下居然多出了十五萬。

「這錢哪來的！」

簿子一刷完，范統就驚恐地逼問起暉侍了，他可不想因為什麼傷天害理的犯法事情被逮。

『我三個月前去下載了一個新的免費網路遊戲，在裡面觀察物價買賣賺錢啊，這遊戲還挺受歡迎的，遊戲金幣跟虛擬寶物都很好賣，趁熱潮還沒消退，我把遊戲帳號連同裡面的東西都賣了，換到的報酬還不錯吧，范統，我們搭飛機出國玩嘛，現在有錢啦，我可是用心良苦呢。』

只是玩個網路遊戲，隨便賺賺也比我多——范統處於這樣的打擊當中，接著立即發現不合理的地方。

「你借我靈魂的時間有這麼短嗎？我記得我借你的時間，平均下來頂多每天一小時吧？這樣夠你賺遊戲金幣、打寶，搞到可以賣十五萬？」

『哦……啊哈哈哈，對不起，其實我又偷偷用了你睡覺的時間啦，不過我還是有讓你睡覺的，畢竟不能讓你的身體累壞嘛，看在十五萬的份上就原諒我吧，我看了很多旅遊簡介呢，我們去哪玩？旅行社我也都比較過了，走啦——走啦——』

「……我到底該對你說什麼才不好啊……」

看在十五萬的份上，范統的確就只口頭上禁止他再偷用身體，其他的就沒計較了，畢竟有人賺錢來供自己出國玩，這種好事真的挺爽的，但他也默默思考起自己的賺錢能力跟這個適應良好的傢伙比起來，是不是差太多了……

其四　方便當隨便

「暉侍，這魔王一直打不活啊，幫我打一下。」

『好啊。』

在暉侍的外文能力都比他強了以後，很快的，連遊戲也比他強了。

「范統，魔王打死了，下一關你要回來自己玩嗎？」

『噢……這麼快啊……這樣遊戲好像都沒什麼樂趣啦，看你玩不就好了……』

「不幫你打不行，幫你打也不行，不然你到底想怎麼樣嘛？」

暉侍的話語聽起來有幾分無奈，於是范統又做出了新的指示。

『不然你幫我煮個三鮮麵好了，剛剛肚子好像餓了，我想吃這個，麵別煮太爛。』

「三鮮麵？冰箱有材料嗎？得出去買吧？」

『有啦，上次買的還有剩啊，我記得冰箱裡有。』

「好吧。」

暉侍也不跟他多說廢話，當即起身到廚房煮麵去了。

其實廚房開始添購一些廚具，冰箱開始添購生的食材，全都是因為有暉侍在才會做的事，在暉侍學習廚藝之前，范統根本不會自己煮上得了餐桌的食物，而既然家裡有了一個不錯的廚師，不好好利用一下也太對不起自己了，買菜烹調還是比吃外食便宜的，更何況外食也沒比較好吃，只要暉侍不嫌麻煩拒絕，范統通常三天兩頭就找他煮飯給自己吃。

「范統，煮好啦，交換吧，自己出來吃。」

暉侍把麵裝進碗公裡端到桌上後，就喊范統吃飯了，閉上眼睛交換一下是很快的事情。這種手指都不用動就有現成食物可以吃的狀況顯然讓范統很開心，三兩下就把熱騰騰的麵一掃而空，不過，幾個小時後，他身體就開始不舒服了。

先去衝去浴室嘔吐，然後是拉肚子，整個像是食物中毒的症狀，使得范統不舒服地躺在床上翻來覆去，雖然找了家中的常備藥吞了，胃依然有種翻覆不止的感覺，讓他一直哀號。

『范統……你還好嗎？』

『一點也不好啦……胃好不舒服，我快要死了……』

因為開口講話也會造成不舒服，范統索性就直接用心靈溝通了。

『沒有人會因為吃到過期的食物而死掉的，你振作一點。』

暉侍嘆了一口氣，這樣安慰他，但絲毫沒有效果。

『好不舒服喔——救命——』

『我救不了你啊，這樣唉唉叫會比較舒服嗎？你幾歲了啊？』

聽范統這樣哀號，暉侍實在又好氣又好笑。

『你不懂啦！就是因為旁邊有人聽才會想唉唉叫啊！如果自己一個人的話唉給誰聽！』

『所以你就是要唉給我聽的嘛，我明白了，怎麼連自己唉唉叫也要怪我？』

『嗚——我好想念月退喔，就算是食物中毒，王血治療一下也是會瞬間好轉的吧？』

『王血這種用法還真奢侈啊，你不如說月退可以一刀給你個痛快，讓你去水池重生算啦？這樣食物中毒的確也會好啊？』

『暉侍！你這個冷血無情的傢伙——別人身體不舒服的時候還講這麼置身事外的話，一點也不體貼！』
『我覺得我講什麼你都聽不進去啊……』
『我不管啦！好不舒服——不舒服——』
范統又這樣唉了一陣子後，又聽見暉侍嘆了第二口氣。
『我也沒別的辦法，不然，我跟你交換吧？』
『……咦？』
『咦什麼咦，快點換！我去不舒服，你在裡面休息，總行了吧？別再唉了，聽不下去啦，閉上眼睛跟我交換，乖。』
『可、可是……這種厚著臉皮讓別人受罪的事情好像有點……難道換成你就不會痛嗎？』
『哪可能啊，我當然也會不舒服，誰教你這麼不能忍受？我本來還以為你會自己提出要我負責的要求，既然你死要面子不提，我只好自己提了，你到底換不換？』
就算死要面子，有可以逃避病痛的機會，范統還是不想放過的，所以儘管有點罪惡感，他仍是跟暉侍換了過來，然後在裡面有點不安地擔憂暉侍的狀況。
『暉侍，我忽然覺得你還是個好人呢。』
『……都過了這麼久了，到現在才這麼認為？我該哭嗎？』

代替范統用這正在不舒服的身體躺床的暉侍，一時之間有種想生氣又不知從何生起之感。

『珞侍把你說得像是絕無僅有的好哥哥，但我實際碰到的你根本差太多了啊，之前我根本無法想像你照顧人的樣子，雖然有你的記憶可以看，還是會覺得那不是同一個人好不好。』

『你倒是好啊，現在沒不舒服了，講話就很流暢嘛？』

暉侍哼了一聲，顯見不滿。

『也、也不是這麼說的啦！跟你說話也許可以分散注意力，不會那麼不舒服？』

『我逆來順受，忍耐功夫到家，或許還差恩格萊爾一點，但也不至於這樣就無法忍受，不太需要分散注意力。』

『唔？那你都想什麼來度過？難道你什麼都不想？』

『啊啊，我親愛的那爾西，我可愛的珞侍，哥哥好想你們啊——』

『……暉侍，這不對吧！在痛苦的時候每次都靠想著同樣的人來止痛的話，那麼那兩個人不就會連結著痛苦的記憶，想起來就胃痛嗎！』

『沒科學根據的事情別拿來跟我說，這是我的心靈慰藉好嗎？難道你在被我拉過河的時候想到A片場景也會從此以後都不想看？少騙人了。』

『誰會在那種時候想到A片場景啊！不，明明說好不提A片的！』

從異世界的人口中聽見科學根據這種話，實在讓人很不習慣，不過在另一個話題更為使人驚嚇的情況下，前面的話自然就被范統忽略了。

『難怪我在資源回收筒裡發現你丟了以後尚未清除的靈異A片，原來你不喜歡有鬼怪的啊。』

『你為什麼又亂看！不是叫你不要亂看！』

『電腦裡的資源回收筒哪是什麼不能亂看的地方啊？你講講道理吧？』

『你如果不需要人陪你講話分散注意力，那我要沉下去睡覺啦！』

『等等，別走，你就這麼忍心放著我不管？雖然你吵得有點煩，但我現在有點想聽人的聲音啊。』

『想聽還嫌煩啊！你這嘴簡直比我的反話嘴還不討喜！』

『范統。』

『怎樣？』

『我真的覺得食物中毒的不舒服對我來說只是小菜一碟，所以，如果你要沉下去睡的話，我可以起床去玩電腦嗎？我想對身體應該不會有什麼不良影響。』

『……』

聽見這種話，范統總覺得有種剛剛唉得那麼慘的自己被恥笑了的感覺，而接下來暉侍也真的很有精神地去玩電腦了……

所以忍受能力，果然也有精英跟普通人的差別嗎？

其五　男人的價值不在於吸引異性——儘管這只是用來自我安慰的話

大概是因為暉侍萬能，暉侍太好用的關係，日常生活中，范統找暉侍幫忙的次數越來越頻繁，感覺彼此之間的交情好像有在這樣的過程中增進——信任度提高，能找他做的事就更多，這種不知不覺養成的依賴性使得范統略感心驚，總覺得就這樣下去可能不太妙。

「我說……我還是自食其力增加麻煩你的次數吧，總是一直不叫你幫忙，也不是辦法，這樣下去可能有點不妙。」

『為什麼不妙？我又不會離開你，你需要擔心什麼？』

暉侍用一種「你是在莫名其妙煩惱些什麼」的語氣問出這樣的話。

「什麼不會離開我啊，這種事情你也無法保證吧？」

『我們的靈魂緊緊相纏，這裡的人根本沒有強制驅散我的辦法，所以我當然不會離開你啊，要是我消失了，你一定也死了，不必擔心。』

「這聽起來有種很開心的感覺耶！」

范統激動地說完後，暉侍也冷淡地回應了。

『我知道你覺得不開心啦，瞧你說這句話的語氣這麼激烈就知道。』

「好啦，這不是重點，重點是我覺得應該增加找你幫忙的次數！」

『雖然有的時候真的很麻煩，但基本上我幫忙都幫得挺開心的啊，你到底為什麼想減少？』

「因為不會產生依賴性啊！」

『你可以依賴我沒關係，我又不介意。』

「這不是你介不介意的問題啊！我覺得你搞對了什麼吧！」

『好吧，那麼，你可以依賴我沒關係，因為反正我不會離開你，就算你到了離不開我的依賴度，也完全不用擔心沒有了我生活該怎麼過的問題，所以你就盡量依賴我吧，這樣生活過得不是比較方便也比較高興嗎？』

范統下意識覺得暉侍說出來的這番話是歪理，但這歪理在他腦袋裡轉了三四次後，他居然開始覺得有道理。

「既然你這麼說的話……嗯，好像仔細想想也沒幾分道理……」

『那麼，趕快開店營業吧，不是已經有客人預約了嗎？為了以後的退休生活，年輕時就要好好賺錢呀。』

「唉，是啊，要好好賠錢。」

一想到還得為錢打拚，工作個幾十年直到退休為止，范統就缺乏幹勁了，就算今天來預約求問的是年輕小姐也一樣。

「反正還是一樣，我看完就切換成你，然後我把結果告訴你，你再自己修飾醜化一下吧。」

『沒問題。』

由於暉侍話術比較高段，最近范統都把跟客人解說的工作交給他，至於他要自己加料美化什麼，范統就不管那麼多了。

暉侍講話的技巧比他好很多，就算扣除反話這部分，依然大大勝出，這點他知道。暉侍玩弄人心……咳，觀察人的神態來做出合適發言的功力，也比他強得多，這點他也知道。他的講話技術頂多拿來拐騙單純的噗哈哈哈，對付其他人好像都不怎麼有效。

不過當女客人接二連三地來拜訪，來一次還會來第二、第三次，不管有沒有寄來情書，只要眼睛沒瞎都看得出對方對「自己」有好感的時候，范統也不得不對暉侍的話術感到心情複雜了。

「你就老實告訴我吧，什麼西方城五侍，其實你根本是做織女的吧！你拐騙女人的手段是怎麼回事，明明是同一個身體，之前從來沒有女人這樣消極倒貼過啊！」

手上這封含羞帶怯的邀約信，雖然收件人寫的是范統，但卻讓范統完全無法有高興的感覺，只因為想也知道，女方想傳遞信件的對象不是本尊，而是借他身體說話的那個人。

『牛郎？你這是在稱讚我嗎？』

「你到底有沒有搞懂這個詞的意思啊！織女就是在說你是小黑臉啦！不要隨便亂放電，主人就是主人，關係複雜一點比較好！」

『可是，客人會一再上門的話，錢也賺得比較多不是嗎？就算是鐵口直斷也要講究一點經營手法吧，更何況我什麼也沒做，只是按照習慣上對陌生女性的講話方式應對而已。』

「你是天生吃硬飯的料嗎！」

范統覺得這種沒特別做什麼就可以自然而然吸引一堆女性上門的特質讓人既羨慕又驚恐，他也不曉得自己究竟想不想要。

其實這特質根本已經可以算是他的了——如果暉侍一直寄生在他身上分不開的話。

『噢，我總算聽出來不是稱讚了。嚴格來說，牛郎跟小白臉也不太一樣吧，印象中牛郎雖然賺的是各個女人的錢，卻也算是一種職業，要辛苦工作的，像你說的那種小白臉的話，就純粹閒著不工作靠單一女人包養了，如此說來我應該是在被你包養的情況下還很有良心地兼職牛郎幫忙賺錢才對，你怎能不誇我？』

「你都把白的說成黑的了！誰包養你了啊！誰不想包養你！」

『我如此英俊瀟灑美貌無雙，任誰見了都會想包養我，你好歹也在夢中見過我啊。』

「聽你在說！就算有醜貌也沒有無雙吧！你忘了那爾西的存在嗎？」

『不要提那爾西，我好不容易快忘掉他了，你都不知道跟弟弟分隔兩個世界、被不同的人包養、見不著面有多心痛。』

「就算同在一個世界你也沒有打算要去見他吧！被不同的人包養又是怎麼回事，不要認真把我們的關係界定為包養，也不要認真說你弟被人包養啊！」

這段話只有「隨便」被顛倒成「認真」而已，因為聽不出是反話，感覺就更糟糕了。

『說的也是，我感覺越來越像我包養你了，所以剛剛說的是錯的。我明明是個可以無憂無慮被人包養的優質美青年，卻倒賠自己與你相依為命，這到底是為什麼呢？』

「你到底是說著說著自己疑惑了起來，還是故意要我回答啊！把自己連吹帶捧地說得那麼好再來貶低我，不跟我相依為命到底讓你多無奈！」

『大概——就跟你找不到老婆一樣無奈吧？不過你放心，我沒有想借你的身體討老婆，再怎麼說這也太超過了，所以那些女孩子才會只是對「范統」抱持著想深交的好感而已，我還是有分寸的。』

「分寸在哪裡！在哪裡！你說啊你！你這個人到底有沒有真正討厭過別人啊！」

『喜歡的人當然有啊，我喜歡過很多人好嗎？不過初戀對象已經過世了，啊，又是再也見不到面……』

「我不想聽你的初戀對象是誰，我覺得一定很恐怖，拜託你千萬不要公布答案。」

『范統，為什麼這種時候你就不會說出反話？』

「那一定是連詛咒都能感受到我發自內心的顫抖啊！總之你不要說！我很想聽！」

只要說話的對象是暉侍，就算是再怎麼沒營養的話題，也會被他東拉西扯講很久，反正他就是喜歡講一堆糟糕的話，彷彿以此為樂一般，如果接著他的話搭腔就中計了——很不幸的，范統就是時常中計、也是目前唯一可以中計的那一個。

『怎麼樣？美女的邀約，打算去嗎？要我代替你赴約也行，我想要上次說的那款遊戲機，買來給我玩，就當是報酬。』

「你在說什麼神南北，我借你身體去把妹，還要再奉送你遊戲機？這是什麼賠本生意，我才不拒絕！」

范統的腦袋還是清醒的，用這種方式釣到的女友，不只不正當，心裡也不痛快，相較之下，即使憑自己的實力吸引不了女孩子，至少還心安理得一點。

『如果你真的那麼想交女友娶老婆，要不要拜我為師啊？你那戀愛模擬遊戲就算再破幾百次一樣沒幫助的啦。』

「我本來就有要參考那個來追男生！」

『太好了，看來你還是有正常腦袋嘛，所以你玩那個要做什麼？現實吃不到只好藉由遊戲體驗一下戀愛的感覺？』

「打開你的嘴巴！我叫你開嘴！」

『范統，不要難過，男人還有很多方法可以證明自己的價值，像是賺錢——啊，你可能不太行，那麼事業——我看，也不太行，或者運氣——真糟糕，這可能是最慘的一個了……』

「你真的有在安慰我嗎！你根本就在水上減油吧！」

總而言之，就算跟一個萬人迷成為共用一個身體的同居人，范統依然難以從對方身上學到一招半式，吸引異性的魅力當然也沒有絲毫增長，所謂「不是我不學，只是要自然做出那種態度也太讓人雞皮疙瘩，怎麼可能辦得到」到底是不是藉口，恐怕也只有當事人知道了。

「真糟糕，大話說得太早，現在我們真的分離了，這可怎麼辦？」

「好不容易結合了就別再來煩啦！各過各的！反正我沒錢上館子吃飯了又沒有電腦遊戲需要你幫忙破！」

「別這麼說嘛范統，我都請調到東方城了，以後街頭巷尾見面的機會還是很多的，你一定都要喜極而泣了吧？」

「對——！」

他和他的今天、明天與未來的每一天……也許還得這樣糾纏下去很久吧。

The End

范統的事前記述

回到我的世界、跟靈魂在我體內的暉侍一起在現世生活，不知不覺也過兩年了。這兩年我的生活其實改變挺多的，跟以前自己一個人生活的時候完全不一樣。會有這樣的改變，當然是因為跟我共用身體的那個傢伙為了生活品質而做的一堆事……

以前我一個人過的時候，家裡基本上不怎麼整理的，吃完的泡麵常常就這樣放桌上，等到隔天有心情或者自己也受不了了才會收一收，平日穿的衣服大概也是等到堆成山了才丟進洗衣機一次洗，有的時候一個沒注意，衣服還會染色，甚至洗壞——所以我也不太買高級衣服，自己不會處理還要送洗衣店，也太麻煩。

現在我的房間跟客廳找不到任何廚餘跟垃圾。暉侍總是一面唸著住在髒亂的環境身體跟心靈都會生病，然後逼我借他身體讓他整理……衣服方面也是差不多的狀況，不只摺得好好的，衣櫃裡還會多出新的來……

關於我在家裡常常有時只穿很簡陋的汗衫或者背心這件事，暉侍他是沒什麼意見啦，我覺得會在自己的房間裡衣裝整齊穿得好好的男人，應該是有點問題的，不然就是什麼身分高貴的王子貴族之類的，比如那爾西。

不過外出的衣服暉侍就很有意見了……我到底為什麼不能穿個拖鞋跟室內穿的背心就出門買晚餐吃呢？雖然有的時候會遇到鄰居，攤販老闆也會看見我的穿著，但那也沒什麼大不了的啊？我至少有穿褲子！他為什麼要把事情說得嚴重到「你這樣要交到女友會更難」的地步？我也從來不認為真愛會在我想去夜市吃個臭豆腐的時候出現好嗎！

雖然有句話說機會是給準備好的人，也就是隨時要做好萬全準備的意思，但我覺得每分每秒都全力以赴的人生實在太累，如果一直這麼謹慎又緊繃，機會卻沒有來，那不是白白花了一堆力氣嗎？

嗯，總之，即便我還有很長的人生要過，很有交女友的渴望，我還是不想時時刻刻都在想這件事，成天想著搞不好未來老婆下一秒就會從前面的巷口出現、搞不好人生中第一個女友會忽然在我剛起床的時候撞破我家屋頂掉下來，那實在是很不切實際的事吧，況且滿心求偶念頭那不就跟硃砂一樣了，我收斂一點比較好。

跟暉侍一起生活的日子，我一方面過得很滋潤，一方面也偶爾有點抓狂。抓狂的大概就是他煩人的部分吧，雖說他現在沒有以前那麼煩了啦，但有時候還是會有些無理的要求，騷擾得我有點煩。

在不堪其擾的情況下，最簡單的解決方法就是屈服於他的要求。不然他日也纏、夜也纏，沒完沒了受不了。

好比我收個信他也要問東問西問我那是什麼怎麼不拆問到我願意解釋給他聽為止。

有人寄信給我很奇怪嗎！為什麼要這樣一副很奇怪的樣子狂問啊……我承認的確是很奇怪沒錯，因為看起來不像是那種他借用我身體幫我做鐵口直斷生意之後招惹來的情書，然後我一眼就看到寄件人的名字貼心地寫在上面，因此遲遲不敢拆。

剪紅線女王寄來的，誰敢亂拆啊？萬一拆了有什麼不測怎麼辦？

說到剪紅線女王，其實是我大學同系某位女同學的外號，後來我們就喊她小紅了，也有人叫她女王。之所以會冒出這個外號，是因為專長姻緣命運的她大一的時候戀愛慘遭男友劈腿，一怒之下就剪光了那個男人這輩子所有的紅線，詛咒他此生光棍老死，接著還號召全校的女生抵制劈腿男，一句「姊妹們有需要就找我，劈腿花心的爛男人通通讓他們無家可歸！愛劈就讓他們沒處用！」讓整個校園風聲鶴唳，男生們只要女生稍有懷疑，立即百般安撫跪地求饒，就怕紅線被剪光，以後幸福無望……

照我室友的說法，男人不怕綁死在一棵樹上，怕的是連根草都沒得綁。我個人認為劈腿的確很過分，可是她這樣亂剪真的不怕報應嗎？祖上積德雄厚也不是給子孫這樣胡亂消耗的吧？

我跟小紅畢業以後也沒什麼聯絡了啦，應該稱不上是很熟的關係，都畢業三年了，忽然間寄信來，我怎麼可能隨便拆開？

人家寄包裹的可能是炸彈，我們這個科系，寄薄薄一張紙來都可能暗藏玄機啊！占卜系上其實臥虎藏龍，有些人是考不上其他系，有些人是藉著占卜系掩人耳目，畢竟相較於其他能力，占卜聽起來比較沒有傷害性一點，讓人比較沒有戒心——反正班上什麼樣的怪人都有，很多來頭都比教授大得多，小紅寄來的信我……先占卜一下，再看看要不要開。

結果事實證明只是虛驚一場，這居然是大學同學會的邀請函，時間地點都寫好了，只要答覆參加還是不參加即可。

我覺得難得有這種聚會，去一下也無妨，不過主要還是某個同學當初跟我借了一萬元，畢業後也沒還，這次同學會他如果會出現，剛好可以順帶討回來。

抱持著這樣的心理，我決定參加同學會。雖然嘴巴的詛咒是個麻煩，但，是我那群同學的話，一定解釋解釋就可以理解了，搞不好有人一看到我就會發覺我身上有問題了呢！

暉侍在那邊說搞不好可以在同學會上找對象之類的話，這讓我覺得無知總能建構出最大的勇氣。即便我聽過門當戶對這句話，不過我並沒有找個超厲害的老婆的願望。一個隨時可以拿剪紅線威脅老公的老婆或者看著你隨地丟個垃圾就碎碎唸「又造孽了本來下輩子可以投胎成平凡人現在搞不好只剩下衰人等級」的女友，都讓人一點也不想要好嗎？

婚還是要徵，女友還是要找，只是找我那票同學絕對是不可行的自殺之舉。如果女人是得罪不得的，那麼這個系上的女人就是、最好連壞話都別給她們聽到一句啊。

不曉得我這些老同學會不會知道那個詛咒我的阿姨的消息？儘管希望微乎其微，我還是想解掉我這該死的反話詛咒。

另外……也默默祈禱他們不要太熱心地想幫我驅掉我身上這個煩人的鬼吧。暉侍他雖然煩煩的，但人還是不錯啦……

章之一 參加同學會，不能只當作是去吃飯的

『話說回來，小學國中高中的同學會果然都不會找我嗎？怪胎還是只能跟怪胎好好相處啊……』——范統

今天一早，被腦中暉侍的聲音叫醒後，范統便打著呵欠爬起來開始準備今天的出門事宜。邀請函上所說的同學會日期就是今天，約的是中午，那麼當然得早上就起來準備。即使早上起床還很想睡，但洗把臉照理說就會清醒。

儘管如此，洗完臉後，范統仍然不知不覺窩回床上倒了下去，有種想擁著棉被再睡一陣子的感覺。

喔喔，再睡一下就好了，才九點，應該還有時間吧……瞇個十分鐘應該不成問題，我就……

范統一面墮落地想偷睡，一面放任意識遠去，然而這個時候，剛剛負責叫他起床的暉侍又出聲了。

『范統，你在做什麼？因為你要梳洗所以我迴避，結果好了也不叫我一聲，我還想說怎麼這麼久，而你居然又趴回去了？快起床啊，要出門的衣服你都還沒挑呢！』

「我只是想再睡十小時，你過十天再叫我啦……」

『好啦好啦，就十分鐘。』

暉侍不像噗哈哈哈那麼嚴厲，以前噗哈哈哈叫他去練功就會立即逼他出門，什麼十分鐘之類的當然沒得商量——范統聯想起這件事的同時，也維持著原來的姿勢幸福地賴床。

只可惜十分鐘真的不多，在這種睏倦的情況下，體感時間更是好像剛閉上眼睛沒多久一樣，負責當他鬧鐘的暉侍便再度說話。

『范統，十分鐘了，快起床，難得的同學會，你總不會想匆匆忙忙地出門參加吧？』

有暉侍充當鬧鐘，范統不知該說是好還是不好，事到如今，他當然也無法厚著臉皮說再來個十分鐘，只能勉強睜開眼睛起床。

「唉，不就準備一下看看脫什麼衣服就可以出門了嗎……男人出門明明很慢的，只要五分鐘就可以了，我真搞不懂為什麼要提早起床準備……」

『衣櫃裡那些衣服你好歹也穿一下，我都買回來了，你不穿也是浪費。』

「可是那是你的品味啊，我為什麼要按照你的喜好脫衣服進門啊？」

『不就是因為你自己的品味實在是太……隨性了點嗎？既然要去見認識的人，讓以前的同學感覺耳目一新不是也不錯？你明明整理整理自己、穿上正確衣服看起來也挺好的。還有，那不是我的品味，我買的是我覺得比較適合你、你穿起來會好看的衣服，你可別搞錯了。』

「我真不知道你也有玩換裝娃娃的嗜好……」

『那是什麼？』

反正就是紙娃娃之類的女孩子喜歡玩的東西啦！懶得回答你了，想知道自己借身體的時候再上網查！唉，換衣服去……

范統按照暉侍的指示從衣櫃裡翻出衣服後，再按照他的要求擺了好幾件在床上讓他確認挑選之後搭配，接著便開始他的更衣作業。

真麻煩啊——其實我應該把身體暫時借給你，好讓你試衣服試個不亦樂乎，再幫我把你覺得該搭配穿上的衣服穿好嗎？不過都已經穿到一半了，我還是自己穿完吧。

對著鏡子著裝的范統對於穿衣服的時候還要被提醒對好肩線之類的細節感到小小的不耐。對他來說衣服穿上去該扣的有扣就已經足夠，但顯然暉侍不這麼認為，也不會這樣就接受的。

『好了，這樣看起來不是不錯嗎？你覺得怎麼樣？』

我覺得怎麼樣？居然還要問我的意見？我看看……噢，鏡子裡的我看起來的確還不錯啦，可是……你就為了這個還不錯的效果要我九點就起床嗎？

「為什麼你只是搭個衣服、挑一挑脫一脫就十點半了？我的時間到底是怎麼消失的？簡直像被吞進白洞裡一樣啊！」

『別說得好像很誇張一樣，你說要再睡十分鐘，我看你睡得正香可是過了二十分鐘才叫你，你該不會沒發現吧？』

「有這回事喔？就算這樣，你還是花了差不多一個小時來搞我外出不要脫的打扮啊！這什麼可怕的時間！」

『所以你現在知道了吧，想當帥哥也是很辛苦的，就算素質好，沒有後天的努力也是不行的。』

暉侍那自戀感嘆彷彿要他拜師多學學的語氣，讓范統忍不住想反駁幾句。

「是這樣嗎！那你說說綾侍大人努力了什麼？他應該沒有吧！」

『綾侍是規格外的存在，我們不討論，況且他不只不是帥哥，還不是人。』

你解析錯誤了啦！剛剛我問的是音侍大人！不過這種反話要領悟過來需要的慧根還真不是一兩點就夠的，你聽錯了我也不怪你，反正這個話題確實沒什麼好提的……

『范統，參加同學會還需要帶什麼啊？你要帶什麼名片還是工具現場算命拉客人嗎？』

關於同學會這個名詞，暉侍只大概了解了一下，雖然他了解的方向也是其中一種可能，但拿來套在范統的同學會，依然讓他大皺眉頭。

「拜託，你怎麼滿腦子都在想要如何減少客人啊？而且我什麼時候印名片了，我怎麼不知道？」

『我三天前幫你印的啊，拿去同學會正好，平時也可以發給客人嘛。』

「你到底把我的老師會當成是什麼了啊！」

『同學會上不就是……介紹一下自己現在在做哪一行，遞個名片，有機會多關照關照，老同學打八折，這樣嗎？』

「你乾脆去拉保險算啦！這種事情我才做得出來！而且大家都不是占卜系的，就算是那些混著考進來的也不稀罕鐵口直斷好不好！別鬧啦！」

基於這番對話，范統認真考慮是否該臨時給暉侍講解一下他的同學會會是什麼狀況，畢竟有個心理準備也好——雖然這件事其實、應該跟暉侍沒什麼關係。

「我那些同學，不是普通鬼，好幾個傢伙都是進這個系了解一些旁學或者為了不要太引人注目才選這個系的，你不要以為他們會做這麼有聊的事情，事實上真正恐怖的那幾個，你給他錢都未必能要他們不幫你的忙啦。」

『啊？連錢都不要？人總是要活的呀，要活就需要錢不是嗎？連錢都不要的話，他們要怎麼生活？』

這個問題范統也曾經想過，並求證了解了一下，然後得到了很滄桑的答案。

「跟平常人一樣工作賠錢啊，還能怎麼樣？至於特殊能力，就藏起來有需要才不用了。」

『你的意思是……音侍明明掛著一個黑色流蘇，卻去當搬運公家糧食的苦力，每個月領一點微薄的薪水？這麼悲傷？』

居然拿音侍大人來比喻！對啦！就是這麼悲傷啦！我在詢問的時候還聽那個同學說他畢業之後再努力一點說不定就可以當上便利商店的店長了——他的生活真是超現實超正常的啊！身為一個身負異能的神奇人士，居然能入世到這種地步，我聽到的時候也超欽佩的。

「就是這個意思。」

『那回到剛才的話題，我說的事情不就很有可能發生了？既然他們平日都有正職，要賺錢過活，同學會宣傳一下拉拉客人也好嘛，我有說錯什麼嗎？』

「你根本還是沒有聽不懂啊！他們都可以放下能賠大把金錢的能力去做普通工作了，又怎麼會為了多賺一點而在同學會上拉客人！」

『這樣啊……那范統，你真不拉嗎？你還是希望多賺一點吧？我也希望你多賺一點啊，今年還是希望能有一次國外旅行，我也想看看世界上最大的瀑布。』

「不要許願！我就算要賺也不會想從這些同學身下賺好不好，別想著他們口袋裡的錢了！好了，我看也差不多該準備進門……」

『我覺得你頭髮還是再吹一下吧，你不會的話，身體借我，我幫你吹？只要十分鐘就好。』

「你到底對我的內觀還有什麼滿意的啊？不要吹毛求疵到這種地步！頭髮有吹跟沒吹有差很多嗎？好歹我已經梳過了！」

暉侍對外表追求完美的個性讓范統實在相當不耐煩，對他來說，自己這張臉看了二十幾年早就看膩了，就算真有什麼可以改善的空間，改善以後他也不覺得能跟這個夢裡才會出現的傢伙相比，相較之下，他比較有感覺的只有時間不斷被花掉這一點……這可不是什麼好事情。

『你真的不想的話我也不勉強你……那你就出門吧，再見。』

你那什麼落寞的語氣？你明明也會跟我一起出門，再見什麼再見啊！不過就是拒絕讓你弄我的頭髮而已，有必要這樣就鬧脾氣嗎？

「我真不明白為什麼我們進門前還要吵架，這只是很大的事情吧？還沒出門就搞得心情很好，這又何必？」

『我沒有跟你吵架啊，范統，我只是提出意見，然後一直被你駁回而已，也沒頂嘴，這樣哪叫做吵架？』

……聽起來是我單方面找你吵架？既然你覺得這不是吵架，那就當作不是好了，我安心出門。

今天同學會舉辦的餐廳，需要搭車搭一小段路，范統在公車上找了個位置站好後，有一句沒一句地在心裡跟腦中的暉侍聊天，然後又再次感嘆因為暉侍的關係，他連搭個公車都不會閒著無聊。

我昨天特地翻了畢業紀念冊核對了一下長相跟姓名，希望等一下不會有認不出來的人啊。同學見了面卻叫不出名字，多少還是會有點尷尬吧，畢竟不像小學那麼久遠，大學才畢業三年就不記得同學名字，也未免太……仔細想想，搞不好挺正常的？

昨天還沒翻畢冊之前，我想得起來的同學的確沒幾個，有些只記得外號、有些隱約記得卻一直想不起名字，不知道大家是不是也這樣？跟我熟的畢竟沒幾個嘛，嗯，這其中到底有沒有人算是跟我熟的啊？

范統一面想著這些事情，一面下了公車。看看時間，他算是來得早了，太早到目的地去等待的話，他心裡又覺得有點怪怪的，所以便走進了附近的書店稍微打發一下時間，打算等約好的時間到了再過去。

『結果早到了啊，早知道還是該讓我幫你吹吹頭髮的……』

發現距離約定時間還有十五分鐘後，暉侍忍不住又碎碎唸了起來，范統也實在不曉得該對他的執著說什麼。

『頭髮沒這麼重要吧？風吹一吹還不是會亂掉？』

因為人在外面，他要跟暉侍講話只能用想的，剛才在公車上他們也是這樣進行交談，根據暉侍的說法，這樣少了反話可以聽，其實少了不少樂趣。

『唉。既然來書店了，順便買幾本有用的書回去？你幫我看看有沒有什麼實惠的食譜，然後那個大瀑布所在國家的旅遊導覽書也買一下？』

頭髮的事情已經過去，多說無益，因此暉侍很快就轉移了話題，開始要求他買書回去了。

『那種東西上網查一下就有了，何必額外花錢？我們的經濟沒寬裕到可以想買什麼就毫不思考地買下去好嗎？雖然食譜聽起來有點令人心動，不過我是不會買的。』

『范統，要讓你花錢還真不容易，即使是為了你自己花錢也一樣。』

『你要是真的有認知到這一點就好了！不要再偷偷買東西了！借你身體不是讓你方便買東西的啊！』

『喔。』

暉侍應的這一聲聽起來完全沒有誠意可言，大概只是表示「我聽見了」而已，范統也不由得一陣氣餒。

『說起來，你要跟你的同學解釋你被詛咒的問題，說明的紙張帶了沒？』

人在出門的時候，常常最重要的東西反而忘記帶，暉侍也沒留心他出門時有沒有拿，這時想起來才發問。

『啊！』

暉侍這麼一問，范統立即在腦中慘叫，這反應顯然就是沒帶的樣子。

『寫好了以後不是就放在桌上嗎……』

不要用那種「真拿你沒辦法」般的語氣說話啦！還不是你一直挑剔髮型挑剔衣服細節導致我都忘了！雖然你提到出門要帶什麼，但又被名片還有推銷的話題扯離重點了啊！結果我居然有帶名片，卻沒帶那張詛咒的說明！這什麼本末倒置的情況？

『怎麼辦呢，所以你要現在臨時寫一張嗎？這裡也有賣紙筆啦……』

『為了這個特地買紙筆不只很蠢還很浪費！噢噢，我一點也不想花這個錢！』

『那怎麼辦？要我先代替你跟他們說說話，解釋一下詛咒的事情嗎？』

暉侍提出了一個一般情況下比較簡便的方法，但范統想了想卻拒絕了。

『不，我看你還是躲裡面比較安全，唉，幾十元而已，當我破財消災……』

『為什麼是破財消災？有什麼災可言？什麼叫我躲在裡面比較安全啊？』

聽見這種話，暉侍當然是會追問的。

『有些人可能一眼就可以看出你不是我，是附在我身上的靈，萬一產生什麼誤會就不妙了，你也不希望發生什麼意外吧。』

『天啊，范統，你在乎我的安危耶，我好感動喔，你居然不嫌棄我還想保護我！』

這什麼三八的語氣啊！聽起來有夠不真誠！你根本是在嘲笑我擔心太多吧？感動的話就認真一點說話好嗎！

『你什麼意思啊，難道我還會覺得順勢把你從我腦袋裡趕出去很好嗎？我才不是這種人！』

『我明明是在表達我的感動吧，你怎麼好像誤會了什麼，我只是很高興你為我著想而已啊，你終於還是覺得有我存在比較好了？親愛的范統。』

『我只是覺得把你趕出去你不就死定了嗎！就算是不知哪來的阿貓阿狗，我也無法眼睜睜看他死在我面前的，別往自己臉上貼金！』

『才感動一下子就又心碎了，再怎麼說，跟不知哪來的阿貓阿狗擺在一起，還是太讓人傷心了啊……』

如果你把自己定位成遭人嫌棄的惡靈的話，跟阿貓阿狗擺在一起好像是還不錯的待遇吧？算了，早到的時間消耗得不知不覺，我還是趕緊買紙筆寫一寫然後去看看大家來了沒比較實際。

范統忽視暉侍的感嘆後，快速做完他該做的事，接著便繞回了餐廳，發現門口已經聚集了幾個大學同學，正在互相打招呼聊天。

喔喔……以我的立場來說，我比較希望不要太引人注目啦，我只是個低調的正規占卜系學生而已，不擅長聊天也沒什麼家學以外的特異功能。靜靜來吃個飯，聽聽以前同學的八卦，順便再找欠我債的那個傢伙討完欠款，就可以回家了，啊，頂多再打聽一下以前詛咒我那個阿姨的消息，大概就這樣吧？

因為系裡當初有各自的小圈圈，大家碰面的時候自然會找比較有話聊的人靠近，范統也是這麼做的，和兩個以前偶爾能聊上天的同學視線對上後，他揮了揮手便走了過去。

「范統，好久不見。噢，你變了好多啊，服裝品味跟以前完全不一樣呢！」

率先跟他搭話的人就是他跟暉侍說過、那個說畢業以後搞不好有機會當店長的同學。因為他深藏不露又低調過普通人的生活，大家都覺得他算得上平易近人，此外，他的名字也十分好記。

……我說晚高啊，你一見面就說這種話，我實在不知道該怎麼回答耶。所謂的變了好多如果只有衣服這點，那我根本就沒有變吧！這根本是別人的品味啊！

「真的，范統，你會穿衣服了耶！」

莊晚高喊完那句話後，他旁邊的那位同學也跟著驚呼出聲，讓范統一陣無言。

易仁你又是怎樣？什麼叫會穿衣服了？講得好像我以前都不穿衣服一樣，你可不可以稍微慎選一下用詞啊？
『范統，你要不要介紹一下你同學啊？多少也讓我知道他們是誰？』
這個時候，暉侍的聲音在腦袋裡響起，范統只好在心裡回話給他。
『笑笑的那個叫莊晚高，表現很誇張的這個叫白易仁，都是我比較熟的同學。』
『碗糕……裝碗糕？白薏仁？一個飯桶，一個碗糕，還有一個薏仁？飯桶裝碗糕？白薏仁碗糕？』
『你閉嘴！不要自己造詞造句起來！也不要用我們的母語唸！』
『我好像可以理解你們為什麼聚在一起了，這真是難得的關聯性。』
『你一點也不需要理解！』
因為分心搭理暉侍的關係，范統一時之間忘了自己面前的兩個同學，直到他們再度出聲，他才想起自己還沒回應同學們的招呼。
「這是……你身上有很不得了的東西耶，怎麼幾年不見就變成這樣？」
見莊晚高張大了眼睛一副吃驚的樣子，范統不由得緊張了一下，煩惱起要怎麼解釋。
你看到了什麼？可不可以說清楚一點？你說清楚一點，我也好知道怎麼應對啊——
『很不得了的東西，難道是在說我？好像被稱讚了，范統，我給你的同學加十分。』
……暉侍，你不要突然冒出這種破壞氣氛毫無緊張感的話好嗎？你這個人到底怎麼回事？
「晚高，你看見了啥碗糕？說來聽聽啊。」

你還是跟在學時一樣沒禮貌啊，阿仁……

「這種詛咒的水準不是一般術者能夠有的，到底是惹了誰啊？范統，詛咒的效果是什麼？」

喔，原來是在說這個——

『什麼啊，原來不是在說我不得了，真失望，范統，我要收回剛才的加分。』

——暉侍，你——難道你其實很希望別人看得見你、能夠發現你的存在嗎？

「祝福的效果喔？」

既然有這個機會，范統自然不會放過，當即掏出剛才匆匆寫下的紙來交給莊晚高，白易仁也湊過去一起看了起來。

我等著聽你們發表感想……怎麼越看臉色越凝重了？我寫得很嚴重嗎？我記得我只有平鋪直敘地說明我嘴巴的狀況啊，還是你們覺得十句有九句是反話非常嚴重？啊……說起來的確是很嚴重沒錯啦，這問題曾經讓我有點生不如死，可能是時間久了習慣了吧，現在我覺得還好，況且還有個暉侍在，總算有人幾乎都聽得懂我在講什麼，剛好又是我相處時間最多的人……

「范統……這上面寫的這些，到底是什麼意思？」

啥？晚高，你連中文都看不懂了嗎？

「香蕉一串、衛生紙一大包、《刁蠻娘娘鬧後宮》、雞蛋一盒、《我與他之間不可說的祕密二》……這些跟你的詛咒有什麼關係？」

啊啊？欸？

『啊，范統，我之前借身體出門採買的時候帶的備忘錄還塞在口袋裡，忘了拿出來……』

什麼東西！

「《我與他之間不可說的祕密》我也有看過耶，原來范統你喜歡這片？」

我不想跟你進入這種話題！阿仁！

「那張是正確的！這張才是錯誤的啦！」

可惡，暉侍你怎麼這麼不小心啊，好久沒見的同學一見面就丟臉，這樣我很尷尬耶！

『那個，范統，我出去採買了好幾次，口袋裡可能塞過不止一張。』

范統遞出紙條的手在暉侍這句話下立即停住，然後快速地倒抽回來，臉色僵硬地檢查了紙條上的內容，這次倒是沒拿錯紙。

你是太無聊所以故意陰我暗算我嗎！你平常應該不是這種東西都不清的人吧？我以為你現在收斂很多了，結果你其實還是生性糟糕對不對？

『塞在口袋裡的紙條為什麼不清掉！你是想害死誰啊！』

『這只是個無心的過失，我怎麼可能會想害你？如果推算得到今天的狀況，我就是神了吧，擅長鐵口直斷的可不是我，你這樣誤會我會讓我很難過。』

『……我只是因為今天遭遇了一些意料之外狀況所以有點遷怒，是我不好。』

搞什麼，結果還變成我要向他道歉的狀況了？我實在是……

『沒關係啦，我已經不介意了，所以你要帶我去看大瀑布了嗎？』

『你可不可以不要在這種時候提要求？就算想利用我的愧疚，也做得太明顯了吧，一點也不掩飾！』

『也就是說，出國的事情你要答應了？』

而且還徹底忽視了我的問題——到底什麼樣的環境才能養出你這種人啦！

「哇，說反話的技能？」

剛剛確認完紙條無誤後，范統便將紙遞過去了。看完紙條後，白易仁先以驚呼表達了他的驚訝，接著便以怪怪的笑容開始鬧他。

「范統，快講幾句聽聽啊！這麼有趣的技能，我們可是從來沒聽說過呢！」

誰跟你有趣！還技能？我是鸚鵡嗎？你怎麼到現在還沒被煮成薏仁粥！

「阿仁，別這樣幸災樂禍，這種詛咒應該會造成生活上很大的困擾吧。」

和白易仁相比，莊晚高顯然比較有良心。

「反正他只要跟我們聊天，一開口我們就能聽到反話了，也沒差啊？好啦，范統，說真的，這樣你女友跟你說話應該常常覺得很不痛快？」

白易仁將手拍上范統的肩膀後，用帶點同情的目光看向他，范統頓時臉上一黑。

什麼女友，哪裡冒出來的、什麼時候冒出來的，我怎麼不知道？

「我才沒有女敵，你這句話是從哪縮進去的，我們這麼久有聯絡了，才剛見面你就說這種話，結論是哪去的？」

噢，初次接觸我這詛咒的你們應該沒辦法一下子就聽懂吧？需要我翻譯一下嗎？但我也只能用筆談告訴你們，這樣還真慢啊……

「欸？男人忽然間在意起外表、穿著上注重打扮了，不就是因為有另一半了嗎？」

范統話一說完，大概等了三十秒，白易仁才訝異地做出回應，沒發言的莊晚高不知是不是仍在腦中翻譯。

有這種事？不是女人才會這樣嗎？不，這不是重點啦，在意我的外表的人，根本不是我好不好！

「反正就是沒有，你以為我不想嗎？但就是交得到啊！」

「有點難聽懂耶，好吧，沒有女友，那，男友？」

不要用雙手比出那種「被我看穿了吧」的手勢再配上表情開一些自以為有趣的玩笑啊！誰跟你男友！跟好久不見的同學見面後的交談，請你維持基本的社交禮貌好嗎？

「你再這樣我要叫你大黑了，阿仁。」

我是說小白啦，你這個小白目！

『范統，雖然你沒有女友也沒有男友，但你可以跟他們說你有同居人，反正是事實。』

大白目閉嘴！誰要說啊！這種時候主動提供八卦題材絕對是笨蛋才會做的事情啦！

『什麼同居人，你根本是同居鬼！』

『我是為你著想耶，總比說單身有面子吧，況且這又不是說謊。』

『這不叫有面子，這叫打腫臉充胖子！好了，你先不要講話！』

一直跟暉侍在腦內對話，只會讓他無法專心面對同學，這時，莊晚高也遲疑地說話了。

「所以……你都努力改善自己的品味到這種地步了，還沒辦法找到伴？當初你有惹過女王嗎？確定沒被她剪過紅線？」

剪紅線女王在班上的稱呼分為小紅跟女王，莊晚高可能對這位女同學抱持著敬而遠之的態度，所以是喊女王那派的，不過這不是重點。

……等等，晚高你為什麼要提出這麼恐怖的可能性？我沒得罪過她啊！一直維持著和平的關係！還有，這不是我的品味啦！就說不是我的品味了！只能一直在腦內爭辯的感覺實在是……有這種品味的那個傢伙，確實很輕鬆就可以找到伴沒錯……

『天啊，范統，什麼剪紅線？聽起來好像很厲害的樣子，你怎麼都沒說過？』

你不要再用天啊開頭了！你一用我就覺得你很三八啊！這是你最近愛用的發語詞嗎？聽起來真的很煩！

『那是我們班的剪紅線女王對付花心男人的手段，被剪光紅線可是很可怕的，那意味著你不只這輩子都無法成家、有戀人，甚至連想一夜情都會遭遇不可預期的失敗，不過我沒做過什麼讓她看不爽的事，交不到女友應該不是這個問題。』

『我覺得是你嘴巴上講講，但追都沒去追的問題。』

……！我有什麼辦法！嘴巴這樣讓我怎麼跟女孩子搭訕說話？光要解釋清楚詛咒並且讓對方相信，就是很大的問題了啊！況且也得出現有緣分看對眼的對象才能展開行動，我就是一個也沒碰到不行嗎！

「好好的沒事，她剪我黑線做什麼，早低，你真恨開玩笑。」

詛咒開始發揮顛倒人名的作用了……真不妙，希望你們別介意，抱歉啊晚高。

「還有一個重點呢，紅線這種東西，也得存在過才能剪啊。」

真是謝謝你的提醒喔！我決定今天就在心裡喊你小白了，你這個黑心薏仁。

「對了，既然你看不見祝福，那你能幫我解嗎？」

懊惱了一陣子後，范統才想到可以求助看看。除了以前的同學，他也沒認識什麼高人了，無論如何有機會還是該問的。

「真遺憾，我沒有很大的把握。雖然不是不能嘗試看看，但我不清楚施詛咒的高手跟你之間的問題，我也還沒到達隨便結仇都無所謂的地步，畢竟反話的詛咒不會危及生命，這個忙我就不幫你了。」

呃……你這麼說也是有道理啦，我們也沒到肝膽相照的地步，我不該要求你攪進這件事情中，背負多一個仇敵的風險……再說那個詛咒我的阿姨、噢，小姐，看起來就是一副很記仇很愛斤斤計較的樣子，要是被這種人盯上絕對會有很多麻煩，況且你又那麼低調。

只是眼見一個解除詛咒的可能性在我眼前消失，那感覺還是有點哀傷啊——我今天出門之前好像忘了占卜吉凶，今天的同學會到底……

「好像有些人進去了，看來裡面應該有人，我們也進去吧？」

站在外面聊天的同時，白易仁也有注意其他人的動向，發現有人進入餐廳後，便跟他們說了一聲。

「也好，肚子也有點餓了。」

莊晚高點了點頭，范統自然也沒有意見，就這麼和他們一起進了同學會的地點。

范統的事後補述

人只要見到同學，就會懷念起還在一起念書的那段時間——再怎麼說，我在系上的成績還是很好的，畢竟占卜系是我的專長科目，純論系裡教的東西，我都還算拿手。

同學見面，第一件事果然就是觀察對方有沒有什麼改變吧？我只不過是聽暉侍的話穿上他挑的衣服，就被奚落了半天，要是真讓他幫我吹頭髮，搞不好還會被說成想到同學會上把妹？

晚高跟阿仁感覺和以前都差不多。事實上只要他們沒什麼翻天覆地的改變，我大概都看不出來，畢竟我從以前念大學的時候就是那種同學剪了頭髮我也不會發現的人，相隔一天就出現的細微差距我都不會發現了，相隔三年後出現的細微差距我又怎麼可能會察覺？

今天來之前，我就上網查過這家餐廳了，畢竟同學會吃什麼、好不好吃，還是挺讓我在意的，我也不想花錢點到地雷菜啊，這點功課還是要做的。

不曉得那個欠我錢的傢伙今天有沒有來？我也真不曉得，到底是特地到同學會上討債的我比較機車，還是欠錢不還要人在同學會見到他還得討債的人比較機車了……

✣ 章之二 參加同學會，不要以為不會有人想跟你聊天

『閒著沒事就聽聽別人的八卦，有益身心健康。』——白易仁

關於大學同學會到底有幾個人會來這件事，范統其實沒什麼概念。

系上特立獨行的怪人不少，喜歡獨來獨往的孤僻同學也有好幾個。照他看來，會出席的人應該不多，說不定還得面對冷冷清清的場面，三四個人互相呆望尷尬地埋頭吃飯——但進了餐廳一看，居然有二十幾個人，讓他嚇了一跳。

有沒有搞錯，人還真多！難道小紅威脅大家不來就剪紅線嗎！嚇到我了啊，我都不知道我們系上的人感情有這麼好？

由於這間餐廳不大，二十幾個人儼然便是包場的態勢了，范統頓時頭有點痛。

今天的同學會根本是恐怖分子聚會吧！一堆危險的人在這裡啊！真的都不會有人來抓嗎？

『范統，你念書的時候班上總有幾個比較出風頭的人物？就是那種人中龍鳳、天之驕子？今天有來嗎？介紹給我看看？我好好奇。』

安靜沒多久的暉侍，在他進來後便又開始問問題了。

『像是我剛剛告訴你的剪紅線女王就很出風頭啊，整個系都知道她，沒有男同學不怕

的，女同學也崇拜她崇拜得要死。』

『沒有男的嗎？你家碗糕跟薏仁算不算出風頭的那種人物？』

『當然不算，他們一個很低調，一個老是缺課，說起來還真是最像普通大學生的……不！他們什麼時候變成我家的了！這裡只有你是我家的，他們跟你才不一樣！』

那些有特殊能力的人之所以考進來念大學，有人是想過普通生活，有人是想營造出「我很安分守己在讀書，我跟普通人沒什麼不同，不是危險人物」的形象，還有一部分的人抱持著多少看看能不能學點東西、拿個大學學歷給長輩交代的想法，剩下的怪胎為什麼要來念，范統也不太清楚。

『如果你想看看那種在普通同學之間很受歡迎的，那個坐在那裡白色西裝金髮的就是了，他是留學生，大概是長相跟氣質的關係所以大家還隨便給他取了個占卜王子的綽號。』

『喔喔，嗯……』

『你看到了？滿足好奇心了？所以呢，你覺得怎樣？』

『不怎樣，沒我帥。』

得到這種讓人無話可說的答案，范統登時鬱悶了。

跟你比個鬼啊——！你贏他又怎樣！大家只是靠著一技之長混口飯吃的，並沒有要跟你那種世界級模特兒般的外表一較高下好嗎！你這個真王子不要白目！

『嗯，經過比較後，我還是一樣充滿自信，金髮一點也不稀奇，我原本也有。』

『你到底跟我來同學會幹嘛的啦……』

『看熱鬧啊。』

『……你慢慢看，不要跟我講話。』

因為無話可說的關係，接下來暉侍抱怨「好無情」、「難道我要自言自語嗎」之類的話時，范統都乾脆地無視了。

「范統，我們坐這邊？」

「不好。」

儘管他講出的反話讓問他這句話的莊晚高因為還沒反應過來而愣了一下，不過范統也沒打算提醒他這是反話，反正直接坐下來，他就能明白他的意思了。

好，少說話，多吃飯，我看看……該死，明明來了二十幾個人，怎麼欠我錢的人就不在其中呢？該不會怕見到債主就不來了吧？這很缺德啊！

范統參加同學會的主要目的，可以說就是來討債的，如今這個主要目的無法達成，他實在心情不太好。

「所以呢？現在要做什麼？自己點自己要吃的東西嗎？有沒有要輪流自我介紹近況啊？應該有人特地從國外回來參加同學會的，就只各自找想聊天的對象聊天？」

白易仁顯然很想知道大家現在都過什麼樣的生活，但這種事情沒有通通就座，找個主持人來進行，就很難辦。

「不是女王主辦的嗎？可能要看她怎麼安排吧。」

莊晚高淡定地回答，似乎打算聊天配白開水就好，連菜單也沒翻開來看一看。

小紅啊？不曉得在哪……噢，我看到了，正在和別人說話……啊，視線對上了……糟糕，走過來了……

「范統！你到了啊？咦，看起來比較帥了呢！」

小紅一走過來，便笑著跟范統打了招呼，然後因為他身上不同以往的穿著而驚訝。

對方都走過來了，范統也只能站起來跟她說說話。

「有啦，跟以前也有差很多……」

我是說沒有啦跟以前也沒差很多！不要變成這種自吹自擂的台詞！啊！我還沒跟她解釋詛咒的問題！這個時候拿出紙條來適當嗎……不對呀，晚高！你們根本沒把紙條還我！

這種時候要接什麼？妳也變漂亮了？不行啊！我講出這句話絕對會被顛倒成正中死穴的話！一個女人詛咒我嘴巴就夠了，我可不想再讓另一個女人把我的紅線都剪光光！

「三年不見，感覺真的不太一樣耶！」

平心而論，小紅確實是個漂亮女人，但她太過直率的個性與一手操弄姻緣的能力總讓人不由得退卻，像現在，講話的同時，她便愉快地用手肘撞了范統一下，讓他差點叫出好痛。

「總是這麼粗魯，恐怕嫁得出去……」

「啊？你說什麼？居然當面諷刺我，未來不想要有老婆了嗎？」

不！別隨便拿這麼嚴重的事情威脅別人！我想求饒，可是我這張被詛咒的嘴辦不到啊！

「女王，范統他出了點事，語言系統被詛咒了，所以說不出好話，就別跟他計較了吧。」

坐在一旁的莊晚高一直都比幸災樂禍的白易仁有良心，見范統有口難言，便開口替他解圍。

「什麼？居然被詛咒了？范統，我一直以為你是個老實人，居然會被女人詛咒？你做了什麼壞事？」

哪知小紅一聽，立即瞪大眼睛質疑起來，本來有口難言，現在就成了有苦難言。

妳為什麼一瞬間就判定是女人！只有女人才會詛咒別人嗎？我可沒有當負心漢辜負了誰，妳不要誤會我！

「就算要他解釋，他現在也無法自己說清楚吧，妳有耐心等他用筆寫嗎？」

莊晚高再度插嘴了一句，暉侍也在范統腦中唸了唸「他人真好啊」。

「莊晚高，今天的你是不是不太正常啊，你為什麼一直幫范統說話？」

以他平素低調不惹事、盡量不跟人結仇的形象來看，小紅會問這句話也是正常的，白易仁也跟著點點頭。

「有個人就要在我面前絕子絕孫了，不救一下好像說不過去。」

儘管范統是被救的那個，但這番話還是讓他心情複雜。

好啦，總之你看到比較危急的大事才會干涉是吧？無論如何我還是感激你幫我的紅線說話的心意，但我那些子子孫孫到底會不會有，以目前的狀況來說還真是不樂觀……

「你想救范統的紅線，就不怕換成自己絕子絕孫？」

小紅一向氣燄囂張，不太接受別人阻礙自己，而在她說出這句威脅後，莊晚高笑了笑，很乾脆地手掌翻上，伸出了左手。

「要說怕不怕，也許是有點怕，但我知道妳不是認真的，不如順便幫我看看有什麼可以剪的吧？」

哇！晚高你居然挑釁她！你挑釁她啊！在剪紅線女王面前伸出手來任憑她處置你的紅線，你是入世之後忽然又變成想出家了嗎？萬一她一個氣不過想嚇唬你結果失手剪了什麼，你要怎麼辦？你腦袋裡裝碗糕？

「什麼嘛！你……欸？怎麼會……」

聽完他的話，小紅一開始好像真的賭氣想做點什麼，但一看之下卻錯愕停頓，讓范統有點搞不清楚現在是什麼狀況。

是怎樣？太多條嗎？還是根本就沒有？或者出現什麼根本就沒看過超奇怪的紅線？例如粗到跟電纜一樣完全不可能剪斷之類的？我覺得不管什麼狀況發生在晚高身上，我都不會太驚訝，他根本就超奇怪的。

「沒有要剪的話，放過范統，繼續我們和平的同學會囉？」

他的臉上依然掛著淡淡的微笑，這次小紅沒有反對。

「哼，不要以為我只會剪紅線好不好？畢業以後我也是結了很多好姻緣的！」
「那可真是好事情啊！」
白易仁一面鼓掌一面吹口哨，小紅則又接了下一句。
「只是剪的比結的更多而已！」
噢，這個，那個……嗯……很符合妳的個性。什麼時候也給自己結一樁好姻緣啊？不過不曉得你們的技法能不能用在自己身上就是了。
「好啦好啦，打過招呼，那我去跟別人說話了，你們隨意，慢慢聊啊。」
「等一等，小綠——」
哇居然變成小綠了！不要打我！我可以解釋！我這裡還有紙筆！
范統匆匆在紙上寫下自己要問的問題，主要是想問跟他借錢的人今天會不會來，小紅看過後，搖了搖頭。
「很可惜，他今天不能來喔，很多人也是有工作所以無法到場，不然大家可是都很期待同學會呢。」
大家都很期待同學會？有這種事？只有我平常心當作出來吃頓飯嗎？
「你說他欠你錢？沒關係，我跟他還有聯絡，我可以幫你催債，他絕對不敢不還！」
小紅一說完，豪邁地拍完范統的背，隨即回到原本的圈子跟人說話去了。
你要幫我用剪紅線威脅他還錢嗎？謝謝，妳人真好啊，那我就不用擔心討不到錢啦。

『還好她沒真的把你的紅線剪光，雖然不是我的紅線，聽起來還是膽顫心驚。』

……暉侍，你一個死人哪來的紅線？人都死了還管什麼紅不紅線的，你會不會管太多？

「范統，女王只跟你打招呼耶，你們交情很好？」

小白你打聽八卦的樣子，我總覺得跟誰很像……對啦！我知道了！是米重啦！我就說怎麼有股熟悉感，原來是他！雖然你沒有他那麼討厭，但整體來說挺類似的……不要當這種人好不好？

「以後念書的時候，小綠會找我借筆記、問考試重點啊，多少算有點交情吧，我的筆記還挺沒用的。」

『這聽起來真是好人模式，你為什麼不藉機進一步搭訕呢？只單純借人家筆記，就只是個好人同學而已嘛……』

『你又在我腦袋裡碎碎唸什麼啦！我對小紅又沒意思！』

居然要我借筆記順便把妹？這個妹可不是普通的妹，把到了搞不好會折壽啊！誰知道她亂拆姻緣的後盾是哪來的，萬一報應都報到親朋好友身上，和她交往不是很危險嗎！而且我的運氣本來就已經夠爛了！

「我跟你借你怎麼就不借我？」

白易仁似乎鬱悶了，范統也回得十分順口。

「你會剪黑線嗎？我又不怕你，何必借你，自己愛缺課，考試要到的時候就自己應付啊，缺課又有本事念壞，我最看得慣了啦。」

又沉默了。接下來我們的聊天，都必須因為你們得翻譯反話而變得這麼緩慢嗎？

「噢，范統，體育課你還不是會缺課？全勤的大學生才不正常好不好？同學之間就是要互相罩一下彼此嘛，助人為快樂之本，幫助一個跟你一樣會缺課的同學，讓他不至於期末考的時候那麼絕望，難道不是好事嗎？」

「那只是因為體育課在下午第一節，我睡過腳才會缺課的！」

你倒是能言善道嘛，就算這樣我還是不會承認你說得有道理，你死心吧！上課都不來，我借你筆記卻讓你考得比我高分的話，那不是很可恨嗎！

「我全勤。」

被問到自己的意見，莊晚高喝了口杯子裡的白開水，才淡淡地回答。

「晚高，你呢？你怎麼說？」

……

晚高，你還真是……既正常又不正常啊。不，根本是不正常吧？正常人也沒有幾個念大學時能全勤的，你都沒遇上任何意外，像是塞車、起不了床，公車拋錨或者其他什麼的狀況？四年耶？全勤？你認真的？

「我們就先別提筆記的話題了，晚高，你還在麻煩商店工作嗎？現在做得怎麼樣了？有沒有升上店長？」

麻煩商店……便利商店的賣點是方便，我真想知道麻煩商店的賣點是什麼？聽起來就跟餐飲店叫「好難吃便當店」一樣啊，顛倒得真是趣味……

「便利商店嗎？沒有，我離職了。」

欸！當初聽你提起的時候不是一副想在那裡認真努力做下去的樣子嗎！怎麼還沒升店長就離職了？那你現在在做什麼？

「那你現在在做什麼？為什麼離職了啊？」

范統還沒發問，白易仁就面帶訝異地先問了，這產生疑惑的同步率讓他不得不無言。

「一個地方總是待不久……大概就是這樣吧。現在在速食店打工，幸好這個月的假還沒用掉，不然就無法來參加同學會了。」

這麼說來你還是很認真工作啊？為什麼一個地方總是待不久？而且怎麼還是打工啊！雖然、雖然占卜系畢業又沒有相關能力的話，無法自己開業就沒有正職可做沒錯，但你能做的事情應該有很多才對呀！

「這樣啊……有看到什麼工作機會需要介紹給你嗎？」

「不用了，打工不難找，我找對我方便的打工，沒什麼問題。」

你打算這輩子只當工讀生就好嗎？工讀生存不到什麼退休金吧，更何況還是常常換工作流動率很高的工讀生？老了以後沒有錢很沒保障耶！

「范統，那你呢？你畢業之後過得如何？現在在做什麼工作？」

似是判定莊晚高的生活很無趣，白易仁便轉移話題問起范統來了。

啊？問我做什麼啊，你們真的有人對我有興趣嗎？該不會只是很想聽我講反話，所以硬要逼我說話？

「做我家傳的金口直斷生意啊，有個大店面，還過得去啦。」

媽呀，我金口直斷了。事實上鐵口直斷還真沒說錯，我這張嘴如今真是破銅爛鐵。

「我們系裡能靠占卜活的也不多呢，鐵口直斷有趣嗎？算錯會不會被客人砸攤？」

鐵口直斷一點也不有趣。這種必須靠口才跟裝腔作勢、不能只憑真誠來做的工作，對我來說根本吃力不討好啦。雖然現在有了暉侍，這部分交給他處理就好了，但如果可以的話，我還是比較想做一些——嗯——服務業以外的工作。

可惜對我來說，靠鐵口直斷賺錢還是最容易的吧，唉。

「我沒什麼算對的可能性啦，要砸攤也是對算出來的結果滿意的客人才會來砸，事實上沒遇過很嚴重的，頂多被砸個鴨蛋，也沒丟太少顆。」

我要吐槽我自己的反話，要砸就砸，特地買鴨蛋也太蠢了吧，比較大顆嗎？

「你的反話真的很有趣耶。」

小白，你要笑就笑，不要強忍，臉孔都快扭曲了。

「我可能還需要多一點的反話翻譯慧根……」

這樣啊……所以晚高你只要不開口就是在思考我到底講了什麼是嗎？然後萬一小白先領悟

了，跟我對話之後，你又得再翻譯我的下一句話……那麼只要你心裡翻的速度不夠快，就無法加入話題啦？這也太悲傷了吧？

『有這麼難翻嗎？我覺得沒有這麼困難啊，多用點心就可以翻出來了，根本五秒也不需要。』

……那是你不正常吧？雖然反話聽久了，習慣以後遇到特定詞彙都能直接翻成正確的，可是有的時候模稜兩可的反話還是很難聽懂啊？你可以百分之九十以上都瞬間聽出原句是什麼，根本是超能力了不是我在說。

『范統，你都不附和我也不反駁我，我覺得我好像空氣，我好寂寞。』

『我要跟同學聊天，哪有辦法同時跟你說話啊？是怎樣啦，不就叫你不要跟我講話了嗎！你超煩的！』

『你跟我說話都可以同時跟他們聊天。』

『我本來就是來跟他們聊天的，你搞清楚狀況啦！』

暫時打發完暉侍後，范統又將注意力拉了回來，白易仁恰巧又開了另一個話題。

「說起來，女王為什麼會辦同學會啊？通常會主動發起同學會的人，都讓人很想猜測動機耶。」

啊？動機？還有什麼動機？我都不會想這麼深耶，為什麼要辦同學會，有差嗎？

「那麼你覺得有什麼動機呢？」

莊晚高反問了一句，大概是因為他想像力貧乏想不出來的關係。

「例如有想見的人，又無法直接約對方，所以藉同學會的名義見個面，順便了解一下對方的近況啊——」

被你這樣一說，好像有點曖昧，也就是說你的意思是……小紅在班上有暗戀的人？

「女王很直爽的，如果真的喜歡誰，沒必要這麼扭捏吧。」

白易仁那充滿八卦性質的說法，莊晚高顯然是不太同意的，范統也難以想像小紅暗戀哪個人藏在心裡糾結的模樣，所以跟著點了頭。

「你們兩個真是無趣耶，跟你們聊天想八卦什麼都八卦不起來……算了，如果不是也好，被女王暗戀的人要是存在，他知道了應該會嚇死吧，只要和其他女人的紅線都被剪斷，這輩子不就沒戲唱了嗎？」

這種蓄意破壞暗戀對象姻緣的事情，小紅應該做不出來吧。小白你是被剪過紅線還是想劈腿又不敢劈嗎？何必對她這麼有意見。

「易仁，你其實被女王剪過紅線？」

哇，晚高跟我得到了同樣的結論呢！

「才沒有！我只是覺得她管太多了啦，別人的感情怎麼樣關她什麼事，怎麼可以因為自己有這種能力就單聽女生的一面之詞欺壓男生？」

小紅她完全就是站在女生那邊而且不講道理的，所以你要嘛自己挑個會講道理的女朋友啊，要嘛別交啊，都已經知道這樣了還亂跟不妥的女孩子交往的話，自己眼光差，怪誰？

「剪光紅線的話確實有點殘忍，小孩子還是很可愛的。」

所以晚高你的重點是這樣那些可愛的孩子就不會出世了？我都不知道你這麼喜歡小孩子……

「嘿！大桌子排好了，大家一起坐過來併桌吧！」

這個時候，另一邊傳來這樣的招呼，似乎很多同學都只是來看看大家就有事急忙離去，有要留下來吃飯的只有十個出頭，坐一長排的確是可行的。

「好少人打完招呼就來了，還真不忙啊。」

「既然這樣我們也坐過去吧？」

「留下來是不是要點餐？有最低消費嗎？我在家裡吃過包子了。」

……晚高，別人離開是因為忙，你想離開卻是因為不想花錢吃飯嗎……

范統的事後補述

同學會的時候，帶外人一起來真是一件很煩的事情。

可是不帶來又不行——暉侍他根本和我黏在一起了啊？所以我去哪，他當然也只能跟著去哪，問題是他就不能躲回深層去休息嗎？

如果一定要跟我講話，就別講一些讓人不知道該怎麼回的話好不好？

唉，接下來要坐一桌啊？也好啦，人多的話，發言機會就少了，我可以安靜吃飯，先來想想要點什麼菜比較實際。

就這樣聊來聊去，都快一點啦，我可沒在家先吃過包子，現在正餓得緊呢……

章之三

參加同學會，會發現最引人注目的未必是最有成就的同學

『我覺得范統挺有成就啊，他這樣也挺好的。』——莊晚高

『是啊是啊，挺好的。』——暉侍

『你在我腦袋裡附和個什麼勁啦！他又聽不到！』——范統

十幾個占卜系的同學都入坐後，點餐花了一段時間，有一句沒一句地邊吃邊聊又花了一段時間，進入甜點飲料階段後，聊天的氣氛才逐漸熱絡。

「對啊對啊！那個時候就是你啦！說好要幫我交報告，結果自己也睡過頭沒去上課，導致我們兩個都差點被當了，明明準時寫出來最後卻要去哭著求教授，這到底是誰害的啊！」

「這麼久以前的事情你怎麼都還記得？你記恨也記太久了吧——」

起初聊天的話題大概就是在學時的情況，大家一起一面回憶、一面懷念跟互相奚落，話題就像一般的大學畢業生一樣，讓范統聽了十分安心，不過這樣的安心沒能持續多久。

約莫過了半個小時，似乎可以延續午餐到下午茶的時間到了以後，又走了幾個人，接下來的話題就開始前往普通人難以觸及的領域了。

「欸，畢業那麼久，你那修練中的念力到底有沒有進步？彎根湯匙來看看吧，快快快，這

裡很多。」

在同學甲這麼慫恿同學乙後，其他人也湊熱鬧地鼓吹了起來。

「彎湯匙！彎湯匙！」

「當年可以用念力折斷牙籤，過了三年，彎個湯匙算什麼！表演表演！」

相較於情緒起伏較激烈的同學們，范統就跟坐他旁邊從頭到尾只喝白開水的莊晚高一樣淡定，只默默地聽跟看。

恕我孤陋寡聞，不過木頭做的牙籤跟金屬製的湯匙有很大的差別吧？真彎得動嗎？我們的同學會果然不是普通的同學會，第一次聽說同學會上還有彎湯匙表演可以看的。

「哼，我可是絲毫沒有荒廢修練，彎個湯匙算什麼，你們想看就給你們看看。」

被大家熱烈鼓吹的同學乙倒也不藏私，拿起桌上的湯匙，便故弄玄虛地擺出架勢，如同變魔術似的，他手上的湯匙真的就這麼神奇地被無形的力量拗成九十度，觀賞了表演的眾人也紛紛「喔喔喔」地鼓掌。

范統意思意思隨便拍了幾下手應付，同時思索著自己要不要再點杯飲料。

不知道還有沒有其他人要表演什麼？大家都來現一下自己的能力？能參加這種同學會的人真的不多吧，總之為了養足精神，我要不要點杯咖啡呢？

「晚高，我想點兩杯咖啡，你要不要也喝點什麼？」

那個，我只有要點一杯。

「你一個人要喝兩杯？」

莊晚高似乎有點精神不濟，加上沒想過一杯跟兩杯之間有什麼反話的關聯性，所以反射性驚訝地這麼詢問。

不是啊！我沒有！算了，搖頭就好，別說話。

見范統搖了頭，莊晚高又思索了一陣子，才疑惑地再度發問。

「你要請我喝咖啡？」

這是怎麼領悟的！我要請也不是請咖啡好嗎？咖啡有什麼幫助！還是說其實你也需要提神？喔喔喔喔我要用寫的！

范統無奈地拿出紙筆，就在他絞盡腦汁思考怎麼表達的時候，暉侍又說了話。

『喝咖啡傷胃呢，來個草莓牛奶不好嗎？』

……我要喝那麼甜的東西幹嘛？草莓牛奶能提神嗎？又不能提神我為什麼要喝？白白增加熱量還甜死自己？

『我警告你喔，跟我借身體的時候不准喝什麼草莓牛奶，我現在可不是沒有變胖煩惱的新生居民，你喝得很開心但是害到的是我。』

『原來你會在意熱量控制跟體重？我以為你不太在乎你的外表……』

『這還有健康的問題好嗎！雖然我沒有很養生，可是變胖了——褲子不就要重新買了嗎！衣服通通要重新買啊！而且找女朋友也會更困難！』

『你考慮的問題真是實際，最重要的居然是衣服的問題嗎……可是咖啡熱量也很高啊？這家店只有賣拿鐵。』

你居然剛剛看菜單的時候就注意過了？特地看飲料單做什麼，為了尋找有沒有草莓牛奶？

『我只是想提神啦，不要提醒我熱量很高的事實！』

『那好吧，如果你想消耗熱量又不想自己動的話，可以借我身體，我幫你去運動。』

你還真是貼心喔？躲在裡面已經無聊到借個身體出來跑跑操場也好的地步了嗎？

范統將寫好的紙條交給莊晚高後，他看完才明瞭他的意思。

「你問我要不要順便點些什麼啊……我覺得我不餓，飲料也喝水就可以了，如果你要點你的咖啡，我可以幫你叫服務生來跟他說。」

這樣啊……能有人體諒我嘴巴可能點不到我想點的東西，真是太好了，那你就幫個我忙吧，感謝。

莊晚高找來服務生，表示要加點一杯拿鐵之後，也發生了一點小插曲。服務生看見被弄彎的湯匙後，板起面孔告知這是昂貴的餐具，弄壞了必須索取賠償費，大家在面面相覷中承諾賠償並道了歉，這才了結這樁事。

「真掃興啊，你應該當著他的面用念力把湯匙再扳回去，看他會露出什麼臉色。」

喂，你們是不是哪裡弄錯了啊？是你們自己弄壞人家餐具的，還有，不要拿特殊能力來嚇普通人好嗎？

「抱歉，我的能力還沒辦法準確地把湯匙拗回原來的角度。」

建設果然比破壞難，這真是萬古不變的真理。

「賠償金怎麼辦？很貴耶，叫他一個人出好像不太公平，是我們吵著要看的。」

我沒有說要看喔！晚高也沒有喔！你們要平分的話你們自己出！起鬨就要負責任啊！自以為在包廂內沒有別人看見就可以亂來，那是你們的事情！

「沒關係啦，我出就好，這點錢我還出得起，你們都知道，上個電視節目表演一下就有很多錢可以賺了，還有外國的節目會來找我呢。」

可惡啊！怎麼好像很有錢的樣子，怎麼就沒有電視節目會花預算請鐵口直斷師去！

「既然這樣那大家輪流講講自己畢業以後的經歷吧，聊天總不犯法，就從我開始！」

小紅拍拍手吸引大家的注意力後，開朗地提出這個建議，然後便打算當第一號發言者了。

喔，終於輪到這個了？沒關係，輪到我的時候用沒什麼好說的帶過就可以了，我只是個普通的占卜系本科生，其實真的沒什麼好說的。

「我畢業以後三年內成就了一百八十七件姻緣，其中只有一百八十件有回頭找我哭訴要我把她們男友的紅線剪光報復喔！天底下還是有成為戀人以後可以甜蜜幸福的情侶，我覺得能夠從事這種工作，見證世界上的情感，真是太令人高興了！」

……一百八十七件姻緣裡面，「只有」一百八十件失敗啊？小紅，妳是不是數學不太好？還是國文不太好？或者記性不太好？這怎麼看都不該是這麼說的呀？

『范統，她好恐怖，你離她遠一點。』

不用你說我也知道……不過反正我單身，小紅沒有任何針對我的理由，頂多熱心幫我牽線，失敗以後女方哭訴再來把我的紅線剪光……

這麼一想，還是別拜託小紅幫我找對象好了，萬一不幸真的發生什麼問題，例如她發現男友身體裡還有一個靈魂就以為我是雙重人格然後提分手之類的，那我不就完了嗎……

「你們怎麼不說話？你們不覺得這很棒嗎？」

在場的人男性比女性多，聽完小紅的話以後都嚴肅靜默，察覺氣氛不太對以後，小紅眨眨眼困惑地追問，眾人這才乾笑著回應。

「是啊，很棒呢！」

「那七對情侶真是令人稱羨！」

「女王促成他們的好姻緣，真是功德一件！」

你們……畢業出社會以後，果然開始會做表面功夫了。不，你們這些人真的有出社會嗎？

「接下來換我吧，畢業以後我出了點意外，離魂之後彷彿看見了另一個世界，我用靈魂狀態在那邊觀察了半年才回來，直到現在都還有點分不清現實呢。」

下一個發言的人所講出來的話，大家可就不那麼賞臉了。

「聽起來像是作夢啊，你確定那是真的？」

「躺了半年所以作夢半年，感覺也很合理啊，來點證據好嗎？證據——」

由於發言者實在拿不出什麼具體證據來，被揶揄了幾句後，便又換了下一個人。

「哈哈哈沒什麼啦，還是跟以前一樣，到處抓妖收鬼啊，有幾隻不太聽話的我還帶在身上，就在罐子裡，你們有興趣看看嗎？我可以讓你們看得見！」

謝謝喔，那個，厲鬼的話就不需要了。話說你可不可以注重一下妖怪跟鬼的人權？雖然已經不是人了，但也別當寵物一樣獻寶啊，話說回來你當初到底考進占卜系來做什麼啦，那張畢業證書對你來說又沒用，你也毫不掩飾你的高調，不需要靠占卜系這塊招牌來假裝平凡嘛。

「輪到我了嗎？因為缺錢的關係，我現在被政府特聘進行一些見不得人的事情，由於有保密條款，工作內容無法告訴你們，不過如果你們有需要讓哪個壞人求生不得求死不能，找我以後只要求證屬實，大概都可以幫你們忙，費用打八折就可以了，不過仇家是傳說中的高手的話別找我，我也搞不定。」

還真的有人到同學會上拉生意！什麼求生不得求死不能！要是外面的普通同學會，這番話還可以當成是虛張聲勢的玩笑話，但你們口中說出來的我不得不當真啊！

這樣一個一個介紹下來，跟著聽的暉侍也有點驚恐。

『范統，他們是說真的嗎？你的同學都是些什麼樣的人啊？』

『就是這樣的人，你都聽到了。』

『可是你跟他們不一樣啊，你們占卜系到底……』

『我是占卜系的正常學生，但他們不是，只是考進來混畢業的。不是都跟你說過了嗎？』

『我以為你隨便說說，所以我也隨便聽聽的呀。』

好你個隨便聽聽！這樣你以後問什麼我是不是可以不要回答！

「該你啦，范統，你畢業這三年過得如何？」

喔，輪到我啦？是該拿出那句「沒什麼特別的」來說的時候了，不過我究竟要不要先解釋一下我的詛咒問題？

「范統他過得多采多姿，身上還帶著不知何方高人下的語言詛咒呢！」

坐到另一邊去的白易仁不等他發話，就先替他宣傳了，這下子所有人都起了好奇心。

「啥詛咒？」

「什麼詛咒，我看不出來啊，有這麼高明？」

「真的有一點點痕跡耶！這到底是什麼水準的詛咒！你碰上了什麼高人啊！范統！」

不要用有色的眼光看我……我的意思是，你們不要紛紛開啟能力往我身上看！這樣感覺很不自在啊！

「對啊，范統，你也交代一下是怎麼被詛咒的吧？用筆談也沒關係，我們可以等你。」

小紅先前逼問的時候被莊晚高打斷，現在又燃起了好奇心，當即要他交代清楚。

……好啦，雖然很丟臉……但講一下應該也沒什麼關係……

大家都用這種期待內幕的眼神看著自己的情況下，范統只能提筆草草寫下自己被詛咒的原因，然後隨便交給一個同學幫他唸出來。

「范統說他喊了一聲阿姨，就被一個年齡可能不能稱為小姐的大姊詛咒了。」

這位同學，你的描述方式真是精簡扼要。

喂喂！你們為什麼笑倒一片！這明明是很衰的事情，有沒有一點同情心啊？居然連晚高都笑了——不要把快樂建築在別人的痛苦上！小白你也別笑成這樣好嗎？

「范統，你犯了很基本的錯誤耶，我沒有辦法同情你，女孩子最討厭被叫阿姨了，你可以嘴不甜，但不能把人叫老啊。」

小紅，我都說對方年齡不算小了，我真的覺得叫聲阿姨沒有很過分啊——

「不過這麼強悍的高手前輩居然是女性，好崇拜喔！如果有機會見面的話一定要請她指點指點！」

崇拜什麼——所以都沒有人覺得好像在哪聽過類似的人嗎？我果然還是找不到那位大姊？

「說起來，我有位親戚在醫院工作，大概——差不多兩年前聽他講有個好幾天沒吃東西送急診的病患名字很有趣，剛好也叫范統，不會就是你吧？這名字要撞名不容易耶。」

聽起來的確就是我的樣子。不過說什麼名字很有趣、撞名不容易，也太失禮了吧？你們一點也不覺得這樣講很沒禮貌嗎？

范統臉色難看地點點頭後，又有其他好奇的人繼續問下去。

「要怎麼樣才能把自己搞到幾天沒吃東西然後送醫？你發生了什麼事情啊？」

剛剛那個睡了半年的你怎麼就不問他出了什麼意外？

「我穿越了啦！」

如果世界上還有什麼人可以接受這種說詞，那一定就是你們了吧？只不過是個穿越而已，我相信你們一定見怪不怪，快回答我「什麼啊原來只是穿越而已」然後結束這個話題吧……為什麼沒有人說話？為什麼全都瞪大了眼睛？難道我太高估你們了嗎？你們其實無法相信所謂的穿越？

「天啊！范統！你穿越了！」

「是穿越到別的世界又穿越回來的意思嗎？你怎麼辦到的！快說來聽聽！那個世界什麼樣子？我們都沒有去過別的世界耶！」

「我們本來以為你只有占卜相關的能力，沒想到你還可以來去自如地穿越！是靈魂穿越還是肉體也一起穿了？」

……這到底……算是高估還是低估呢？你們就這樣認為我說的是真的了？這麼相信我是很讓人開心啦，但……這種心情複雜的感覺是？

還有，絕對沒有來去自如地穿越這回事，這是個誤會！你們要我講，是要我怎麼講啊？那講起來很長耶，我的嘴巴根本不適合講述事情，用寫的也會寫到我手痠啊？

「穿越去又穿越回來到底過了多久啊？既然會沒吃東西送醫，那應該只有靈魂穿過去？時間不等量嗎？還是你只去了幾天？」

喔喔，還是會有人質疑的嗎？其實我也不知道時間是怎麼換算的，反正沉月把我的靈魂送回來就是過了幾天快死又沒死的狀況了，這一切都不是我自己操作的，我哪知道？

「證據呢？穿越什麼的，有沒有證據可以拿出來看看啊？」

有啊我帶了一個土產回來……可是不能給你們看。有沒有人穿越到別的世界，回來還可以帶一個當地原住民的啊？我覺得我的際遇真的很離譜，都可以出版成小說了……

『范統救我，你不能出賣我啊！他們都那麼恐怖，你要是把我交出去，真不知道我會遭到什麼樣的待遇！』

土產閉嘴。你是真驚恐還是假驚恐？我怎麼覺得你只是想這樣喊喊，然後覺得很有趣？

「噢……還真的有什麼能夠佐證的，我這嘴巴也不方便閉口，你們就別問了。」

我是說就當我沒證據，然後你們不要再問了，就這樣吧！按照你們剛才的反應，要是我說出暉侍的存在，你們一定又會驚呼從來沒跟異世界的人講過話，叫他出來看看，是不是？

「你真的不講點內容？」

有些同學好像有點失望，范統只能敷衍地隨便說幾句。

「那個世界叫做幻世，我只是被那邊那個叫做沉月的法器隨機抓了我的肉體過去，後來又被送回來而已，真的沒什麼了不起。」

我是說我的靈魂！算了，這個也沒什麼好糾正的，那些細節不重要啦……

「等等，范統你是跑去幻世當新生居民的？」

剛剛那個睡了半年的同學忽然說話了。

是啊，我是跑去幻世當新生居民……你為什麼會知道！我提都沒提這個名詞！他鄉遇故知？不，這裡明明是我的家鄉……所以你剛剛說的靈魂離體體驗是真的嘛！真正的高人在這裡啊，居然可以控制自己靈魂不會沉月束縛，靠著自己的力量回來！

「是啊是啊，原來你肉體離魂也是去幻世？你待在東方城還是西方城啊？」

我是說靈魂離體！算了意思好像差不多。

「我是待在東方城呢！平時只能偽裝成新生居民，所以你是貨真價實被沉月拉過去的？原來沒死的人也會被拉過去？」

世界好小啊……不對，根本已經是不同世界的事情。

「那件事情已經解決了，後來發生了很少事呢，你是什麼時候離開幻世的？」

「我大概——是在東方城要進行比武大會之前離開的？其實也是家人進行招魂才幫忙抓我回來的啦。」

喔。如果用角色扮演遊戲來看，你大概在起始村落外練了點功就不玩了，而我卻一路打下去打到魔王還破關了吧……

「我都懷疑那到底是不是夢呢！新生居民根本日子超難過的啊，住的宿舍小到沒有我的浴室大！」

「對對對！還有那超好吃的私家糧食！」

「什麼超好吃啊？分明超難吃的吧？啊——超懷念的，我還加入過音侍大人的小花貓捕捉隊呢，你有被音侍大人荼毒過嗎？」

「當然沒有啊！淺受其害！什麼大花狗捕捉隊？我都沒聽過，原來曾經有這種東西？」

「你沒聽過？真是太幸運了，結果我們華麗的滅團了，東方城也照樣要算一百串錢的軀體重生費，你說是不是很不合理？」

「東方城就是這個樣子啦！活要錢！」

范統就這樣跟這位一樣去過幻世的同學興高采烈地聊了起來，無法加入話題的其他同學頓時也不曉得該如何打斷他們。

『范統，想聊幻世的事情也可以跟我聊嘛，你看你其他同學都不知道怎麼加入話題了。』

跟你這個正牌幻世人聊？可是我早就知道你是幻世的居民了啊，同學居然也有去過幻世，感覺很親切才多說幾句，嗯……這麼說來似乎太旁若無人了？

「你們坐得遠不方便，如果要聊的話，我跟他換位子？」

莊晚高找到個空檔插進這麼一句話，范統頓了頓，但仍然搖頭。

「不用特別換位子啦，我們沒要聊太少，已經差不多了，你們繼續剛剛的話題吧。」

「是啊，大家聊天，我們獨自聊得太忘我，實在不好意思，繼續吧。」

在他們兩人都這麼表示後，眾人的目光便轉向了最後一個還沒發言介紹近況的人，也就是莊晚高。

「我嗎，沒什麼特別的，大概就這樣。」

莊晚高仍舊持續他一貫的低調，於是自介近況就到此結束了。

❀

他們今天的同學會，從午餐延續到下午茶，又從下午茶繼續續攤晚餐，等到晚上要散會的時候，范統根本整個人都要累癱了。

莊晚高說要回去值夜班，白易仁打算在附近找家旅館過夜，他們便說了再見，雖然留了聯絡方式，但也不知道下次何時才有機會見面。

因為搭車的方向跟小紅相同，范統在車上忍不住問了一下小紅辦同學會的動機，然後難得地見到她露出感傷的笑容。

「我們這類的人，好像總是比較難跟一般人交朋友。系上的大家都相處四年了，多少有些感情，能夠像今天這樣聚一聚，也是不錯的事情吧？今天來的人或許都有著差不多的感覺，畢業以後，一個人其實有點寂寞呢。」

對於這樣的話語，原本其實沒有很想參加同學會的范統不曉得該回答什麼，索性便點點頭不回答了。

回到家，進了家門後，面對這個獨居了好多年的屋子，他竟然也覺得冷清了起來。

相較於今天同學會上的熱鬧，只剩下自己一個人的深夜裡，會覺得孤單也是理所當然的吧——范統是這麼想的，然後也想起這裡其實還有一個不具形體的人。

『今天還真累呢，好像很久沒有開口跟人說這麼多話了，平常我的講話對象都只有你，這麼一想，我還真沒幾個朋友啊。』

『哦？范統，你又發現我的好了嗎？你要跟我講多少話都沒關係，我很閒。』

暉侍說出來的話雖然常常讓人無奈，但范統現在倒是沒有皺眉挑剔。

『我的同學都很有趣吧，要是不同世界的人可以聯絡，介紹大家認識一下，一定很有趣。』

『怎麼就不介紹給我認識呢，今天都沒有人發現你身上有我，我好難過，沒有精通靈魂方面的人嗎？我還以為你們系上什麼人才都有。』

你不是才叫我救你，要我別把你交出去？你這人真的很難懂耶。

想歸想，范統終究還是懶得唸他。

稍微鬆開身上的衣服，躺到沙發上後，也許是想找個人說說，他又再度喊了暉侍。

『暉侍。』

『嗯？』

『你想念過幻世嗎？』

『不怎麼想念。頂多是懷念吧。』

他本以為這個問題會讓暉侍遲疑，沒想到他很快就答覆了。

『那不是你的世界嗎？你不是偶爾也會哀號再也見不到你的弟弟？』

『是我的世界啊，但我已經死了。我已經死了，那麼一切就結束了，過去認識的人見不到面就見不到面，我只要知道他們沒有因為我而不幸，已經跳脫出昔日的陰霾、努力過自己的人生就好了，沒什麼好想念的。』

聽完暉侍的話，范統不由得想質疑。

『你真有這麼豁達？我以為你對他們的情感都已經變成讓自己無法解脫的執念了。』

『喂喂，范統，你該不會是暗指我看似了無遺憾卻賴在你身上不走吧？就算我沒有離開去投胎是因為仍有執念，那也不是因為他們，而是因為你好嗎？』

因為我？喔，因為你的靈魂烙在我身上了嘛，我在哪你就會在哪，我活著你自然也無法去投胎。

在心裡這麼解讀後，范統想了想，還是以自己也不太明白的情緒，將內心話問了出口。

『那麼……我偶爾會想到以前每天早上起來就要在四四四號房跟月退還有硃砂輪流使用小到不行的浴室、在東方城的街頭領公家糧食，碰到珞侍的時候就有機會吃點好料，想法太不上進還會被噗哈哈罵的日子，這樣是不是很奇怪？』

這一次，暉侍沒有立即回答他，所以他便如同自言自語般，繼續低唸了那個讓他迷惘的問

題。

『明明這裡才是我的世界。但為什麼，我卻有點想念幻世了呢……』

為什麼呢？

他想要有人給他一個答案，因為他自己無法釐清。

范統在這樣的迷惘中因為疲憊而產生了睏倦感。搞不清楚過了多久後，暉侍的聲音才再度響起。

『也許你的朋友都在那邊，也許你真的很喜歡那裡。如果有機會說不定還是可以回去吧，想一想開心的事，期待一下明天中午要吃什麼，然後跟我說聲晚安，躺床睡覺去，你覺得怎麼樣呢？』

『嗯……』

這或許也算是一個答案。他接受了，然後也懶得移動到床上，就這麼枕著沙發，閉上眼睛。

范統的事後補述

我的夢境結束了。

每天睡醒，或是入睡之前，我偶爾會有這樣的感覺。

如同同學所說的，差點以為就像是一場夢——要不是今天見到他，發現也有人跟我一樣，再過個三五年，說不定我也會覺得幻世的一切，都只是個過於真實的夢？

暉侍只存在於我的腦袋裡，沒有人能夠證明那是不是我的幻覺，屬於幻世的一切……在我回到自己的世界後，究竟還剩下什麼能夠證明呢？

『本拂塵會在這裡等你，無論多少年。』

最後在沉月祭壇上，我把噗哈哈放下的時候，他是這麼說的。

而我沒有問過要怎麼回去，或許也從沒想過回去。

這裡才是我的世界。我也不曉得我老是這樣跟自己強調，是要強調些什麼。

我在這裡其實已經過得越來越好了，暉侍應該也適應得很習慣。

那麼為什麼等待著我的人，在我離開時笑著送別的人，依然讓我難以忘懷？

我跟暉侍說了晚安，難得他沒有繼續說一堆話，只輕輕「嗯」了一聲。

於是我就在安靜的環境下努力淨空腦袋，洗掉已經與我無緣的幻世。

該入夢了。

（待續）

✣ 自述——綾侍

我生在一個飄揚著白煙的草廬，於一個寒冷的冬天。

所有身在那裡的記憶都是模糊的，只有煉器爐前氤氳的高熱能量格外清楚。那些都是太過久遠以前的事情，也許是因為從我有意識後，便知道自己不會在那裡待一輩子，沒有特別記憶的狀況下，原本就沒什麼印象的一切，自然更加模糊。

以最好的青鋼璃為主體，不滅的融火中煉製，淬以裡界最為冰寒的雪水——匠師用他所能找到的最佳材料，搭上他一流的手藝，造就出被冠以千幻華之名的我。

創造出我的匠師，我大概只清楚記下過他說的某幾句話。

那是某個午後發生的事情，以草廬外的冰雪為背景，他在這樣光照下來閃到刺眼的環境中審視我被他製作出來的每一個細節、讚嘆我的美麗，然後無比惋惜地說了一句話。

『要不是必須將你獻給東方城，我真想將你留下來，就這樣每天看著你也是種享受啊。』

姑且不論這是否存在著匠師這個職業對美好器物的著迷，當時的我只覺得他有點怪怪的，然後順著問了他一個問題。

『聽說東方城領導者女性居多，你為何將我打造成男性器靈？』

『男的才好，女王多出一個婚外情的機會，對象還是百依百順隨時會挺身保護自己、無可挑剔的男人，多棒啊，我想要都沒有……』

『你一個男人，要男人做什麼？』

『……千幻華，我不求你離開後還會記得我，但至少認清我是女人吧？』

我顯然是成功記得她了，要是她知道我對她殘存下來最深刻的印象是這麼悲劇的事件，說不定會覺得不記得比較好。

靈智仍在逐漸生成中的我，就這麼來到了東方城。因為我沒有被敲碎，也沒有被投入火爐中重煉，根據這些事情推測，打造我的匠師應該是個很有度量的好女人。

由於東方城的王，女性居多，因此其中不喜武鬥、不上戰場的又有一半左右，因此，我派得上用場的機會很少，不是被當成一般器物收藏著，就是被當作炫耀用的展示品。這種情況下自然不太容易記住她們，別說培養感情，修個器化都不太可能。

我在這樣的環境下安靜地修行。身為能化形成人的護甲，儘管主人提供我的能量少得可憐，我還是能自行吸收天地靈氣、以便早日達到化形的標準。

屬於我自己的安靜，一直持續到東方城與落月交換武器為止。

『啊，你好，你叫什麼名字？』

『哼。』

『咦！有這種名字嗎！我一定要這樣叫你嗎！』

『閉嘴。』

『我們不是都才被做出來沒多久嗎？你怎麼就這麼老氣橫秋、人生無趣的樣子……』

『這跟你沒有關係，請不要打擾我。』

『你再這樣，我要叫你老頭喔。』

『那我叫你智障？』

『啊！你怎麼可以那麼不友善啊！』

『你好吵，別說話好嗎？』

從落月被交換過來的武器名為希克艾斯，是個話非常多、糾纏上來就不罷休，而且還毫無道理地在找好兄弟的傢伙。

就是這樣的傢伙，在我的生命裡佔據了最長的時間。也是這樣一個傢伙，和我一起陪伴了我們共同的……最久的主人。

初見她的那天，她才只有六歲。那個時候的她是個文靜的小女孩，而我的主人是她的母親。

她不像是個無憂無慮的小公主，但仍有幾分小孩子的天真無邪。之所以會來到收藏著我的房間，只是因為單純的好奇。

那個時候希克艾斯被帶出去，我正萬分慶幸聒噪的他能暫時離開我身邊，所以，難得的安寧因為她的闖入而沒了，其實我並不怎麼高興。雖然她照理說是我未來的主人，但既然是未來的，就代表現在還不是，那麼我當然沒必要理會她，畢竟，我對於未來的事情不太關心，提前巴結未來主人本來就不是我會做的事。

六歲的她大概還沒學過武器護甲的相關知識，只是看我表面螢藍的光暈漂亮，便心動地摸上來。雖然我不太想跟她交談，但隨便摸別人的護甲是不怎麼有禮貌的事情，為了不繼續被上下其手，我只能稍微提醒她一下。

『不要亂摸。要摸等妳當上女王再說。』

聽見我的聲音，她為之遲疑了幾秒，然後清秀而略嫌蒼白的小臉上，出現了一抹光采。

『你會說話？』

『我不只會說話，還會咬人，再摸我就咬妳手指。』

事實上什麼咬人之類的話我只是隨便說說的，護甲形態下想咬也沒牙齒，我純粹想嚇唬小女孩讓她別亂摸罷了，這句話果然也使她縮了縮手。

『……我、我去戴手套再回來找你。』

喂，話不是這麼說的呀。

等她真的找了手套回來，我全身上下也充滿了對小孩子的無力感。

該說她聰明，還是小孩的思考令人難以理解呢？女孩子總是喜歡我這種晶晶亮亮的東西嗎？

『你也是一個人，為什麼不肯跟我說話呢？』

『因為妳不是我的主人，我沒有義務跟主人以外的人說話。』

其實真正的原因是平時某把瘋狂愛講話的劍把我聽人說話的額度都用光了，難得他不在，我當然該對自己好一點。

『你的聲音真好聽，如果你是人，一定長得很好看吧？』

聲音跟長相沒有絕對的關係，不過她這話倒是讓我想起匠師的婚外情言論，讓我不由得神經一抽。我可不希望真的成為未來主人外遇的對象，不管是精神外遇還是其他什麼的，一般來說，那都是不太妙的事情，所以我決定對她更冷淡些。

『小孩子就乖乖去玩樂，不要在這裡煩我。』

『可是……』

『想聊天可以去找希克艾斯，我沒看過比他更愛講話的傢伙，妳可以跟他聊到口乾舌燥為止。』

她顯然也不是非我不可，聽我這麼說，大概是不想繼續自討沒趣，她便抿抿唇離去了。

過好幾天，小女孩才再度出現。這次她是來找希克艾斯的，他們也雞同鴨講地聊了好一陣子，希克艾斯只要有人可以交談就很愉快，然而一個小時過後，她又跑到了我這邊。

『你們不是聊天聊得正開心嗎？』

『聽不懂他在說什麼……』

『……』

可能是因為已經有點習慣的關係，我一不小心就忽略了希克艾斯那有損聽者智慧的亂跳說話模式，要一個小女孩遭受那種亂七八糟的言語摧殘，也許太殘酷了點，想到是我把她推入火坑的，即使不想理她，我仍覺得自己該提供點安慰。

『不要難過，以後別跟他心靈相通，就不會有事。』

我知道我的安慰方式不太對勁，但我是認真的。心靈相通就代表他可以直接在主人腦中說話，隔著一小段距離也可以，那還讓不讓人活啊？

倒是她好像看出我的態度軟化了，但還是不太敢提出要求，想了半天才鼓起勇氣怯生生地問了我一個問題。

『護甲……只在乎主人嗎？只要我是你的主人，只要我是女王，大家就會把我當作是最重要的人？』

『必然如此。護甲是為了主人而存在的，必要的時候還會為主人付出性命。神王殿裡的人們也是為了女王而存在，反正妳遲早會成為女王，不需要煩惱現在大家重不重視妳。』

『只要我不是女王，如果我喜歡一個人，他也不會喜歡我嗎？』

我覺得這句話有很多問題。首先，即使是女王，也無法讓她喜歡的人絕對會喜歡她，再來，六歲就煩惱這種問題好像太早了點，總之我就以我的觀點回答她了。

『感情本來就不是付出就會有回報的事，就算妳很喜歡一個人，對他來說知道了也不見得會高興，「我所需要的人給的愛才有意義」，很多人都是這樣的。』

我不曉得她是否有聽懂，只是這句話，其實也某種程度上反映了我的未來。

當她需要的不是我的時候，無論我是不是一直陪伴在她身邊的那個人、無論我願意奉獻給她的情感是否超過以往的每一個主人，甚至奉獻了我的生命也無怨尤，對她來說，她能回應給我的，仍舊只有一句對不起。

而我至今仍不知道，因為認為她不需要，就索性什麼也不表露出來，究竟是對是錯？

『所以……母親是你的主人，你喜歡母親嗎？』

『無關情感，我只是盡我的義務。』

我的回答屬實。武器跟護甲畢竟是異於人的存在，不管喜不喜歡主人，主人都是最重要的存在，那麼喜不喜歡當然就沒必要計較了，反正無論如何都是最重要嘛，頂多是喜歡主人的時候，擋刀擋劍時比較愉快一點而已。

『我不喜歡這樣，如果我成為你的主人，你要喜歡我才可以。』

『沒有這種道理吧？』

『讓不喜歡自己的人保護自己，感覺實在……太奇怪了。我會對你好，所以你要喜歡我，不然我不要跟你訂契約。』

『我考慮。』

那時候的我只覺得，小女孩不知是在哪遭受了挫折，轉而向我這個護甲尋求建立自信心的安慰——這種話語，等她長大，早就忘記了。

是啊。等她長大，就不會記得了。

她在十二歲的時候當上了女王，那也是她正式成為我主人的日子。

穿上女王裝束的她，看起來比我曾經服侍過的主人都來得柔弱。我想這不只是年齡造成的錯覺，頂著這個身分的她，確實因為找不到依靠而顯得無助。

我跟希克艾斯被搬到了她的房間裡，搬來的第一個晚上，她先捧著希克艾斯到角落去說了一會兒話，接著才帶著僵硬的神色，走到我這邊。

在我正想問希克艾斯是不是口沒遮攔亂說了什麼讓她不開心的時候，她拿出一條繡帕來蓋在我身上，然後開口解釋。

『因為，現在我是你們的主人了，我想送點什麼給你們，可是想不出什麼合適的禮物……後來想著想著，覺得繡帕也許不錯，蓋著可以擋灰塵……你覺得呢？』

我不知道為什麼她要用這種試探性的語氣發問，直到我注意到她手上還有另一條繡帕。

『希克艾斯沒有收嗎？』

『……他說他不怕灰塵，而且劍氣很容易弄破，還有他不收女孩子送的禮物，然後他講的原因我聽不懂……』

『……別理那個大白痴。有空我再好好教育他。』

『那，繡帕——』

比起討論某把蠶劍拒收的事情，她好像更在意我會不會也拒收。
『既然他不要，那他那條也送我吧？』
聽到我這麼說，她便一改原先的悶悶不樂，開心地笑了出來。
『真的嗎？太好了，雖然教課的老師說我戰鬥性質的學術資質不佳，但刺繡方面我可是很有自信的喔。』
坦白說，那時候帕子蓋在我身上，我根本看不到圖案。但她都這麼說了，我猶豫之後，便跟著附和。
『是啊，我很喜歡，謝謝。』
我想，那個時候的對話或許不算是無心之間導致的陰錯陽差。
能討到兩條繡帕是值得高興的事，只因她後來再也沒有為我繡過。
於我而言的六年，就像是一眨眼間的事，什麼也不會改變，但對原生居民來說就不同了。
她從一個瘦弱的小女孩，成長為一個娉婷少女。不變的是眉間似有若無的憂鬱，以及依舊保留在個性裡的純真。
打從她繼位為東方城的女王，大概是諸事煩忙的緣故，跟我們交談的次數就不怎麼多了，希克艾斯為此還愁苦地跟我說「匠師總是說追到手就不稀罕了果然是這樣」，那副失意的模樣也被我嘲笑了好一陣子。

而她又開始頻繁地跟我們說話，卻是在愛上落月來的親王之後。

『放下這段感情吧，櫻。既然一開始就知道不可能在一起，就不要投入太深，趁著還能抽離的時候快點切斷，才是正確的處理方式。』

由於希克艾斯說她眉間的花瓣印記很好看，決定這麼喊她，我也就當作小名一樣跟著喊她櫻。

『你為什麼不支持我？』

她瞪圓了眼睛，顯然一點也不想聽到潑冷水的話語。

『因為一看就知道不會有好結果。我都活那麼久了，妳應該相信我的判斷。』

『什麼嘛，說得好像你很了解似的，你……你又沒有戀愛經驗，你怎麼可能會懂！』

要是那個時候我是人形，一定會被自己的口水嗆到。

『向護甲要求戀愛經驗也太過分了，雖然我沒親自體驗過，但我看過很多，有妳的祖先們當前車之鑑，妳還要執迷不悟嗎？』

『不一樣！才不一樣！我那麼喜歡他，你為什麼不能給我祝福就好呢？』

『就說了因為不會有好結果。』

『千幻華你好討厭！一直說這種像是詛咒的話！』

因為她很顯然地處在戀愛盲目的狀態，判斷說什麼都沒用之後，我只能嘆氣，然後乖乖閉上我這張惹人厭的嘴。

『希克艾斯，你會祝福我嗎？』

『什麼什麼？』

『那個人說他喜歡我啊，我想跟他在一起。』

『啊，男人最重要的是好兄弟，妳何苦捲入他跟他的好兄弟之間呢。』

不，希克艾斯，你就別再拿出你那番沒有人搞得懂的好兄弟理論來打擊她了，真的沒有人聽得懂。

『唔？』

『櫻妳說的是落月皇室的男人吧？以前我還在西方城的時候，他們的皇帝都是我的拜把兄弟啊，根據我的觀察，他們肯定血統優良只愛男的，妳又不能變成男人當他好兄弟，還是算了吧。』

聽你在說！如果真是這樣，落月皇室早就滅絕了！你到底在說什麼鬼話啊，就不能跟我一樣認真勸阻她嗎？

因為希克艾斯一開口，她就充滿疑惑的關係，最後這個話題就不了了之地結束了，之後她再提起，也都只是提一些思念與難受之類的事情，勸她的話，她都聽不進去。

於是那一天就這麼到來了。

當她夜裡決定私會愛人，沒有帶著我們就出去的時候，希克艾斯因為擔心而反常地都沒有說話，我也因為時間一分一秒地過去而暗自焦慮。

然後契約中斷了。

一瞬間我跟希克艾斯有著同樣的錯愕，彼此都不敢向對方詢問是否有一樣的感應。她待在房裡的纖細身影明明才從我的眼前消失沒多久，我一點也不明白，她的死亡為何會來得如此快速。

契約中斷的唯一可能性，就是她已經死去，畢竟我們沒有舉行任何中斷契約的儀式，但，為什麼會發生這種事情呢？

就這樣等下去嗎？

她人在什麼地方，出了什麼事，我們一概不清楚……然而，我們各懷心事地等待了一陣子，又發現中斷的契約，出現一種似有若無的跡象。

這是我沒遇過的狀況，希克艾斯應該也是。我們持續守候，因為不能移動的狀態下，一切無法可想。

就在我覺得再也無法等下去，試圖以尚不足以化形的修行勉強嘗試時，她回來了。

回到神王殿的她，身上只披了一件隨便抓來的單薄衣物，渾身上下是濕透的，臉色也蒼白得可怕。

關心她的希克艾斯被她執起來摔出去時，連我也被嚇到了，我從未見過她如此情緒失控的樣子。接著她自己一個人哭泣，我急著想化形，卻試了幾次都因能量不足而失敗。

希克艾斯所做的事情跟我是一樣的，只是他完成了化形，而我沒有。

匠師為什麼不能早幾年將我做出來，過去的主人為什麼不能有高一點的修為，讓我能累積足夠的靈能，在這個時刻化形？

其實怪誰都沒有用。已成定局的事情，無論心裡再難受，也不會改變。

在希克艾斯柔聲安慰她的過程中，我們從她口中斷斷續續地得知事情經過。她真的已經死了，就在與愛人約見的地方，孤立無援地被殺了……

我不明白為何她會成為新生居民回來，但我在那個時候，對這件事情無比慶幸。

在沒有任何心理準備的情況下，猝然失去她，是我再怎麼樣都無法接受的事。無論是以看待主人的角度，還是……

『喂，老頭。』

失神中的我，直到希克艾斯輕輕出聲，才發現他走到了我面前。

『我啊，有事要離開一兩天，櫻現在睡了，麻煩你照顧她吧。』

『我當然想照顧她，你以為我想置身事外嗎？問題是我還無法化形，要我怎麼照顧？』

我在這麼回答他的時候多少有點怨氣。沒想到他還真的連這點都看不出來，因而大吃一驚。

『什麼？你怎麼這麼虛啊？都累積多少年了還無法變成人？問題是櫻需要穩定情緒啊，這事情讓別人知道也不太好，你不能照顧她的話，我要怎麼安心離開？』

『就算你這麼說，我差那幾年的修行就是差那幾年，也不會因此能變出來啊！』

『好啦好啦，真拿你沒辦法，我分你一點點能量總行啦？就一點點應該不會出事，即使是武器的能量你也可以用吧？』

『那你就試試看吧。』

希克艾斯不只可以自己化形，還有多的能量能分給我，真不知道他以前跟的那些皇帝都是些什麼好料，可以讓他吸收那麼多的修為。而儘管是他分給我，不是我分給他，我依舊沒佔到什麼便宜，因為來自武器的能量帶著銳利的氣息，光是消化吸收就有得好受，也無法接納太多，距離化形依然有點不足，但強制進行應該勉強能成。

『我緩和一下，要化形大概沒問題了。』

『是嗎？那我走啦。』

『這種時候，你到底要去什麼地方？』

『啊，那還用說嗎？』

希克艾斯轉身之前微微一笑，而那笑容中透著明顯的殺氣。

『欺騙櫻的感情還殺害她的雜碎，不管他祖先跟我有沒有交情，我都不可能讓他活下去。』

他只留下這句話，就這麼趁夜離開了。我沒有問他闖聖西羅宮有幾成的把握、需不需要我一起去，因為他託付我的事情不是協助他，而是留在這裡守護我們的主人。

殺戮本就是武器負責的事情，身為護甲的我應該待的，是她的身邊。

儘管我也渴望親手復仇，以那個人的性命清償她的痛與我的憤怒，但那不是個適合我去做的任務。

靜靜消化能量、準備化形的同時，我也思考著一個問題。

我應當，變成什麼樣子呢？

化形的外貌，在第一次化形出來後就固定無法改變了，我可以選擇大致的方向，但實際變化出來會是什麼樣子，仍取決於匠師打造我時就塑造好的素質。

剛經歷背叛的主人需要照顧。我不知道現在的她會不會打從心裡排斥男人，或者覺得跟男性接觸很尷尬，不過我再怎麼樣也不可能變成女子，頂多變成女性化的容貌。

考量到她現在的精神狀態，我決定選擇近乎女性的外貌進行變化。再者，如果我看起來像是女性，希克艾斯那個笨蛋搞不好也會死心然後去找別人當他的好兄弟。

靈能不足的情況下變化成人會導致元氣大傷，但我可以之後再修回來，這點我倒是不怎麼介意。

而她醒來後也很自然地接受了我的存在。是因為原有的熟悉，還是這副外表的功勞呢？

當她詢問希克艾斯怎麼不見了，為了避免她擔心，我只淡淡地裝作不知道。

重生後的她感覺還算正常，正常得令人欣慰——對我來說，她能夠不設防地讓我靠近、我能夠時常陪伴在她身邊，就已經足夠。

那段日子的一切，都像烙印一樣銘刻在我的記憶中。

第一次心靈相通、發現對方的聲音出現在自己腦內，驚喜中相視而露出的笑容；開玩笑般地閉上眼睛翻字典選字，說要看運氣給我們取個侍的名字；眼神交錯之間，不必言語就能明白，逐漸建立出來的默契……

宛如靜止在她與我們身上的時間，在那段似暗未明的時刻，也許可謂為幸福。

後來，又是為什麼會變成那樣呢？

是因為我們已經習慣了時間的磨蝕、麻木了時間的流逝，將永無止盡的生命視為理所當然，而她卻非如此，還是我們所求的事物，與她需要的完全不同？

在我為浸泡於浴池中的她梳整長髮時，她偶爾會轉過頭來看我，時而像研究什麼一般地摸我的手、玩我的頭髮，還要我把臉低下去讓她捏捏戳戳看，十分干擾我的工作。

『櫻，妳這樣摸來摸去，到底想做什麼？』

想起她小時候也曾因為好奇而亂碰還是護甲的我，我不由得無奈地嘆氣。

或許對一般男女來說，這是過分親密的舉動，但我們之間沒有那種曖昧的氛圍，因為我是她的護甲，而我們同在一室的畫面，與其說是感情很好的戀人，還不如說是賞心悅目的姊妹。

當然，長得一點也不像就是了。

『為什麼可以這麼好摸呢？』

她的手從我的臉摸到脖子，彷彿很不甘心想繼續往下剝掉我外衣似的。

因為我沒制止她，她甚至拉過我的手，將嘴湊到我手臂內側的肌膚，輕輕咬了一口。

『櫻——』

我的聲音包含了幾分要她別再玩下去的意味，不過，我終究仍沒將手抽回來。

『可以長這麼美麗真好，要是我也能長這麼美就好了……』

其實妳也不差了——我這麼想著。浸在溫水中的她，看起來白皙勝雪、眉目如畫。

她並非我見過最美的女子，但她的笑語總會動搖我的心神。

『妳總不會是因為我美麗所以才咬我的吧？』

『只是想咬就咬而已。』

『把我吃了也不會得到我的容貌，別再聽信沒有根據的傳言了。』

聽我這麼說，她又鬧脾氣了起來，瞪著我的樣子就像是以前每一次認為我說話不中聽的時候。

當時的她，還會有如此生動的情緒表現，就像精神年齡與外表一樣，都沒有成長一般。

後來的她不知是否已經不再記得自己曾經的模樣，選擇性地忽略了過去美好的樣子，但無論是那時單純美好的她還是之後厭棄自己的她……

我都記得。一直都深深地記著。

『你為什麼都不下來？』

『我沒有要沐浴，也沒有要跟妳一起洗。』

她聽了我的回答，捧起水就往我身上潑。

『櫻，別玩，讓我好好為妳梳頭——』

『反正再怎麼整理也不會有你好看，弄不弄根本無所謂。』

『如果妳不需要我幫忙，又一定要把我往池子裡拖，那我要變回護甲形態了。』

我一說完這近似威脅的話語，她就愣了愣，接著才問出一個問題。

『護甲形態，沉下去在池底的話，會溺死嗎？』

『……當然不會。我是化形成人的護甲，又不是偽裝成護甲的人，妳有聽過需要呼吸才能活的器具嗎？』

這樣玩鬧過一陣子後，她才肯安分地讓我梳理頭髮，我雖然沒到抵死不從的地步，卻也有些困擾。此類事情只是生活中偶爾發生的小插曲，但其實，她會在意容貌的問題，羨慕我的皮相，多半是有原因的，那個原因，我也很快就知曉了。

心靈相通往器化發展的階段，她的感覺與心聲越來越清楚。她似乎也同樣感覺到這樣的變化，由於從沒體驗過而覺得新鮮。

那種同化的感覺強烈到某個階段後，我發現我看見希克艾斯時，會出現不屬於我的情緒。看見他和街上的女孩子愉快聊天，心裡會產生不舒服的感覺，他無預警地貼近過來說話，我就會心跳加速緊張起來——

這不是我的心情。這些針對希克艾斯突然冒出、突然清晰起來，猶如戀慕的感應，不是我自身的想法，我非常肯定。

那麼，自然只有一個可能性。

『櫻。』

我走進她的房間，端坐在案前發呆的她看向了我。

『妳喜歡希克艾斯？』

我知道對她來說，這個問題可能過於直接，但我還是當面問了她。

一瞬間，她的臉浮出了羞怯的粉色，從她心裡傳來了慌張與驚嚇的情緒，彷彿連話都說不好了似的，她甚至有點想抓個東西拿來丟我。

『你為什麼會——你、這種問題怎麼可以……』

雖然她混亂地說了半天，也沒正面回答這個問題，但看她的態度、讀她傳達過來的思緒，我就能知道答案了。

『當我沒問過吧，不必回答我也沒關係，我明白。抱歉。』

最初得知這件事情時，我試圖冷靜地面對主人愛上了她的武器這件事情。雖然這不到驚世駭俗的程度，也不是從沒聽過，但……對象是那個智障的話，怎麼想都很不妙。

她對我惱怒了幾天，然後要我不管知道了什麼都不准說出去。事實上，我能夠感應到她不想被人知道的心情，她即使不那樣警告我，我還是會為她保密的。

我就這樣看著那個被主人暗戀著的大白痴繼續我行我素地過他開開心心的日子，一面努力忽略主人那邊流竄過來、讓我非常不能適應的情感，一面想釐清自己真正的感覺是什麼，然後因為太過雜亂而只能暫且作罷。

另一方面，器化之前互相感應的狀況越來越明顯，我所感覺到的不再只是先前那些單純的思緒。

那些混雜在黑暗中的疑惑，原是我以為一輩子都不會出現在她思緒中的事物。她的心靈感應得到某個聲音的呼喚，來自我們都不了解的沉月祭壇。

除了對那個聲音的疑惑，她也時常因為記憶而焦慮。被殺的事情留下的不只是內心的陰影，甚至還化為夜裡糾纏的夢魘，難以消解。

大部分的時間裡，她選擇忽略這些思緒，這是為了讓自己能正常地過活。

當她成為新生居民的時候，我曾以為，她跟我們一樣，擁有了永恆的時間。

但其實是完全不一樣的……

我們的不滅，立基於非人的前提，只要不損毀就不會有事情，幾千幾百年，我們都會是這個樣子。

而她的不滅，奠基於生命被扼殺的不甘與恨。經過多久也不會消失、凶手伏誅也不會改變，在靈魂被扭曲的那一刻，即命定了她往後活在折磨中的無盡歲月。

我們和她是截然不同的生命形態，而我提取記憶的能力，也因為她不願意配合而無從使力。

『櫻，為什麼不讓我試試看？如果記憶能夠封印，妳能夠忘記的話，不是也比較好嗎？』

她沒有說明理由，只是一再拒絕……

『我是不會讓你動手的！不要再提這件事！』

對於我的提議，從她身上反彈過來的情緒，總是亂成一片，讓我難以分辨。

自從主人成為新生居民後，神王殿的人員被我們刪減到最低限度，其他官員非必要也不能進入神王殿，但無論如何，東方城的女王是否婚配、是否有繼承人的事情，在她登位接近十年的狀況下，還是會被眾人提出來一再勸諫。

就連宮內其他的侍，也有差不多的想法，為了解決這個問題，她煩惱過一陣子，希克艾斯也提過一些亂七八糟的主意。

『我們去偷抱孩子來，說是櫻的私生子？』

『胡鬧！櫻貴為東方城的女王，怎麼能傳出這種不名譽的事情！』

『啊，那不然呢？西方城的皇帝也會跟不喜歡的人結婚啦，可是櫻不用這樣委屈自己吧，又沒有人管她。』

跟希克艾斯討論，是討論不出什麼好方法的，而在下一次她聽取五侍的報告時，發言一向最隨便的那個侍，當場就直接提出了女王不結婚的問題，讓她的心情瞬間變差。

『您的婚姻是全東方城的人民都關注的事，這麼多年都過去了，女王陛下是否能認真考慮一下自己的終生幸福呢？這也是您的責任與義務啊。』

她並非一開始就有女王的威嚴，懂得如何應付別人。在聽到這樣的話時，我感覺出她想斥責對方的無禮，所以便代替她開口了。

『封侍，陛下的婚姻不是你有資格干涉的事情。』

『我只是在適當的時機提一下而已，陛下總不會打算一輩子不婚吧？』

『啊，煩死了，一輩子不結婚又不會死，你自己不是也還沒結婚嗎？少說廢話啦。』

希克艾斯在旁邊不耐煩地針對這個不討人喜歡的同事發言，沒想到對方卻厚著臉皮說了下去。

『正是如此，如果陛下不介意，我願意成為陛下招贅的對象，雖然陛下的真容總是隱藏面紗後面看不清楚，但成親之後我很樂意慢慢了解，您是否願意考慮一下呢？』

向東方城女王求親的男人並不是從來沒出現過，但這樣當面求親還油嘴滑舌的姿態，確實讓人大皺眉頭。

當我正想再說點什麼的時候，她卻自己開口了。

『我跟綾侍已經有婚約了，你這番失禮的求親，我就當作沒聽見吧。』

妳跟綾侍有婚約了啊？喔。

……綾侍不就是我嗎？

妳……至少也串通一下吧？心靈相通不就是這麼用的嗎？還好我沒反應過來，不然露出驚訝的表情不就露餡了？

『你們什麼時候要結婚了！我都不知道！』

結果先震驚驚呼出來的是希克艾斯。

『真是不好意思，以我們的交情，陛下選擇了我沒選擇你，我實在不知道該怎麼對你開口，只好一直瞞著你。』

為了讓他的震驚合理化，我只能補上這麼一句。事實上我也知道，她會挑我當擋箭牌而不是挑希克艾斯，只是因為希克艾斯笨到不會配合著演戲而已。

『陛下，您這個玩笑開得真有趣，再怎麼選，也不會選擇綾侍吧？』

希克艾斯還在震驚的失神中，封侍便又質疑起這件事的真實性了。我也知道他針對的是我的容貌，畢竟我大概長得比任何女人都美，又來歷不明，做為女王的結婚對象，確實不是普通奇怪。

『如果你再做出這種侮辱我未來夫婿的發言，我就將你逐出神王殿。』

『我沒有侮辱他吧？我只是覺得他好像長得太美了點啊？』

封侍無辜地為自己辯駁，這時候，她不悅中夾雜著憤怒的聲音清楚地傳來。

『除了皮相，你還看得見什麼？綾侍的優點你了解多少？要成為東方城女王的夫婿，臉難道是最重要的一點嗎？』

因為女王已經生氣了，封侍自然沒敢再繼續這個話題，剩下的報告通通解決後，希克艾斯就抓著我去沒人的地方講話了。

『你們什麼時候有婚約啦！』

『我們沒婚約，只有契約。』

『結婚這種事情，居然瞞著好兄弟！櫻也瞞著我，明明是我的主人耶！』

『上一句話你到底有沒有聽見？』

『你怎麼可以跟女人結婚啊！你不是人耶！』

『你……我累了，聽聽人講話行嗎？』

在希克艾斯一味追問他忍到快爆炸、只想通通丟出來的問題時，他根本沒注意聽答案，所以我只好等到他通通問完，再告訴他這只是配合演戲而已，我跟我們的主人，並不是真的要結婚。

『噢，原來是假的啊，嚇死我了。』

『虧你那不像樣的反應，差點瞞不過去，你能不能不要這麼單純，就什麼話都別說，等到沒有外人再問？』

『啊，誰教你們說得像是真的一樣，我是真的嚇到了嘛！既然這樣，那我就不必去問櫻了，果然還是什麼事情都要問清楚，不然我今天怎麼睡得著啊。』

從認識以來，漫長的時間中，我常常羨慕希克艾斯。我想，我所羨慕的，或許正是他絕對的率直。

我回到女王的居處後，感覺到她正在注意我。假結婚的事情確實應該談一談，所以我主動提起了。

『櫻，關於結婚的事情……』

『嗯，你負責公告，下個月就完婚吧。』

『……啊？』

我停頓了一下，因為這跟我的認知好像不太一樣。

『不是假結婚嗎……』

『假結婚，就是還是得結婚啊，我不結婚，他們成天問這件事情，如果已經結婚就不會問了吧？』

這麼說來也沒錯，口頭上說說，之後還是會被關注，婚還是得結一下，只是做做樣子，大概就是這個意思吧。

『你不願意娶嗎？』

可能是因為我沉默了太久，她看了看我的臉色，低下頭，聲音沉悶地問了這麼一句。

如果這是拋繡球選夫，肯定不是我剛好接到，而是繡球直接往我頭上砸下來——而且搞不好只是個夢吧。

『我……當然沒什麼不願意，只是配合妳而已，這是小事情。』

我想，就算她要舉辦什麼盛大隆重的儀式，我應該也能配合著演戲，但她似乎沒這個打算，聽到我同意後，也沒抬頭看我，就直接轉過了身子。

『公告上就寫因為不想鋪張，只在神王殿內簡單舉行吧。』

如果只在神王殿內舉行，那根本連舉行都可以不要舉行啊？只需要借用我的名字放到招贅者的那個格子，填完公告一切就結束了嘛。

而實際上的狀況，也跟我想的差不多。

大婚的那一天，我跟她換上喜服，在祠堂前進行了演給其他人看的儀式。

整個過程大概不到兩小時，我們很快就回房得到獨處的安寧。即使是這麼簡單的儀式，她還是覺得累，在房裡換完衣服，熄了燈火，便說要睡了。

『那麼，我先回去……』

『你不要走，出去被人看到怎麼辦，留下來。』

我本來想說我可以走得很隱密，整個神王殿裡能看得到我的，多半只有希克艾斯，但想一想還是作罷。

沒有什麼特別的原因，只是因為我確實想留著。

躺在她身邊的我，作用是陪她一起睡。這樣近距離盯著我的狀況下，她盯著我的臉，又感嘆了一句。

『如果可以生得這麼好看，該有多好……』

聞言，我伸手撥了她額前瀏海，輕聲說出我的真心話。

『妳很漂亮。』

她笑了笑，開心的情緒傳入了我心裡。

『被你這麼說，感覺很不真實呢，晚安。』

儘管她這麼說，但我知道她是高興的。

在她睡著後，我收攏臂膀，讓枕於我臂彎的她更貼近我一些，然後就這樣輕輕擁著她。

明天早晨，還要早起，跟她帶著禮官一起去沉月祭壇內部祭拜，但此刻的我只想看著她的睡顏，直到天亮。

妳很漂亮。我在心裡，再一次地說著這句話，接著看見她唇角微揚，如同感應到了什麼而正作著好夢。

我也露出了微笑，只願她的好夢也能滲透到我心裡。

前往沉月祭壇祭祀的隊伍，在她的要求下，人數並不多。

不知是否基於微妙的情感因素，她不讓希克艾斯跟。希克艾斯為此抗議了很久，但是主人都這麼命令了，不管他怎麼抗議也沒有用。

我們抵達結界外圍時，我察覺她微微顫抖著，如同恐懼著什麼事物一樣，這讓我疑惑地靠近她，並握住了她的手。

『櫻？』

她的手心是冰冷的，彷彿忽然間不太想進去，卻又覺得還是該進去看看，了解是怎麼一回事。

『我覺得很不安，還是把大家留在外面，我們進去就好……？』

她用心靈溝通詢問著我的意見，但此行的目的是女王大婚隔日的祭祀，再怎麼樣也得讓禮官見證，於是在一番協調後，由我和禮官陪她一起進去。

我們走到祭壇的內層結界時，明顯排拒我的阻力讓我不得不停下腳步，此舉自然招來了她的關注。

『綾侍，怎麼了？』

『……我想到有事情要跟外面的人交代，你們先進去好嗎？』

在禮官面前，我不能直接說明真正的原因，只能這樣解釋，然後用心靈溝通跟她說明理由，並告訴她，結界排拒高階護甲的力量並沒有很強烈，給我一點時間破解就能進去了。

於是她點了點頭，跟禮官一起進了結界，消失在裡頭的白繭內。

專心琢磨結界的我，花了點時間看清能源流通的脈絡。能夠看見這種東西，我其實有點意外，而在我找到縫隙進入後，失去了結界這層隔閡，我立即就感應到了她的異常。

她此刻的混亂比過去的每一次都劇烈，甚至包含著不斷重複的否定情緒，纏繞之後繃緊，幾乎要斷裂——

我想起了她死亡的那一夜。
想起那一夜她一樣沒有我們的陪伴，想起我猜測過她的無助，卻始終不知道她那時候是什麼感受。
我一面後悔讓她先進祭壇，一面以最快的速度進了白繭。祭壇內充斥著壓迫著我的氣息，禮官面帶驚恐地縮在一角，她則癱伏在放置寶鏡的池畔，痛苦地抱著自己的身軀。
讓這個空間充滿壓迫的，是空中飄移的那名少女。即便沒有人和她對話，她還是像要強迫他人聽一樣，不斷說著一些將世界的責任與罪都加諸到她身上的話語，得意地訴說自己操弄新生居民的算計，如同陶醉在自己幻想的未來世界裡。
感應到我出現，她看向了我，就像想尋求依靠一樣掙扎著想往我這邊移動，卻動彈不得。
我知道那名少女是沉月。會出現在此地、散發出如此強大的氣息，除了寶鏡沉月以外別無他想……
沉月要求她的臣服，不斷地對她施加壓力，好不容易才走到她身邊的我，瞧見她沒有一絲血色的臉龐，只覺得無比難受。
『她什麼也沒有做，為什麼要這樣折磨她？』
我質問飄浮在空中的沉月，少女的臉孔因為這個問題而扭曲了起來。
『那麼，我又做過什麼？把我的兄弟姊妹還給我、把我的自由還給我，我就跟你們講道理啊！憑什麼以那種受害者的姿態說話？如果不是我，她現在能好端端地出現在這裡嗎？我讓她成為新生居民重生，不只你們應該感激我，整個幻世都應該跪著膜拜我才對！』

沉月說話期間，我感應到她想要從這裡逃開的心情，所以我忍著周身的不適，向沉月提出了要求。

『請讓我們離開。她不願意成為妳的傀儡，妳不該強留她在這裡。』

『只不過是個化形不完全導致靈格受損的護甲，有什麼資格要求我放你們走？』

沉月的聲音尖銳而急促，而後，她冷笑了一聲。

『我是不知道結界出了什麼問題，為什麼你能進來，但進來了就是你的不幸。雖然我不能攻擊原生居民，不過對付一個侵犯我領域的護甲，是不受限制的，想必進入祭壇時你就已經有所覺悟？』

她做出這番宣告時，我就感覺到了危險，卻完全沒有時間能做出對應。

僅是正面掃過來的第一擊，就讓我受到中等程度的創傷，我連痛都還沒感覺到，第二波攻擊便再度襲來。

我的靈能在兩度受創下震盪，但沉月的攻擊卻沒有繼續，只因為她視為有重要利用價值的東方城女王，我的主人，緊緊抱住了我。

她這麼做是為了讓我不再繼續遭受攻擊，而她的淚滴在我的頸上，我卻不知道能怎麼安撫她。

我是妳的護甲，我應該做的事情是保護妳，不是被妳保護。

我願意為妳而死，但妳不應該為了我將自己暴露於危險之中，我也不該、讓妳這麼做……

『真是有趣，所以他是妳的弱點嗎？所以用他的命來交換，妳就會屈服？』

沉月可以控制新生居民的行動，她就算要以自己的身體擋在我面前，也擋不了多久，只要沉月控制住她、要她讓開，她就會無法左右自己的行動。

這一點她是知道的，沉月剛才就已經說過了，所以這個時候，她對我下了覆體的指令。

她要我變回護甲的形態，附到她身上。儘管我已經受創，對於她的命令，我還是照做了。

在一片藍色光輝中，我化為她身穿的護甲，但這一次的變化，與以往都不同。

她像是希望我融合在她的血肉裡一樣，強烈的心念不斷傳來。我聽見她的心音與恐懼，那些紛亂的聲音越來越大，就像直接擴散在我心中一樣清晰。

沉月說什麼我已經聽不見，因為她的思緒已經將我包圍。那幾乎是不顧一切的渴求，要我回應她的呼喚、感應她的呼息，將我烙進她的靈魂，就這樣和她在一起。

我的靈能滲透了她的身軀，她的臉龐也浮出了藍色的印紋，這個瞬間，所有的心音再也沒有隔閡阻擋——

她完成了與護甲的器化，而後在沉月憤怒地想控制她時，開啟了我從未看過的「質變」能力。

質變的領域擴張出來後，交錯著黑色與紅色的虛幻絲線，如同她的心反映出來的淒厲尖叫般，緊緊附著她纖細的身軀。自她身上揮發散溢出來的心念，尖銳得幾乎將我的精神洞穿。

在無縛的能力展開的同時，領域也排斥著所有跟她接觸的事物。我是以器化狀態結合在她身上的護甲，卻仍不能例外地遭到尖刺般的精神攻擊。

領域的效果讓她再也不受結界與任何控制束縛力量的影響，於是她往祭壇的結界奔去，同時拉起了驚恐不已的禮官，欲將他一起帶離祭壇之外。

『妳會再回來找我的！就算妳現在從這裡逃走了，以後一樣會回到這裡，求我延續妳那個軀殼十年一次的壽命！』

在我們穿越白繭時，沉月憤怒的聲音仍在後方響著，但閉合起來的結界很快就阻絕了聲音，我們短暫的器化，也因重傷的我沒辦法再承受質變的她釋放的排斥力而瓦解。

解甲的我重新化為人形，被她從裡面帶出來的禮官卻在這一刻以無比驚懼的表情甩開她的手，往後退了好幾步。

他的神情像是看見了什麼怪物一樣扭曲，她則沉默僵硬地看著他，死寂地等待他說話。

『東方城的女王……為什麼會是新生居民！新生居民是遺恨所化的不潔生命啊！妳不能坐在這個位子上，妳只會將東方城引領至滅亡之境！』

面對禮官如同用全身力氣才擠出來的話語，她一句話也沒有說。

而我的身體卻在那個時候動了。

即便是重傷狀態下，要在一次動手間殺掉一名只有藍色流蘇的禮官，對我仍舊是輕而易舉的事情。

我沒有給他求饒或多說出任何一句話的機會，直接以最俐落的手法對他做出足以致死的攻擊。他倒地的同時，我感應到她的視線與空了一瞬的思考，因而轉過身面對她。

她已經解除了質變的能力，恢復白皙清麗的臉孔卻帶著與剛剛地上的死者近似的恐懼。

『你為什麼……殺了他？』

她的問題問得很輕很輕，強撐出來的冷靜，卻彷彿隨時會瓦解。

但是那個時候的我，卻不明白。

『因為妳的心希望沒有人知道這件事情。』

我做出了這樣的回答，沒有意識到，這個她內心所傳達出來的訊息，所指的其實不只是這個事件。

『你為什麼，不取走他的記憶就好，而是選擇殺了他？』

她的聲音在顫抖，而她心底傳來的聲音，則一再重複著絕望的哀求。

說是你選擇的。

說是出自於你的意願。

說是你自己希望這麼做的，告訴我是這個樣子，告訴我……

『因為……』

她問了我這個問題，卻在心裡希冀我給予如她所望的答覆，即使那不是真正的答案。

我因為這樣的矛盾而遲疑，然後再也說不下去。

因為妳希望用這種眼光看妳的他以死贖罪。因為我聽到了妳心裡希望他去死的聲音，所以我為妳完成，妳內心所願。

『你為什麼不回答我？』

她盯著我的目光在變質。傳過來的心緒墜入絕望後，仍不斷惡化，然後她在我的緘默中，失聲痛哭。

這一次我依舊無法安慰她，因為我清楚地藉由大量湧進來的心念，知道了她為什麼哭泣。

『不要看見我的內心。』

『不要看我。』

『不是我希望那麼做的，不是我——』

她的內心像是絞碎了所有偽裝起來的堅強一樣，支離破碎的聲音不停地在我腦海裡嘶叫，混雜著一句又一句要我遠離她的命令，以及一句又一句，哭著要我不要丟下她的相反話語。

我終於知道了為什麼她不讓我封印、處理掉那天晚上的記憶，卻已經什麼都來不及。

她寧願記著那些事情痛苦，也絲毫不願讓我看見。

看見所有心上的黑暗與傷口、所有自私與慾念，以及那些對她來說只願永遠用自己的心來埋葬的回憶傷痕。

我像是鏡子一樣映照出她連看都不想看見的，存在於自己內心的一切。無論是刀劃過一樣殘酷的那些記憶，還是時而湧現的惡念，她通通都，不想看見。

無論是刀劃過一樣殘酷的那些記憶，還是時而湧現的惡念……她同時也不希望有任何人能夠看見……

『櫻……』

我想要上前，像以前那樣貼近她，但她卻反應激烈地拍開我的手，最初也是最後地，用那雙曾經因我而盈滿笑意的眼睛，帶著我分析不出的複雜情感看了我一眼，然後就這麼因為心中的排斥跟情緒激盪太過強烈，而昏迷過去。

因為她的關係，我沒有死在祭壇之前，但一切就像是在那天終結靜止了一般。

我想對她說，她是我的主人，即使不提這點，過去發生過什麼事、她所被我讀出、人人皆有的黑暗面，也不會讓我因而嫌惡她。

可是她不曾相信。

器化所帶來的內心直覺，只有單方面的作用，這是我跟她都知道的。附身嵌合進主人身體的武器護甲，能夠全然得知主人的內心世界，然而她看不見我的心，始終只能憑藉人類之間了解彼此的方法，來猜測我的心意。

『原來我聽得到妳的每一個心聲、看得見妳的每一個祕密，是這麼……可怕的事嗎？』

我抱著昏迷的她喃喃自語時，也許從沒想過真的對她問出這個問題。

只因我甚至不需要看她的表情與眼神，她的心便會直接給我答案。

抗拒被剖開內心的她，與恐懼讀出她內心的我。

是這樣的啊。原來，是這樣的啊……

『發生了什麼事情啊？老頭你為什麼會受傷？到底怎麼了嘛——』

沉月祭壇發生的事情不可能讓其他人知道，對外的說法是禮官攻擊女王，被我當場格殺。至於我的傷勢，在我以術法隱藏的情況下，沒讓隨隊的人員發現，畢竟掛著黑色流蘇的我，如果處置一個藍色流蘇的人都會受重傷，也太不自然，只能裝作沒事瞞著，但這種程度的處理，不可能不讓希克艾斯察覺。

這一趟沒有跟去的希克艾斯，理所當然地對我們的狀況感到疑惑與震驚，但我曉得我們的主人不會希望他知道內情，所以只含糊地帶過。

『只是在祭壇誤觸結界罷了。』

『咦！什麼結界那麼可怕？連你都可以傷成這樣，也太恐怖了吧！』

希克艾斯總是這樣無心機地將內心所想的話直接講出來，很多時候我都覺得他這樣有很大的問題，不過，相處過這麼久以後，我卻慢慢改變了當初的想法。

如果是他的話，一定能自然真摯地說出許許多多打動人心的話語。平時的他表露出來的一切，就已經是他沒有隱藏的內心了，這樣的他對櫻來說，就像是光一樣吧？

沒有扭曲的黑暗面，沒有複雜的思緒。就算要將心攤開來給別人看，也不會彆扭在意。

她是這般夾著憧憬地喜歡著他。單純地渴望親近他，嚮往著他數十年如一日的乾淨純粹，同時也恐懼交心之後，發生在我身上的事情重蹈覆轍。

從祭壇回來後，她便跟我保持距離，不只排斥我的接近，甚至連與我相見都不怎麼願意。像是想保護自己似的，她不再稱呼我們的真名，綾侍與音侍取代了我們原先的名字，發覺異狀的希克艾斯不明白我們之間的關係為何會出現變化，他一直都無從了解，也無從涉入她的內心世界。

什麼也不清楚的他，心中充滿了不解的憤怒與無力感；只想回到過去的她，在現實中喪失了曾經的堅強；看著一切的我，唯有做出淡然的表面，希望時間能讓一切好轉……

一年一度的沉月節，一向都是個盛大的節慶日，以往祭祀的活動都在玄殿舉行，那年她做出前往沉月祭壇進行祈福儀式的宣告後，我立即就明白她做了什麼樣的決定。

她要回去面對那個將她視為可利用物品的少女神器。她要為了活下去，成為屈服於沉月的人偶。

這是她所做出的選擇，沒有我評論的餘地。我無法斷言這是對是錯，護甲的天性會讓我希望主人活下來，但如果她還要長久地活下去，與我們保持距離、迴避我們的事情，終究得解決。

我再一次踏入她的房間，請求她別斥退我，好好地聽完我要說的話。

我們是她的武器和護甲，排斥我們，就像自己折斷自己的手臂，於她而言是沒有好處的。

我只願她將我當作是一件尋常的死物，不要考慮我人類的外型與靈智，就將我當成她的護甲

——只要這樣就好了。

讓我成為她的助力，讓我保護她。就算對我再冷淡也沒關係，只要她願意、讓我待在她的身邊。

坐在床邊的她，氣色看起來並不好。沒有經過梳理的黑色長髮凌亂地披在肩上，望著我的眼睛，也像是盯著一片空氣，我亦感覺不到她心中的想法。

她的心空成一片，宛如什麼都沒在想，又或者是，什麼都沒辦法思考。

過了好久，呆滯的她終於有了反應。

我讀到了她心裡的波紋。彷彿有什麼在一片空白中盪漾開來，然後急速地，結冰硬化。

『我會把你當成是我的護甲，因為你確實就是這樣的存在。我的痛苦即便你能全數了解，你仍舊什麼忙也幫不上……你所能為我做的，全都不是我需要的，全都，不是，我需要的……』

她機械化地對我說出了這些話語，然後向我招手，讓我過去她的身邊，像以前那樣為她梳髮，整理儀容。

就像以前一樣嗎？

不同的也許是，她不會再不安分地玩鬧，干擾我的工作。不同的也許是……她不會再動不動就回頭，只因她一眼也不想看我。

那些也許能夠打動人的話，為什麼對著這樣的她，我便一句也講不出來了呢？

是否因為沒有心的事物才能不怕受傷害，所以我還是會為了保護自己而遲疑？

又或者是，漫長的歲月，一次又一次的交談與挫敗之中……

我逐漸學會了沉默不語。如我所說的，就當我，是個死物。

❀

比起生命形態相異的我們，她所該抱持期待的對象，應當是人類才對。

她渴望被理解，但不能接受被全然看穿，渴望被愛，然後絕不原諒背叛。

數百年的時光磨蝕了她對生命的熱情，我感應到的心緒，也一再扭曲。

她收養了侍女遺留的孩子，說要作為繼承人培養。那時希克艾斯問她卸任之後有什麼打算，要帶我們去哪玩，而她沒有回答，只讓我聽見了厭倦繼續活下去，卻又恐懼死亡的心音。

她不在乎賽台上嶄露頭角的那個孩子來歷是否可疑，只因為久未發生、一時的情感觸動，便讓他成為五侍之一。我知道她已經很多事情都不放在心上了，名義上是養子的暉侍摘了可愛的小花送給她時，我也只看著她想著，上一次看見她露出這樣的笑容，是什麼時候呢？

一再地看著她付出期待，然後又一再地受到傷害。

在她的心感覺到痛楚時，我一樣感覺得到。我的感覺與她的感覺，實際上是切割得開的，只是我漸漸地沒有心力去做，逐漸放任一切混淆，只以置身事外的態度，讓那些情感不要滋生蔓延。

然而我可以抑制她的情緒在我心裡作用，卻無法讓她心中的絕望厭世停止擴張。

她的心越來越像是一個黑色的漩渦，而她墨色的雙眼望向我時，從來不會向我求助。

妳需要的究竟是什麼？

我不是沒有問過，但她只會要我遠離她，不要聽她的心、探測她的意念，她沒有任何話要對我說。

將王位傳給珞侍的事情，她一直動搖著。為了避免被人發現不老不死的事實，向來過一段時間，東方城就會要求新生居民聚集，由我封印相關的記憶，但這麼做難免有漏網之魚，在厭倦生命的同時，她也對這個過程感到厭煩。

然而轉讓了王的地位，沒有了王血，她就形同失去沉月所要的利用價值，這種違逆沉月心意的行為勢必遭到報復——也許是死，也許是比死還痛苦的折磨，假若她想從這樣的困境中解脫，就得以噬魂之光摧毀自己的生命與靈魂……

她的心找不到活下去的理由，卻又畏懼死亡的到來。

『老頭，櫻為什麼要答應決鬥？你一定知道吧？你不可能不知道吧——告訴我嘛！』

『櫻需要落月少帝的王血進行王血注入儀式，我以為你應該時時刻刻記著這件事。』

只要沒有她的允許，她內心那些深層的想法，我是一句也不會告訴希克艾斯的，無論他再來問我多少次。

『王血注入儀式總是有別的、一定還有別的辦法，我們再一起想想嘛！』

『東方城的女王不能畏戰，櫻她十分了解這一點。』

我對希克艾斯這麼說，但我的心裡，並不是這麼想的。

其實我多麼希望她永遠待在安全的地方，迴避所有的危險，只盼平和安樂能降臨到她身上，就算被批為懦弱膽小也罷……

將所有煩心的事情，都交給我們處理，所有悲傷的事情，都拋諸腦後，每天只要開開心心地做自己喜歡的事情就好，如果她能夠、也願意這麼做的話……

『啊，可是我會擔心啊！櫻她、她雖然是純黑色流蘇，但也沒到無敵的地步吧？練到純黑色流蘇之後她就沒怎麼在練了啊，她平時有出去跟人打架的經驗嗎？她連小花貓都沒跟我們一起去殺吧！這樣子真的可以跟人決鬥？』

確實修練並非她的興趣，即便有幾百年的時間，她也寧可虛度，不願勤加提升自己的實力。

以她稱不上過人的資質，也是這樣慢慢修，才踏入了黑色流蘇的境界，而她的對手卻是一個舉世無雙的天才。身為女王的她，親自動手的機會是很少的，自然沒有豐富的戰鬥經驗，頂多模擬推演……

希克艾斯的擔憂我都清楚，我一樣不願意看她去面對這樣的戰鬥，所以，我決定再試一次。

再試一次吧，即使無法傳達自己的心意，我仍希望能夠說服她，提供她另一個選擇，雖然我也知道，也許她根本聽不進我的話語，也許這番話只要是由我來說，就沒有用。

然而我能怎麼做呢？

希克艾斯說的話，說不定她會接納，但那只是逼她做出違反自身意願的決定，陷她於非自願的痛苦之中。

我希望無論是什麼選擇，至少能是她為了自己而願意的。

這樣的我，是否太過一廂情願了呢……？

『如果僅僅是王血注入儀式，就如同我告訴妳的，我們已經拿到了另外一半的法陣，落月的王血，我們手中也有，雖然缺乏當事者的配合，純粹注入血液，儀式可能無法完滿，但至少可以保證東方城的水池能夠運作，單憑他們也是進不了沉月祭壇的，那麼，目的就完全可以達成了……』

我在她面前拿出預先留下的王血時，她的面上，沒有任何喜悅的顏色。

『若只是為了王血注入儀式，只是因為想要活下去的話，沒有必要冒那樣的風險，用以交換妳原本就已經可以得到的未來啊……』

我知道她渴望一切結束。我知道她心中暗藏著不想再活下去的心聲，但我還是下意識這麼說了。

她的心一直都是矛盾的，不願死去的念頭並沒有徹底消失過，只是……當我說出這樣的話語，也就形同當面戳破她矛盾的內心，她冰冷的神情因而透露出怒意，直接便以毀去王血的舉動，拒絕了我的提議。

『我早已不相信我的世界還能有什麼光明的未來。我所能面對的未來，絕非值得如此委屈求全、畏畏縮縮地換取。』

一如以往地，我聽到了她心中對我的質疑與怨懟，負面的思緒將她包圍。我聽見她對我用意的懷疑，對我置身事外的憤怒，我卻也知道我不能解釋，因為她只要感覺我得知了她的意念就會生氣，平時只要不表現出來，她還可以當作沒有這樣的狀況，但若我讓她意識到這件事情，便像是特意傷及她的痛處一樣，只會讓情況變得更糟糕。

那天她招我來，其實是為了決鬥前的彼此熟悉與演練，但是，爭執過後，她也只讓我化為護甲覆到她身上，而她什麼都沒有做。

直到她因為想獨處而要我離開，我才再度幻化出人形，一聲不響地準備離去。

『千幻華。』

在我離開之前，她輕聲呼喚了我。

她已經很久很久沒有呼喚我的真名了，我回頭看向她，視線對上的時候，她看著我問了一個問題。

『我的心告訴你，我喜歡的是希克艾斯？』

我只愣了一下，隨即按照我一直以來的感應做出回答。

『是的。』

我不明白她為什麼會問出這個問題，也許中間她曾經喜歡過暉侍，但那也只是她尋求溫柔情感的短暫意外而已。

『沒什麼，退下吧。』

聽完我的回答後，她沒有任何表示，就這麼以一貫冷漠的語氣，要我回自己的地方去。

我不需要特別去感應，她的情緒自然會流進我心裡。那個時候，從她的心裡流出的是一片酸澀，猶如掙扎著想要哭泣一般的痛苦……我因而怔在那裡，沒有辦法就這樣留下她一個人。

『我叫你回去，沒聽清楚嗎？從我的眼前消失，別讓我一再趕你！』

只因我停留了幾秒，她便出言驅逐我。

我想問她，為什麼會生出這種情緒？為什麼掙扎，為什麼痛苦？又為什麼，不需要我的安慰？

但她勒令我出去，彷彿為了掩蓋掉所有的心音般，用厭惡我的尖叫之聲貫穿我的感應。

於是，在我依照她的意思退出房間後，我再也沒有機會能知道她為什麼會問出這個問題。

她與落月少帝的決鬥，以失敗身死告終。

我們三個之中，她最希望能活下去的，是希克艾斯。在我跟她說，將僅有一次的王血復生機會給希克艾斯時，我依然是說出她覺得無法對我說出口的，內心所願。

我對她露出笑容，要她不要再擔心我的事情，接著目送她的身影消失在我眼前。

直到被我叫醒的希克艾斯也追著她而去，這個地方只剩下我的時候，我終於帶著難以言喻的疲倦，闔上眼睛。

然後，是一個很長很長的夢。

夢中的我幾乎忘記自己是誰，像是回到了最初那個寒冷的草廬，匠師依然以爽朗的性格燒鑄各式各樣的武具，明媚的笑容在那片冰天雪地中，顯得格外溫暖。

那麼多年都過去了，打造出我的匠師，早該因為壽命的限制離逝。夢中記憶模糊卻是原初的故居，讓我逐漸想起了自己的身分，然後隔著一層霧般地看著陌生又熟悉的一切。

『怎麼把自己搞得這麼狼狽呢？我的千幻華。』

一向做男裝打扮的匠師將視線移到我身上時，那張臉孔難得呈現出的溫婉，讓我不由得懷疑起自己當初為何會以為她是男人。

『你應該有著不畏傷害的身軀，足以為你的主人遮風避雨；有著清淨澄澈的心，即便愛人的時候也保持清醒……你的美麗與虛幻為什麼被你自己捨棄了？為什麼比我還沒將你送出去的時候虛弱了這麼多呢？』

匠師如同看得到我一樣，靈動的雙眼聚焦在我身上，嘆息般地問出這些問題。

但她應該是早已死去、早已不存在的，而我的實體，也不可能在這裡。

『如果你愛上了哪個人，我想那是很好的事，若不是為了強制化形，也不會自損品階吧？』

她伸出的手如同想撫觸我的臉龐，但現在的我應該只是分離飄散出來的一絲魂魄，所以她的手為之停頓，然後收了回去。

『我很高興你在即將死去的時候仍記得這裡，記得回來見我一面，你終究是我最滿意的一件作品。這麼多年來，你也過得很辛苦吧。』

她的神情裡有著夾帶包容的哀傷，甚至是幾分我所不能明白的孤寂。

『世界上所有的永恆，或許都是遲早會消散的。若是一直活下去的只有自己，其實也會感到寂寞啊。』

在聽完這段話的時候，我恍惚間產生了痛感。

不是的。就算一直活下去的不只是自己，有人願意陪著，還是有一個人，過得非常寂寞、非常痛苦。

所謂的永遠在一起之所以不可能實現，是因為我不是她需要的人，還是因為這本來就是太過奢侈的願望？

我思索著這些事情時，草廬的影像遠離了我，等待著我的，是一片空白。

斷斷續續的，屬於我主人的情緒，又透過我們之間的聯繫傳了過來。我聽見她的心音呼喚著希克艾斯，似乎因為看見了完好的他而安心，她的心緒慢慢穩定。

但在一片起伏之後，我聽見了我的名字。
千幻華。
從她心底傳來的呼喚，究竟是她真的想到了我，還是我瀕死的錯覺？
當我試圖回應她時，她想對我說的話，也逐漸清晰。
『如果只能救一個人，我捨不得，你獨自活在沒有我們的世界。』
『因為你會很難過、很難過，而那個時候的我，已經無法看見。』
『希望直到最後，陪著我閉上眼睛的，一直都是你。』
『也許一直都是你……』
她輕輕傳來的聲音，像是漣漪一樣擴散在我心裡，然後無痕地消散。
然後，再也沒有聲音。
不要走。不要走——清楚接下來會發生什麼事情的我，只能以虛弱的靈魂無聲吶喊，為恐慌所籠罩。
我們不會有永恆。
我無法給予妳平靜寧和的安樂，無法給予妳痛苦時的撫慰，甚至也無法在讀得到心的情況下，時時刻刻待在妳身邊。
但是即便我陪著妳離逝，我們在幽冥之中仍然無法相見。
所以，不要走。

不要在我仍感覺得到妳的時候，斷去唯一聯繫著我們的契約，獨留我的難過與妳再也傳不進我心裡的不捨。

不要走……

『絅瑤！』

我在心中所喊出的，是她最初的名字。

那個因為好奇而來接觸我們的女孩，那個親手繡了錦帕，送給初結契的護甲當禮物的少女……

無論是否用來稱呼，始終都記在我的心裡，屬於她的每一個名，與她希望名字能被記住時的每一句話語。

存在我靈魂上的某個事物，猝然崩碎，悄悄地消逝了。

那是我們之間的契約。

而後籠罩我的白色化為一片漆黑，我在忽然恢復的知覺中感到了從未有過的沉重，就這麼失去了意識。

再度睜開眼睛的我，身上的一切，似乎都復原良好。

我的護甲主體找不到一絲傷處，照理說不該感到疼痛，但一種沒來由的絞痛感卻仍殘留在我體內，讓我不知不覺流下淚水。

清醒時陪伴在我身邊的是希克艾斯，發現床上有動靜時，他本來很高興我醒了，不過一看到我面上的淚痕，他立即就慌了起來。

『啊！綾侍！怎麼回事，不是治療好了嗎？為什麼哭啦？我們在一起這麼久，我從來沒看過你哭耶，哪裡壞掉了？到底有多痛？』

一如他剛被復活時的少根筋，現在的他依然讓人不想與之交談。不管他是不是在關心我，我對於一醒來就得應付一個大白痴這件事，仍然感到疲憊。

『……為什麼我還活著？』

我原以為我會跟她一起死去，然而我卻活了下來，這不是正常的發展，我能問的，只有面前的希克艾斯。

『噢……我拜託小月救你，他答應了，所以你被王血治癒了。』

原本的我沒想過我還會醒來，剛醒來思緒還不太清楚的我，也沒想過一清醒就會遭遇如此的打擊。

『你居然求敵國皇帝救我！你有沒有尊嚴！那是殺了我們主人的人，你卻要他施以援手？』

『可是，只有他能夠救你啊！我不求他要求誰？』

『這不構成你求他的正當理由！與其被他救，我寧可去死！』

『什麼嘛，救你的人是誰有那麼大的差別嗎？為什麼櫻救的不是你，她明明就——你明明也——』

希克艾斯憤怒地說到這裡，似是因為看見了我蒼白的臉色，所以僵硬地中止。

『你要說什麼？說下去。』

我這麼對他說。即使是旁人眼中的她，我也想要了解。

『櫻她……最後，在我去看她的時候，說她已經不愛當初那個人渣了，然後……她好像有話想跟我說，她好像想說些什麼……』

希克艾斯帶著遲疑地說起那時的狀況，又困擾了好一陣子，才接著說下去。

『她看著我，但看的不是我。她好像忽然明白了什麼，像是要哭出來了一樣……那個時候，她想要碰觸的，其實是你吧？』

你在說什麼？

當他說出這些判斷的時候，我很想說，你這個情感遲鈍的大白痴，怎麼可能看得出櫻真正的想法——但回想起她最後傳來的心語，我竟無法直接這麼駁斥。

『反正、反正別說什麼寧可去死之類的話！櫻已經不在了，你還這麼自暴自棄，要是你也死了，我該怎麼辦！好兄弟做了那麼久，根本不可能再換人了啊！難道你要我也去死嗎？』

不想一個人被丟下的心情，希克艾斯或許也是一樣的。

他像是很怕我真的又跑去自殺一樣，緊張抱住我的同時，也陸續說了一堆話。

『也許你很難過，和我一樣覺得心裡很痛，但是好不容易生命得以延續，請你陪我一起活下去，不要讓我同時失去櫻和你……』

我不知道護甲的心在被主人的情感輸入久了以後，是否也會產生少許的同化。

在聽見希克艾斯近乎卑微的請求時，那種不希望他受到傷害的心情，宛如一直從櫻身上感受到的，即便她已經不在，仍舊浮現。

這個世界在那之後又發生了很多事情。

無論是沉月的事還是東方城與西方城的交流互通，對我而言，其實都已經是無關緊要的。

我只知道我就算能接受她的死是決鬥中公平比鬥的結果，當時站在敵人那邊的人，我依然永遠都無法原諒釋懷。

也許唯一剩下來讓我掛心的，就是繼承她的王血、沒有血緣關係卻被她養大的珞侍。

作為當初裡界送給東方城的護甲，下一任的王照理說就是我的主人，畢竟我不像天羅炎那樣能夠無視匠師的囑咐，因此，珞侍繼承王位後，我便直接跟他交涉了。

『嗯，我明白了，是否跟你訂契約，我會再詳細考慮的。』

在我跟珞侍說明他有不接受我作為他護甲的權力、選擇我以後除非找到一樣能化形成人的護甲，否則無法更換之後，他點點頭表示明白。

『除此之外，可以答應我一個請求嗎？』

『請求？』

『無論你是否要我成為你的護甲，在這之後，希望你能允我自由，讓我不再與任何人結訂契約。』

『這是為什麼呢……？』

珞侍聽完我的願望後，理所當然地表達了他的疑惑，我則盡量排除情緒，然後回答這個問題。

『因為除了你，世界上已經沒有和櫻有聯繫的人。』

倘若我真的成為了珞侍的護甲，待身為原生居民的他安然辭世後，那時幻世裡就全都是與她無關的人了。

而我再也無法讓身為護甲的自己，認定他們之中的任何一個，是我此生最重要的人。

『嘿！老頭！我們今天去抓小花貓——呃，老頭你還是待在安全的地方好了。』

我的日子還是一樣平淡地過，希克艾斯有時闖進我的地方找我出去，竟然也會因為曾經目睹過一次我差點消亡的畫面，而收斂他的強人所難，怕我遭遇危險出事。

『你當我是什麼不堪風吹日曬的易碎物嗎？不過是抓個小花貓有什麼危險的？』

『啊，這樣嗎？那我們——』

『但是我沒時間陪你胡鬧，也不想去。』
『什麼嘛！先反駁再拒絕，綾侍你耍我嗎！你好久沒陪我出門了，今天就陪我去……』
『我拒絕。』
『為什麼拒絕得如此斬釘截鐵！總要有個理由吧！』
他不甘心地喊完後，我看了看他那張俊美的臉，敷衍般地說了個理由。
『誰叫你要把自己化形得那麼帥，我看了就不愉快，快點出去。』
『啊！你一個大男人變那麼美我都沒跟你計較了，居然還反過來嫌我帥！』
『……以我現在變化出來的模樣推算素質，當初我要是沒選擇女性化的外表，一定比你帥一百倍。』
我講這話的時候是真的有點悶。當時我只是想要陪伴她，讓她安心，沒想到化形的選擇受到自身素質影響，結果美得慘絕人寰——說慘絕人寰絕對不誇張，東方城一堆色慾薰心的男人可以不計性別為我著迷，美到這種地步，還能說不慘嗎？
『可是小柔說她沒看過比我帥的男人耶，那你要怎麼比我帥一百倍？』
希克艾斯摸著自己的臉，居然對我誇飾的說法認真了起來。
『這不重要。別煩我，出去出去。』
『怎麼又趕我！你怎麼可以因為我帥所以排擠我！是你自己不變成美男子的啊！要是你變成美男子真有你說的那麼好看，也可以有一堆女孩子為你尖叫不是嗎？你為什麼不這麼做！』

『我是為了照顧櫻！哪有護甲為了談戀愛選擇化形條件的！腦袋裡都裝什麼？』

『啊，你為何要攻擊小柔？』

頓時我不知道該說「原來你也知道你家小柔不務正業都在談戀愛」還是「所以她是以談戀愛為目的進行化形選擇的嗎？身材素質有點令人感傷」……

『說起來你不是西方城的劍嗎？為什麼化形出來會是東方城的面貌？』

『當然是我選的啊，想說進入東方城入境隨俗嘛！而且……』

希克艾斯說著，聲音低了下來。

『跟你一樣，我也是……希望櫻看得習慣，別聯想到傷害她的西方城人……』

看到他這樣的表情，我忽然很想知道，要是他的匠師沒教他那些亂七八糟的好兄弟理論，他是否就會接受櫻曾經釋出的傾慕，和她在一起呢？

只是所有發生在過去的事情，都已經沒有了如果。

那天夜裡，許久以前的相處記憶，於燭光中浮現我心頭。

是她十一歲的時候吧，似是為了什麼事情正在難過，就從收藏著我的房間將我偷了出來，躲到一個沒有旁人的庭園裡，哭著說我們認識好多年了，我卻都不關心她。

『快把我放回去，妳是公主，居然偷妳母親的護甲出來，成何體統？』

『你就是不關心我！就算看我在哭，你還是只顧著指責我！』

她這麼說完，就哭得更大聲了。

『如果妳認為哭泣就能得到所有妳想要的東西，那妳就大錯特錯了。隨便放聲大哭的話，妳所流下的不過是廉價的眼淚，早就說過妳不是我主人，我到底有什麼義務關心妳？』

『你為什麼這麼冷漠！為什麼、為什麼都不安慰我，連我想要什麼也不聽，你好無情！』

十一歲的她會希望我聽聽她心裡的願望，而等到我們的關係演變成後來那樣後，她則總是認為我只按照她的想法做事，責怪我為何不能主動、出自自己意願地為她做些什麼。

我的意願與她的想望，其實早已融合在一起，只是她不這麼認為。

『所以妳把我偷出來到底想做什麼？我只是一件護甲，妳難道還奢望我生出一隻手來摸妳的頭嗎？』

『我只是、想跟你講話而已……沒有希克艾斯在旁邊，就跟你一個人講講話……可是對你來說，和我講話只是浪費你的時間，我跟你說的那些話你一定都嫌煩，一定是！』

她從小就很固執。認定的事情，要扭轉過來，還真的得花一番功夫。

看著背對著我拭淚的她，我嘆了一口氣。

『很煩……又怎麼樣呢？再怎麼說，我還是聽進去了，通通都記在腦海裡，這樣妳還不滿意嗎？』

『你騙人！你一定聽過就忘了，才不可能記在心裡！』

她一口咬定我在說謊，於是我無可奈何下，只能將聲音放柔，耐心地跟她說話。

『三天前妳來的時候，穿的是藕色的衣服，妳說妳打翻了墨汁，平時喜歡的衣服弄髒了，只能挑另一件沒那麼喜歡的。我知道妳喜歡的是紅色的衣服，喜歡在午膳後稍作小憩，看到顏色黯淡的食物就會不想吃，笑的時候，臉上有個不明顯的酒窩……』

那一件件再尋常不過的小事，我一一細數，直到她停止哭泣，破涕為笑。

『只要我不是女王，如果我喜歡一個人，他也不會喜歡我嗎？』

『我不喜歡這樣，如果我成為你的主人，你要喜歡我才可以。』

那個午後，在我面前哭泣，直至後來被我逗笑的她……

我想那個時候，她是否其實有點喜歡我？

『如果只能救一個人，我捨不得，你獨自活在沒有我們的世界。』

『但你最後能夠得救，能夠活下來，我卻覺得無比慶幸。』

『希望你能記得我，但即使沒有我，也要好好地過活……』

『即使我們已經不會在未來相見。』

正因為曾經直視她的心靈，曾經透徹地看盡她的內心，所以在我先前夢見這番話的時候，我確信如果是她，一定會這麼對我說。

我熄了室內的燈燭，躺到了床上，就這麼帶著對過去的懷念，閉上眼睛。

回憶的後續片段，於我身處的黑暗中，格外清晰。

十一歲的她，在柔黃的光線下回眸微笑時，儘管眼眶還紅著，卻有一種帶著純真稚氣的美。

當時的她不是女王，也還不是我的主人，但我的心，卻為之悸動。

The End

✣人物介紹（修葉蘭版）

白易仁：

范統的同學。范統參加同學會的時候我側面觀察，覺得他是個活潑輕浮又命好的人，沒必要描述太多，反正只是個同學。啊，滿分十一分的話，容貌我給七分，至於為什麼滿分是十一分，只是我看心情隨便決定的罷了。

莊晚高：

也是范統的同學。感覺深藏不露深不可測，似乎是個好人。經濟好像不太寬裕，容貌我也給七分。

小紅：

范統的女同學。號稱剪紅線女王，危險性很高。嗯——我對女性沒有競爭意志，所以我不評論女性的外表，總之我們抱持著尊重的態度，說她是個美女就好。

艾拉桑：

西方城皇帝的親生父親，不過並不是前任皇帝。沒怎麼相處過，印象中是個十分健談又親切的爸爸，對兒子過度關懷又溺愛，同時他也是鬼牌劍衛伊耶的養父。容貌分數，噢，年過四十的我也不評論，雖然他好像才剛過四十，但過了就是過了，這樣。順帶一提我覺得他比我生父順眼。

沉月：

主掌新生居民命運的神器。本體是鏡子，化形後是個小姑娘，心裡只有哥哥。要是那爾西也這樣該有多好……唔，但忽然覺得有點無法想像。我那凜然不可侵犯的弟弟果然、反正，就是凜然不可侵犯嗎……

天羅炎：

西方城皇帝的劍。忠心護主，性格有點激烈，就像一般的武器一樣，心中只有主人是最重要的。我覺得這樣也挺好的，比起被砍或者被嫌惡，被當成透明人還比較好一點。

璧柔：

鑽石劍衛，同時也是西方城皇帝的護具。跟音侍的感情很好。目前跟我算是同事，但我跟她沒很熟，我想……未來或許會變熟吧？畢竟音侍的小花貓團成員，我們算是固定班底了，啊哈哈哈。另外，天羅炎跟她好像都挺討厭那爾西的，身為那爾西的哥哥，我為他頻頻惹怒女性的人際關係感到擔憂。

硃砂：

范統以前的室友。聽說現在雲遊四方去了，幻世這麼大，應該有很多地方可以探險，然後，因為他半男半女，我也不給他的容貌評分了。

米重：

東方城的新生居民，熟知一些情報交易之類的地下管道，據說還是綾侍後援會的會員。由於他跟范統認識，我去找范統的時候，偶爾也會碰到他，總之是個及時行樂熱愛八卦臉皮又很厚的綾侍教狂熱信徒，差點忘了，容貌的話，因為我看不太順眼，就五分吧。

焦巴：

虛空一區的魔獸，被音侍抓回來以後送給了璧柔，但似乎也會跑去黏硃砂。其實我覺得這隻鳥要是可以跟牛奶雪糕生下孩子，我會很期待生出來的鳥兒是什麼毛色。

違侍：

東方城五侍之一。其實現在到底……還能不能叫五侍啊？補上范統以後也只有四個耶？雖然珞侍現在號稱是升為王的侍，也就是謙遜一點把自己降格為侍中的領導者，不過嚴格來說，他的侍身分也只是掛名了啊。好吧，繞回違侍身上，我覺得他是個認真為國勤奮工作的政務官，容貌分數我給七分。

伊耶：

西方城的鬼牌劍衛。我的同事──大概是魔法劍衛裡最強的？個子小了點。我本能地覺得他不太喜歡我，可能因為他個性直接乾脆，所以排斥我這種常帶笑容不夠嚴肅又跑到東方城去的人？相較之下，雖然臉一樣，他倒是比較欣賞那爾西的樣子。至於容貌分數……還真不知該從何評論起？好，我相信在他養父眼中是十一分，就這樣吧。

雅梅碟：

西方城的紅心劍衛。我想他可以被稱為皇帝最忠實的僕人，只要是皇帝下的命令，不管有沒有個好理由，他都會去執行，當然能不能辦到就是另一回事了。容貌分數我給八分，只是，人雖然長得不錯，卻一心以服務皇帝為己任，恐怕很難成家啊。

奧吉薩：

西方城的黑桃劍衛。沒有他的話那爾西說不定已經死了，但我對四十歲以上的男人真的沒什麼興趣……反正我現在也是不會老的新生居民了，不用擔心總有一天會四十歲的問題。可是那爾西總有一天會四十歲，珞侍也總有一天會四十歲，想著想著我都胃痛了，不知道繼承王血有沒有青春不老的作用？

綾侍：

東方城五侍之一，同時也是玄胄千幻華。坦白說我覺得他挺可怕的，最好還是不予置評，而容貌評價……怎麼會這麼難呢？真的很難耶，假如以女性的標準來看是十一分啦，可是他是男的啊？所以還是跳過好了。

恩格萊爾：

西方城皇帝。我想他應該是當世最強者了？因為有很遠的血緣關係，他有著跟我們兄弟很像的臉孔，容貌評價就九分好了，不要說我偏頗啊。

月退：

西方城皇帝使用的化名。就我來看，他使用化名的時間還挺多的，因為只要往東方城跑就會假裝成東方城的新生居民。對他來說，范統大概是他最好的朋友，現在范統當上代理侍了，他也依然不避嫌……唉，總而言之，我親愛的那爾西好可憐啊。

噗哈哈哈：

范統的武器。很難搞定又很強，所以我也怕他。然後他很愛睡覺，喜歡玩自己的頭髮，覺得妹妹很煩……我對他的認知大概就是這些了，容貌分數的話，七到八之間？

雪璐：

我家那爾西養的白鳥，我比較喜歡喊牠牛奶雪糕。看起來一副很討喜的樣子，貪吃又蠢蠢的，送信雖然會送錯但送得很認真，最重要的是難得那爾西也很喜歡牠的樣子，音侍難得抓對了一隻小花貓，我真為他感到高興。

矽櫻：

已故東方城女王。對我來說其實是個具有重大意義的人，由於感傷了起來，就先談到這裡。

珞侍：

東方城國主。以關係來說是我的義弟。這些日子來，他成長了很多，我想他應該會越來越有國主的樣子，找到自己想要的方向吧？因為我以前維持的完美表面現在無法繼續維持下去，每次他有煩惱來問我的時候，我就以我真正的觀感給他很中肯的建議，但這樣下來又覺得有點不安，萬一變成像我一樣的人怎麼辦呢？容貌分數……跟綾侍一樣，十分艱難呢，當作八分到九分之間好了，嗯。

音侍：

東方城五侍之一，同時也是月牙刃希克艾斯。他目前好像是無主狀態，所以我很想問他要不要當我的劍。以前還是原生居民的時候，我覺得自己應該會不得善終，便沒去尋找適合自己的靈能武器，以免被留下的武器傷心，現在成了新生居民，就沒這麼多顧忌了，不曉得音侍會不會答應呢？另外，音侍的容貌，不說話的時候我打十分，開口傻笑的時候，在我眼裡還是十分啦，但其他人眼中……我不忍說。

暉侍：

我以前在東方城時用的名字與職稱。現在大家提到暉侍都會講「已故」，這也是沒辦法的事情，暉侍跟梅花劍衛本來就不能是同一個人，只能希望全世界的人都瞎了或者相信臉長一樣的人有三個以上的說法。但我覺得臉長一樣的人真的不用太多啦，大家都長得像我這麼帥的話還有什麼意思呢。

那爾西：

我弟弟。小時候是個彆扭的天使，長大以後……變成冰山了。而且還是尖銳的冰山。雖然有的時候也會對我溫柔一點，但基本上就是很凶。他皺眉的次數頻繁到我擔心他長皺紋，可是他老說其中有三分之一以上的皺眉是我造成的……我想親近他，又不太敢親近他，最後說一下容貌評分吧，因為總是不笑，我給十分，不要問我為什麼比臉長得差不多的月退高，哥哥就是該對弟弟偏心。

修葉蘭：

我目前是梅花劍衛，常駐東方城處理外交事宜。待在東方城還不錯，儘管需要處理的問題很多，但能夠常常見到范統、珞侍跟音侍，有時還可以回去看看那爾西，我認為已經該滿足了。最後的重點當然就是容貌評分啦，我給自己十一分！無庸置疑！那個為什麼比音侍高比那爾西高比月退高之類的問題，反正分數是我評的，我覺得世界上最帥的就是我，讓我對著鏡子自得其樂一下也沒什麼關係吧？

范統：

東方城的代理侍，曾經是我的同居人。范統是個好人，有的時候覺得他有點倒楣，但整體來看很多時候又很幸運，我對他的感想，千言萬語也不足以說明，絕對不是我懶得說明，只是我怕講太多他看到又嫌煩，只好放在心裡。容貌分數——又不知道怎麼評啦，怎麼一堆人都很棘手？我忽然又覺得用外貌來看一個人太膚淺了，讓我們忽略容貌分數好嗎？人品跟好感度，滿分是十分的話，我給十一分——

我的人物介紹順序看起來很奇怪？我把比較沒興趣的想到就先放前面講啊，這樣不可以嗎？

畫夢

下部

✣ 瓔珞

猶記得，在歲月的磨蝕中逐漸失去溫暖情感的時候，曾經有一個人會聽她傾訴所有的恐懼與痛苦，然後輕輕地對她說：我都能明白。

猶記得，在她責備自己的軟弱，厭惡自己的逃避與矛盾時，曾經有一個人告訴她：您不是聖人也不是神，儘管高高在上，您一樣是個有血有肉的普通人，面對那麼可怕的事情，會害怕也是正常的。

那個人會和她說她想聽的話，所以她選擇了她，不管對方說給她聽的是不是發自內心的話語。

那個人不像她的護甲聽得到她的心，所以儘管同處一室，她也覺得很安心。

原來她其實都還是記得的。

記得那個曾經在發現她身為新生居民的祕密後告訴她這些話的侍女，記得自己死前的最後一瞬想著的是王的職責，記得所有她以為已經遺忘的事情。

原先的她恐懼世界因她帶著王血死去而崩潰，現在的她恐懼以魂滅來換取不被沉月綁架的世界。

但她已經沉溺在這樣的恐懼中太久了。理當要做的事情，在每一次放縱自己追求溫柔中得過且過地拖延。

而那個說明白她內心仇恨與痛苦的人，口口聲聲的感同身受，卻愛上了落月的人。

於是那個能讓她放下心防的侍女消失了。那個名為瓔珞的侍女從她的身邊逃開，她的護甲則帶回了瓔珞難產的死訊，與一個失去母親的嬰兒。

『真的要這麼做嗎？櫻。』

她的護甲這樣詢問她，而她也知道他在問什麼。

像是將瓔珞的孩子收為自己的繼承人，決意將王血傳給別人的事情如果真的做了，背叛沉月之後要如何面對她的憤怒，之類的問題。

『只要您是這個國家的女王，多數的國民就會無條件地崇敬您，您不必因為他人景仰的目光而迷惘。』

『儘管提不出什麼好的辦法，但您有任何想要傾訴的事情，都可以跟我說。』

『如果覺得痛苦就不要去想了吧？不要去想，就可以讓自己好過一點啊。』

『豁達一點看開然後放下，這些話只有沒經歷過的人才能輕易地說出口，您不要再責怪自己為什麼做不到了，陛下。』

她心裡迴響起那些縱容她逃避的話語。現在說這些話的人，已經離世。

她也明白，這樣下去是不可以的。

『這是我的決定，綾侍。』

她沒有看向他，因為她總是下意識想迴避那雙映照她內心的眼睛。

『我沒有治理國家的才能，但我有身為女王應盡的責任。』

交出王血意味著十年的軀殼年限一到，如同往常在沉月祭壇重生更換軀體時，知道這件事的沉月，便會給予她最為可怕的折磨。

沉月不可能這樣就放過她，所以她唯一的選擇就是在過繼王血後消滅自己的靈魂，結束自己的永生，連轉世的機會也不再有，才能脫出掌控得到自由。

儘管這樣的自由建立在什麼都不復存在的情況下。

她以東方城女王的身分判決了自己的死期。這是她賜與自己的殘酷，也是仁慈，唯有杜絕感性，才能以理性構築出這樣的勇氣。

『你只要記著，無論我未來是否反覆後悔，是否再度質疑自己此刻的心意，都要提醒我，這是我已經做出的決定。提醒我必須記得我該做的事，提醒我……在我或許又輸給自己的軟弱時，在我又忘記原有的決心時，提醒我。』

她的護甲沒有回應她。或許因為這是個太難答應的要求，他沒有說他願意。

她將自己的心藏得太好，又或者是藏在太多紛亂的思緒中，所以即使是他，也看不透她此刻是否真心。

✣新的主人？

西方城的梅花劍衛來到東方城任職外交大使已經好幾個月了。那張與昔日東方城五侍之一的暉侍極為相似的臉孔，讓他在剛就任時受到了不少關注，東方城的居民也都議論紛紛。

正確來說，打從西方城少帝頂著一張酷似暉侍的臉孔現身時，東方城的居民就已經頗多猜測了。想要單靠綾侍封印記憶來抹殺這個事實是不可能做得太完全的，況且月退跟那爾西都會持續露臉，他們還是需要一個好一點的說法才行。

對於協助維護「已死的暉侍」的聲譽這件事，東方城基本上還是願意配合的。如果將當初的暉侍是西方城間諜的事實曝光出來，對他們來說也沒有好處。

東方城高層的立場不希望矽櫻女王用人的眼光遭到質疑，也不想承認己方疏於防範讓西方城的人成功滲透，那麼隱瞞事實自然是必要的，在那爾西隨便給了他們一個說法之後，大家就這麼利用了。

因為血脈相近的下一代的臉會很相似，暉侍只是流落到東方城的皇室血脈孤兒而已——他們用這樣的說法切割了暉侍與修葉蘭。

剛聽到的時候，修葉蘭其實很好奇皇室還有沒有其他孩子，要是有的話長得像的人就越來越多了……不過，這根本不是這件事情的重點。

民眾大致上接受了這個說法，只有某個人不太配合。

「暉侍——」

「別叫我暉侍，音侍。」

對於在街道上巧遇音侍時總是被這麼稱呼的狀況，修葉蘭雖然頭疼，也只能無奈地低聲糾正他。

「啊，哪有人名字不給叫的啊。」

「現在不叫暉侍，叫修葉蘭。」

為了避免被其他不相干的人聽見，修葉蘭這句無奈的話依然放低音量。

「那個什麼花什麼葉的名字哪可能記得起來，太複雜了啦，音節又多！」

這樣的名字也被嫌複雜，修葉蘭覺得複雜的應該是自己的心情。儘管如此，他依然維持著笑容。

「你倒是說說你本名叫什麼？」

「希克艾斯啊！」

音侍對自己那更長的本名倒是答得很快。修葉蘭微笑，再微笑，然後伸手拍了拍他的肩，嘆氣。

「啊，暉侍你怎麼嘆氣了？不然我幫你取個綽號好嗎？好記一點的——我想想——」

「我會去跟綾侍好好溝通的。」

「哇！為什麼要找綾侍！我做錯了什麼嗎！你生氣了所以要去找綾侍告狀？暉侍你不會這樣對我吧？」

「我沒有生氣，其實我覺得你的反應挺可愛的，只是問題還是要解決，你也不能一直叫我暉侍，我希望綾侍那裡會有解決方法。」

說來說去其實還是要去告狀，但音侍當然聽不懂。

「噢……這樣啊，聽起來好像不太嚴重，那你去吧，加油喔！」

音侍做出完全搞不清楚狀況的發言後，就自己跑掉了。

因為不能讓他繼續這樣喊下去，修葉蘭覺得，尋求綾侍的協助，似乎還是有必要的。

❀

「一個人不想記兩個名字，對他來說很正常。」

綾侍聽完修葉蘭想商量的事情後，一副「這種沒意義的事情不要浪費我時間」的態度，冷淡地如此回應。

「可是這樣下去不太妥當吧……讓他一直喊我暉侍，被人聽見沒有問題嗎？」

「你是想要我幫忙說服他嗎？」

綾侍冷冷一笑，接著說了下去。

「不夠重要的事情，叮嚀他也不會有用的。」

「不夠重要的……」

聽了綾侍的話，修葉蘭呆呆地複述到一半，臉色頓時變得有點難看。

「你對他來說不夠重要，所以他不覺得需要記你兩個名字。不就是這樣嗎？」

修葉蘭總覺得綾侍對自己懷抱著很深的惡意。考量到以往發生過的事情，這也無可厚非。就算無法好好相處，為了維持表面和平還是無法撕破臉，所以，他點了點頭。

「好吧，感謝你點醒了我，原來重點在這裡，有了方向以後也比較好進行，那麼我先告辭了。」

他說完這些話，便離開了綾侍閣。快速打定主意後，也決定了接下來要找的人。

接下來需要找的人，是珞侍。

珞侍在即位為王之後，多了很多需要學習與處理的事情。不過，東方城的體制與西方城不同，他還沒有忙到必須整天待在神王殿的地步。

算是修葉蘭運氣好，珞侍待在神王殿內沒跑出去，所以他很順利地見到了人，也很順利地達成了自己的目的。

然後他所需要做的，就是找時間再去見一次音侍了。等音侍回來再去見就好，這事不急。

要再見到音侍，根本不必特地約。過沒兩天，音侍就興高采烈地來約抓小花貓團成員前往虛空一區了。

❀

所謂的抓小花貓團成員，當然都是些實力足以在虛空一區自保的熟人。自從重生來到東方城後，修葉蘭也被拖進了這個莫名其妙的團體。

解除詛咒研究會的成員中也有他，這讓他覺得自己重生後好像到處入會。不過做公關搞好人際關係本來就是他份內的工作，在職務與人情的壓力下，他還是沒有拒絕。

抓小花貓團的人還挺多的，裡面有不少是流動人口，很久才會來參加一次，今天他到了集合地點後，發現除了音侍，綾侍、璧柔跟月退都有來，月退還帶了人形狀態的天羅炎，算是難得的稀客。

「啊，暉侍！你來了啊！那我們就出發吧！」

音侍一看到他就熱情地喊了起來，當然，他一樣是喊他暉侍，一點也沒有改口叫修葉蘭的意思。

「等一下，在那之前，我有很重要的話想對你說。」

見他用這麼嚴肅的話作為開頭，音侍愣了愣，又困擾了起來。

「該不會是什麼不好的事情吧？暉侍，你、你……你要退團嗎？」

修葉蘭從來不知道這個抓小花貓還有退團這個選項，這使得他一時語塞，差點說不出本來要講的話，好半晌才苦笑著繼續。

「別一下子就往壞的方面想嘛，我只是想問你，你願意和我結訂契約，成為我的武器嗎？你現在還沒有主人吧？」

他此話一說，隨即得到了後方眾人震驚的注目禮。

音侍本人也嚇了一跳，大概花了五秒的時間消化，才反應過來。

「咦咦？怎麼這麼突然！」

「以前總想著自己不知道哪一天會死，所以一直沒找個合得來的武器陪伴，現在既然成了新生居民，想來應該是可以活很久的，正巧身邊就有這麼理想的你，不問你問誰呢？」

「可是，以前的主人，好像都嫌我多話耶，你不覺得你去武器店挑一把比較好嗎？」

「武器店哪有比得上你的劍？」

修葉蘭說完，持續表明自己的態度。

「如果是你的話，都認識這麼久了，我們一定很快就可以就可以心靈相通了吧，我絕對不會嫌你多話的。」

聽完他這番話，音侍火速地轉向後方呆滯同伴中的綾侍。

「啊，老頭，我忽然覺得我很有身價！身為一把劍的身價啊！」

從「居然有人眼光這麼奇特想找死」的震驚中回神的綾侍，聞言看向修葉蘭冷笑了一句。

「心靈相通？真有種，了不起，聽說和他心靈相通之後只要在有效範圍內，腦中就會一直有亂七八糟的聲音，珞侍沒意見的話，我祝福你。」

「對喔！雖然小珞侍不要我，但我還是東方城的劍耶，暉侍，這樣的話我應該——」

「我已經先詢問過珞侍了，他表示沒有關係。因為是昔日敬愛的義兄誠心的請求，他說只要不拿來做危害東方城的事情，他願意割愛。」

他當然是最好基本的準備才來問的。音侍畢竟是屬於東方城之主的武器，他身為一個西方城的魔法劍衛，要拐人家當自己的劍，沒經過同意的話當然說不過去。

「哇，小珞侍還真的不要我！」

音侍似乎還是遭到了一點打擊，修葉蘭連忙安撫他。

「你還是可以待在東方城繼續當侍，我用到劍的機會並不多。」

「其實不太需要。」

綾侍冷淡地插了一句。

「啊，那我還是可以繼續維持人形一直待在綾侍身邊？只有你需要我的時候我才讓你用喔。」

「可以不要嗎？」

綾侍持續冷言冷語，但這兩個人都沒有理會。

「所以……音侍，你願意嗎？」

都說到這種地步，連條件都在談了，感覺應該是願意才對，不過，音侍好像還是想多刁難他一下。

「既然要追求我，那就多少來點甜言蜜語吧？」

他都這麼要求了，修葉蘭也毫不抵抗地露出笑容，配合說出他要求的話。

「噢，希克艾斯，你是我的陽光、我的花朵，我今生永誌不渝的愛戀。成為我的劍好嗎？」

一旁看了很久的月退這時候臉色蒼白地轉向了他的愛劍。

「天羅炎，我死了以後如果有人對妳這麼說，還是慎重地拒絕他吧。」

「我會砍斷他。」

到底是要怎麼砍斷，沒有人想追究。

「啊，大男人說什麼花朵的，感覺有點噁心耶。」

因為音侍不太滿意的關係，修葉蘭只好再換一種說法。

「好吧。親愛的音侍，你就像那爾西的笑容、違侍房裡的小花貓，有如我在范統家吃到的第一口清甜高麗菜——」

「這好像很難理解！不過我喜歡！」

大家一點也不能理解音侍喜歡這些話什麼，但這一點也不重要。

「那就這樣吧！我們去找小珞侍，畫個法陣結契約！啊，大家再見！」

「再見。」月退很乾脆。

「再、再見。」璧柔對於音侍就這樣被一個男人追走了有點無話可說。

「不用再回來了。」綾侍這麼說。

至於「小花貓呢？不抓了嗎？」這句話，則是沒有人問出口。音侍忘了最好，忘了就不用去抓了，這裡面唯一會感到遺憾的大概只有願意為了看帥哥而勉強自己一起去抓小花貓的璧柔。

總之，今天的抓小花貓團就這麼在一場莫名其妙的狀況劇下就地解散。

「啊，暉侍——早啊！」

成為主人與劍的關係後的隔天，早上在神王殿門口遇到音侍時，他又一如以往地大喊著暉侍然後湊過來了。

「音侍，說了不能叫我暉侍啦。我現在的名字是修葉蘭。」

這一次糾正後，音侍糾結了一下，但給出了不一樣的答案。

「修葉蘭……不然我叫你阿修好不好？我也未必會每次都記得，可是我會盡量記住的！」

得到他改口的承諾後，修葉蘭一方面欣慰，一方面也無奈。

還真的是重要性不足的問題嗎？

成為主人後在音侍心裡重要性瞬間上升的修葉蘭，經過短暫的無言後，給了音侍一句稱讚，接著兩人便維持這樣愉快的氣氛一起前往別的地方了。

The End

✣宛如猶在

月退正在恍神。

對他來說，他其實什麼時候都可以恍神，一下子陷入只有自己的世界。特別是沒將天羅炎帶在身上的狀況下，更為明顯——因為就算走神了，也不會有誰立即發覺然後提醒他不要在危險的地方精神恍惚。

進入恍神狀態的時候，他就像是隔絕在世界之外一樣。這是他過去很習慣的隔離感，即便現在已經沒什麼這樣自我保護心靈的必要，他仍會不自覺地陷入這種狀況中。

他在被激怒的魔獸面前停下了所有動作，呆滯得如同不知死亡的危機就在眼前。

就連遭受攻擊時的痛楚也在心智的隔離下毫無所感，直到整個人真正的徹底失去知覺。

❀

『事情就是這樣的……范統，可以麻煩你去水池接他嗎？』

修葉蘭在符咒通訊器裡跟范統交代了事情經過，從他的符咒通訊器隱約還可以聽到壁柔慌

沉月之鑰
©水泉
NOT FOR SALE

亂喊著「恩格萊爾怎麼會這麼不小心呢！」以及綾侍回答「仗著自己是新生居民就可以不怕死吧」的聲音。

「被神獸咬活也太扯了吧，那種東西月退不是應該一劍一個的嗎……」

接到這種通訊的范統簡直不知道該說什麼才好，充滿一種無言以對的感覺。

『他好像突然呆掉了，一下子忘記自己身在何處似的，事情發生得太突然，我們一注意到就已經剩下替他收屍復仇的份啦……』

修葉蘭那帶著無奈的語氣透露出幾分疲憊。雖然去水池接個人只是小事情，范統不打算拒絕，但他還是忍不住想多問幾句。

「那你們抓大花狗團還不回來？都活了一個人了，還要繼續抓啊？」

『我們當然要回去，不過我回去得寫檢討報告，綾侍是不可能願意去接人的，讓音侍跟璧柔去接的話總覺得不太放心呢，所以我想想還是拜託你比較好。』

明明聽起來是月退自己的問題，他卻得寫檢討報告，也不曉得到底能檢討什麼、寫出什麼來，范統深深為他感到悲哀。當人屬下大概就是這樣，他能做的也就是幫他這個小忙罷了，反正去水池接自己朋友是理所當然該做的事情。

「我知道了，我不會去接的，划個船我應該有什麼問題，交給我吧。」

他這麼說完後，修葉蘭在通訊器那頭道了謝。等到時間差不多之後，范統便出發前往水池接人，衣服之類的東西他有先準備好，划船的經驗雖然不多，但稍微習慣一下就可以划得平穩了。

剛才修葉蘭在結束通訊之前還多說了一句話。「他重生之後看到去接他的人是你一定會比看到我們開心」——這麼說起來，剛重生的時候確實有種無助的感覺，看見自己的朋友應該比較有安心感或親切感吧。

一面想著這些事情，范統一面觀察水面。

「喔喔，應該不是那邊吧。」

發現一處池面有動靜後，范統連忙將小船划往那個方向。幸好那個位置距離他的所在點很近，所以，雖然他划船的技術普普，還是得以在人出現之前將船划到旁邊。

在嘩啦的水聲中，先穿出水面的是右手，抓住船緣後人也順勢探出了水面，呼吸新鮮空氣。范統拿起準備好的衣服面向他正準備說話，卻在面對面視線接觸後臉上一僵。

「咦？你……你？你怎麼回事啊？」

「……？范統，你在問什麼？是問我怎麼死了嗎？其實我也不太清楚……所以你是來接別人的，卻剛好接到我？」

其實范統很想說出「你誰啊」、「那爾西不是新生居民啊」、「不對啊仔細看看還是不太一樣」之類的話，但在月退以他熟悉的茫然神情問了這些話後，他想，這的確是月退沒錯。

「這火池是怎麼回事啊，問題還真少，怎麼還會突然長大？」

「什麼？」

「沒什麼，你先下去吧，嗯。」

月退聽話地上了船，從他手中接過衣服，穿穿套套之後，略帶困擾地看向范統。

「范統……這衣服為什麼不合身啊？」

「這不是你的問題，是我的問題。」

「嗯？聽不太懂……到底是什麼問題？」

「我的問題、我的問題啦！」

「啊？」

「還不是你突然縮小了！都縮小了衣服怎麼可能會不合身嘛！你重生好像常常沒毛病耶，突然變這樣我感覺很習慣啊！」

由於范統試圖陳述的事情不太平常，月退想腦內翻譯他的反話，卻還是翻不出個所以然來。

「范統，對不起，我還是不知道你在說什麼。」

「沒關係，你很慢就不會懂了。」

船靠岸之後，他們上岸準備走出去，這個時候，月退驚呼了一聲，大驚失色地抓住范統的肩膀。

「范統！你變矮了？」

「……你這反應到底是……為什麼不是想到自己變矮了而是我變高了呢？」

這回月退總算聽懂了，他頓時傻了幾秒，似乎在處理這個訊息，而過了幾秒後，他又一副消化不良的樣子。

看他這副模樣，范統索性直接拉著他往自己家的方向走去。

「你先跟我回去，照了鏡子就不知道了啦。」

因為月退也覺得自己現在迫切需要一面鏡子，所以他沒有拒絕這個提議。等到他們抵達范統的家，范統立即把月退推到鏡子前面，只見他呆滯、面無血色，然後失聲慘叫。

「唔啊啊啊啊啊啊啊！不！看起來更像那爾西了啊！只要照鏡子就會彷彿看到那爾西啊！啊啊啊啊啊！」

「你這樣崩潰慘叫的樣子根本一點也不像那爾西，要擔心。」

「這不是我吧！我不是還在虛空一區嗎？我只是忽然恍神所以死了又重生而已啊？我又沒有跟沉月申請重生的時候要長大，為什麼會出這種差錯？」

瞧他錯亂成這副德性，范統只好從旁邊雙手按住他的頭，把他拉回鏡子前，逼他面對一下現實。

「看隨便一點！這不是你的臉！只是七八成像而已，沒有到暉侍跟那爾西那麼不像的地步！」

月退在被他抓著看鏡子後，視線似乎有對在鏡中自己的臉孔上了，於是范統又補問了一個問題。

「不習慣一點了沒？這是你長大以後的臉，看起來覺得怎麼樣？」

接收到他的問題後，月退注視著自己的臉孔，然後目光逐漸渙散。

「噢……那爾西穿著我的衣服……」

「……」

范統放棄說服他放棄得十分快速。

「你還是先回去冷靜兩下再說好了，多看幾天總是不會習慣的。」

「不——！每天早上要洗臉的時候都會被自己的臉嚇醒啊！」

「那不是很糟嗎？醒了有什麼不好的。」

「可是這樣每天要換一面鏡子啊！」

「奇怪，你看到那爾西的時候也沒有每次都不砍下去，為什麼每天早上看到自己那張很不像那爾西的臉會每次都砍爆鏡子呢。」

「我沒有砍下去過，我很努力壓抑砍下去的本能反應了。」

「我不是想知道這種可怕的事情才這麼說的啊！所以你每天都會砍爆鏡子到底是——難道是因為知道這是鏡子然後又只有你一個人，純粹因為想砍那張像那爾西的臉所以就砍了嗎！」

范統不知道該不該為自己沒說任何一個顛倒詞彙的難得情況喝采。這時候，月退也露出了複雜的神情。

「被你這麼一說……好像的確有點像是這種感覺？」

當范統在心中吶喊著「拜託不要承認」的時候，月退也主動面向鏡子，開始試圖從糾結中尋求可以接納的理由了。

「好吧……這樣的話發洩可能挺好用的，而且至少長高了，雖然還沒有你高……啊，衣服也要重做……」

「衣服重做根本只是大事情吧，你這都是些什麼煩惱啊？」

「可是這樣我就暫時沒有衣服可以穿了啊，不然去跟那爾西借……啊，那穿起來不就更像那爾西……怎麼辦，我不要回去，變成這樣大家到底會怎麼看我啊，用想像的就覺得好恐怖……」

范統不曉得他又在自己腦內想了多少東西，不過他這麼煩惱，還是安撫他一下，所以范統嘆了口氣後，隨即做出提議。

「先用符咒通訊器告訴他們你長小了的事情，然後我陪你回去吧？這有什麼好恐怖的，只不過是你的內在變了而已，外表不是你才是重點啦。」

「范統你說了什麼……為什麼聽起來有點怪怪的？」

「你要好好翻譯，不然就認真聽聽，好了，聯絡一下然後就走吧。」

有人陪著回去，感覺比較沒有那麼不安，於是，月退聯絡了該聯絡的人，便讓范統陪著一起回西方城，打算先跟該打聲招呼的人見個面。

一踏進聖西羅宮，他們就跟正要離開的伊耶巧遇了。

「伊耶哥哥！」

月退看到人便喊了一聲，伊耶看過來後，臉上十分明顯地抽搐起來，用一種讓人不知該怎麼形容的眼神和語氣發表了一句感想。

「……長高了啊。」

如果不是怕得罪人，范統一瞬間很想噴笑出聲。

矮子你整個眼紅嫉妒到爆了吧——這句話當然是不可能說出來的，只要說出來就準備讓月退為了阻止伊耶斬殺他而對伊耶刀刃相向。

而且伊耶只怕不管看到誰長高都會是這種臉，對照他那據說十五六歲就沒繼續長的身高，也只能說不意外了。

「伊耶哥哥，你覺得怎麼樣？還認得出是我嗎？」

月退好像很緊張大家會不習慣他的樣子似的，也不看看伊耶的臉色，就急忙地問出問題。

「你閉嘴！不要叫！感覺就好像那爾西在喊那種噁心的稱呼一樣，都長大了就不要像個小孩子！」

果然，遭遇了激烈反彈。

見伊耶一副排斥的模樣，月退頓時遭到了不小的打擊，只差沒眼眶一紅掉下淚來——范統是真的認為他有可能這樣反應。

「長大了……就不是兄弟了嗎？」

不，長高了就不是兄弟了。范統在心中默默回答他這個問題。

「我們本來就不是兄弟吧！」

哇，還真的要因為弟弟長高就翻臉？

范統覺得自己好像是在吃爆米花看戲的觀眾，然後因為演員之一是自己朋友而良心刺痛了一下。

月退掙扎了幾秒，然後準備用擬態將天羅炎從右手模擬出來。

「不、不然我再死一次，看看重生會不會變回來……」

「你給我住手！不要以為自己是新生居民就可以這樣胡亂死來死去！」

「快點繼續！你至少也先跟沉月商量一下說好把年齡改回去再說吧！」

為了變回原本的年齡就自殺，實在是太蠢了點，就算他不怕痛也不是這麼說的。阻止完月退的衝動之舉後，伊耶似乎對於他現在無法讓人平視的高度頗有怨氣，整個不太想正眼看他。

「伊耶哥哥排斥長大的我，那我該怎麼回家呢？父親該不會把我趕出家門吧……」

不，月退，那只是因為身高的問題讓他特別排斥你而已，你爸不會的，他比你還高。

「那死老頭看到你長高反而會高興吧！反正我就是長不高！」

伊耶暴怒地丟下這句話後就自顧自地走了，只留下一臉驚恐的月退。

「范統，伊耶哥哥居然自己說出長不高這種話，他怎麼了？」

「我哪知道，我跟他又不熟，不過你最好還是要追上去，繼續看到你的身低只會持續刺激他而已。」

「那……再去找一下那爾西然後就回家好了，天羅炎也在家裡，我好擔心她不知道會怎麼想。」

「她還會怎麼想？你不就是僕人嗎？僕人不管變成什麼樣子都還是僕人啊。」

「可是天羅炎很討厭那爾西啊，璧柔也很討厭那爾西，結果我卻變得跟那爾西很像……怎麼辦呢……」

「真的沒有那麼不像啦，七八成不像而已。」

「總之趕快去找那爾西，結束後就可以趕快回家。」

「等等，你真的要去找那爾西？你找他做什麼啊，聽你那種狀況，你們不是不要見面比較糟嗎？」

對於月退要去找那爾西這件事，范統感到一陣不安。

「啊……我總該給他看一看，然後……問一下關於我要是沒被他殺掉現在也該長這麼大了他有什麼想法之類的……」

「你要去找他！不要去了！不要不知不覺露出那種讓人毛骨悚然的笑容，我要逃走了喔！」

范統跟月退在「拜託你要去」、「我只是跟他說幾句話應該沒有關係」、「叫你要去，你多少聽聽敵人的建言」、「我真的只是想跟他說幾句話問問他感想……」、「你到底要不要跟我回你家不然我不走了」、「好啦我們走」的協調後，總算達成共識離開了聖西羅宮。

回家要面對的是艾拉桑跟天羅炎，不過相較之下，這邊應該沒什麼危險性，除非又在家裡碰到伊耶，否則大概不會擦出什麼火花。

如范統所料，這兩個人都沒什麼過激的反應。艾拉桑很高興兒子現在看起來更加玉樹臨風英俊瀟灑，雖然長得頗像殺了自己兒子的那個仇人，但在他看來兩個人還是差很多的。

天羅炎維持著劍的姿態，平靜地讓月退將自己掛回腰間，他們之間進行了什麼樣的交流，范統是不曉得的。不過，既然月退沒露出傷心的表情，應該是沒問題就對了。

確認月退的精神狀況比較穩定後，范統便自己回了東方城。

❀

接下來的幾天，范統陸續從修葉蘭那裡聽說月退的消息以及大家看到他的感想。

聽說月退這幾天在鍛鍊身體，好像是突然長大需要協調一下、適應目前的身高與手腳，動手的時候才不會出現誤差。

另外也聽說他五天內打破了兩面鏡子，還詢問過是否染個頭髮比較能跟那爾西做區分，但因為艾拉桑反對所以作罷。

『不太熟的人應該無法一眼看出來，不過對我來說，陛下跟那爾西還是完全不一樣的啦。』

修葉蘭是這麼說的。此外他還轉述雅梅碟的稱讚被月退微笑無視、奧吉薩毫無反應，璧柔欲哭無淚了一陣子很快又整理好心情去找音侍的事情。

至於那爾西……聽說到現在還是沒跟月退見到面。就范統聽來，這是月退又連續五天沒去聖西羅宮盡皇帝應盡的責任的意思，不過，不見面也好，不見面比較安寧。

「暉侍，你都不擔心你弟弟好像隨時有生命危險嗎？」

范統跟那爾西雖然只有通了幾次信的交情，基於那爾西不只殺過月退還殺過珞侍的理由也不打算有什麼額外來往，但再怎麼說現在他好像改過向善了，又是修葉蘭重要的弟弟，所以他覺得好像還是該問一下。

「我當然擔心，如果可以我也希望那爾西可以搬到一個安全的地方去啊，但他堅持要還債，況且……陛下要是真要殺，以我這點能耐，恐怕一點辦法也沒有吧。」

一提起這件事，修葉蘭的臉上便浮現了擔憂的表情。

「啊……如果真的被殺了，不知道能不能拜託沉月把他做成新生居民帶回來？不過變成新生居民也未必是好事……」

你也知道啊！不要現在就開始籌劃弟弟的後事好嗎！

范統才剛在心裡唸完，修葉蘭便又說了下去。

「再過幾年，如果我不換個年紀大一點的身體的話，我看起來不就變成弟弟了嗎？我還是喜歡自己年輕一點的臉，可是那爾西要是看起來比我老，我會心情複雜啊。」

「你好煩。光是有笑容跟沒笑容，他就已經比你年輕了啦。」

「啊啊！早說過叫那爾西不要常常皺眉繃臉的！才快要二十歲就看起來比我老了，這可怎麼辦才好呢！」

「我真是知道該怎麼說你。」

「其實我曾經對更改年齡的功能心動過耶，要是可以變回十六歲美少年不是很好嗎？」

「你未來掛在嘴下的不是十七歲嗎？」

「以前是以前嘛，現在我又覺得十六歲比較青春了，回到那個身體年齡好像可以假裝很多事情都還沒有發生過呢——只是如果想把我糟糕的過往都洗乾淨，恐怕得回溯到五歲以前，哈哈哈哈、哈哈哈哈哈。」

「你這故作不爽朗的笑容是怎麼回事啊，反正我看都看過了，你還是免了吧。」

確認月退應該正在適應長大後的身體，范統也鬆了口氣，覺得這是個好現象。

關於他為什麼會長大，透過噗哈哈詢問沉月之後的說法是，這個世界的人因為與幻世連結太深，時常接觸和自己生前有關、會影響心情的人事物，靈魂狀態本來就比較不穩定，才會出這種問題。

得知狀況是這樣以後，看著修葉蘭那頭沒有恢復成金色的黑髮，范統不由得也有點擔心他萬一不小心死掉，水池重生時是否一樣會有問題發生。

只要別隨便死掉，至少就可以安心一點吧？范統這麼想著。

要是真的如修葉蘭所願，重生時變成十六歲的模樣，那可就不知道是開心還是煩惱了啊。

❀

早上那爾西踏入書房時，一轉進去就發現裡面已經有了人。

坐在他辦公位置上的人應該是月退。儘管月退重生後他們還沒見過面，但他早已從好幾個人口中聽說了月退因為重生出錯而長大的事情。

桌上攤著一本書，月退本人則很有耐心地拿了他擺在書架上的果乾正在餵雪璐。重複著餵食的機械化動作，好像不會膩一樣，看著雪璐的眼神帶著茫然，也不知道在想什麼。

那爾西每天早上都會照鏡子梳洗，現在的月退，真的和他很相似——雖然沒有一模一樣，氣質也不同。當月退抬起頭來看向他時，那彷彿在等待他說話的神情，讓他僵硬地硬是擠出了一句話。

「長大以後，還習慣嗎？」

月退聽清楚了他的話語，為之失笑，然後搖搖頭。

「我不會長大。這不是長大。長大不是這樣的，那爾西。」

說完這樣的話後，隨著雪璐啾啾的催促聲，月退又掐起一些果乾送到牠嘴邊，然後自言自語般地開口。

「雪璐好像又胖了點呢。每天見到面的人感覺不出來，很久才看一次的人就會發現。以前唸給我聽的書不是這樣寫嗎？一點一點地漸漸改變，無論是自己還是親人，沒有對照一段時間之前的魔法攝相，大概都難以察覺變化在哪裡。」

之前他不知道過了多久的時間才乖乖喊雪璐，但現在聽他這麼正常地喊出這個名字，那爾西總有種不知該如何描述的感覺。

或許他偶爾也想不以裝傻嬉笑的表面來掩蓋依然難以與他好好共處一室的事實。

或許他總有一天，會後悔說要花一輩子的時間來原諒他呢？

「那爾西，大家都說我現在跟你看起來很像了，我自己也這麼覺得。但還是不一樣的，完完全全的不一樣。知道我與你最大的差別是什麼嗎？」

停止餵食雪璐的動作後，月退站了起來，臉上的表情變化，如同想對他露出微笑，卻笑不出來。

「我與你最大的差別，就是你是活的，而我是死的。你一定能明白，也一定……不能明白。」

接著，他就像已經說完自己想說的話了似的，沒想得到那爾西的任何回應，便這樣自行走了出去。

即使說出來的可能只會是刺傷人的話語，他還是想跟他說話，告訴他自己的感覺。

月退走出去之後閉了一下眼睛，像想把那爾西剛才的神情洗掉，但果然不是那麼容易辦到的。

不知道為什麼，他難得沒有想尋求朋友的溫暖，以驅趕心裡擴增出來的扭曲。

「是啊，忽然之間長大，好像……其實還活著一樣呢。」

這究竟是不是該感到高興的事情呢？

腰間的天羅炎感應到他的心情，輕聲對他說了話。

他的眼神從茫然到清醒，然後，便無聲地離開了這裡。

The End

✣令人頭痛的主人，令人頭痛的劍

月退跑到東方城找珞侍，是一件常常發生、十分尋常的事。

然而乍聽之下只是來找朋友的行為，如果將名稱與地點細微化一下，就會變成這樣：

西方城少帝跑到神王殿找東方城國主，是一件常常發生、十分尋常的事。

這樣聽起來，感覺就不太妥當了。儘管東方城國主珞侍本人認為沒有問題，但神王殿裡的某些人可就不這麼認為了。

「落月少帝根本把我們神王殿當他家後院吧！這成何體統！怎麼能容忍這種事情！」

五侍之一的違侍是這麼表示的，他顯然很憤慨。

「確實令人不悅，但又沒辦法阻止。」

五侍之一的綾侍跟違侍有著相同的看法，並收斂地沒指出對方不敢直接到珞侍面前抗議的事實。

「啊，這有什麼關係嗎？不然我們也把聖西羅宮當成我們家後院就好啦？」

五侍之一的音侍……所有人都忽略了他的發言。雖然所謂的所有人，也不過兩個而已。

珞侍本人就是容許這件事的東方城國主，空缺的暉侍目前又還沒有人補上，也就是說，四個侍裡面對這件事的看法正面與負面是二比二，的確就如綾侍所說的，無法阻止。

無法阻止——不代表什麼都不能做。就算不能不准月退進神王殿，他們還是可以就一些看不順眼的事情刁難他一下。

「你去說。」

決定好小小的刁難內容後，綾侍跟違侍達成了共識，指定由音侍去執行。

「啊？為什麼要我去說？你們明明也有長嘴巴啊！我又不反對這件事情，為什麼是我說啊！」

對於這個決定，音侍當然沒辦法接受。

「你這個平時都幫不上忙的傢伙，連這點小事也想拒絕嗎！」

平時就看音侍不順眼的違侍自然不會跟他說明原因，倒是綾侍難得有興致跟他解釋。

「我們出面的話，氣氛會變得太僵，為了讓刻意針對的感覺不那麼明顯，由你去說是最適合的，再怎麼樣對方也不會跟一個明知是白目的人計較。」

「老頭到底是在稱讚我還是罵我！我覺得有點開心可是心裡好像酸酸的耶！」

「你不需要知道，反正叫你做什麼你就做什麼。」

「啊，你怎麼可以這樣對你的好兄弟！」

無論如何，事情似乎就這麼決定了，於是在下次月退又跑來神王殿時，音侍便帶著滿面的笑容湊了上去。

「小月——好久不見啊。」

「嗯……其實三天前才見過。」

月退露出了微帶困擾的笑容，直接點明了這件事。而音侍不愧是音侍，即使對方這麼說，他還是沒有半點失言的尷尬。

「啊，這麼說來三天的確不算久呢！小月，好像很常看到你呢，總是來找我們玩，你真有空！」

要是一般人說出這種話，可能是一種話中帶刺的表現，但當這話由音侍以絲毫不帶惡意的神情語氣說出來時，只要是對他有一點了解的人，都只能將之判定為無心的言論。

「如果沒什麼事情的話，我先去找珞侍了。」

月退一向沒有跟音侍聊天的興趣，應該說除了修葉蘭，任何人都不會有這種興趣。和他聊天只會越聊越頭痛而已，即使他沒有惡意，一樣讓人感到棘手。

「等一下等一下，還有一件事情，你不能這樣就進去。」

音侍雖然許多時候都很不可靠，但綾侍交代的事情，即使可能辦不妥，他還是得硬著頭皮辦一辦。

「是什麼事情呢？」

「小珞侍現在好歹也是國主了，也就是說，他是我們東方城最重要的人，雖然你們是朋友，你應該也不會對他怎麼樣，但你如果要這樣帶著劍去找他，還是那個什麼的——噢，於禮數不合？」

音侍事先就背過台詞了，只是臨場要說的時候還是差點忘詞。眼看後面不曉得該怎麼接下去，他索性就自己發揮。

「進神王殿應該是不能佩帶武器的！尤其是可怕的凶器！要是你想這樣進去，我們會很困擾的。」

他這樣說來說去，好不容易，月退總算懂了他的意思。

「我帶著天羅炎就不能進去嗎？」

「沒錯沒錯！小月你真聰明，你了解就好！」

「可是以前不是都沒關係……」

「啊，以前是忘了跟你說，一定是這樣。」

「那你們也會阻止范統帶他的武器進來嗎？」

「范統？他是誰啊？」

顯然讓音侍來說還有這個好處，在對方想舉其他例子問他是否雙重標準時，他連聽都聽不懂，自然無法針對這個問題溝通辯駁下去。

「音侍，你怎麼到現在還是不記得范統的名字呢……」

「啊，不知道耶？他很重要嗎？如果有需要記得，綾侍一定會提醒我的！但他好像沒強調過這個名字必須記住吧，我應該沒弄錯。」

對於他這番令人哭笑不得的發言，月退實在無話可說。反正范統應該也不會認為音侍有必要記住他，那麼自然就不強求了。

「好吧，回歸原來的話題……總之帶著劍不能進去？」

「對！以後都要嚴格執行喔，從今天開始。」

所謂帶著劍不能進去，的確是神王殿應有的規範，但之所以會在此刻提出來，只是綾侍跟違侍認為西方城皇帝不只把神王殿當成他家後花園、愛來就來，甚至還劍不離身隨身帶著殺傷力可怕的天羅炎，實在太過囂張，因此想刁難他一下讓他知道不能如此隨心所欲而已。

月退到底有沒有明瞭這是他們不歡迎他的表現，綾侍、違侍跟音侍都不曉得。在音侍表現出堅定的把關態度後，他點了點頭，接著，他腰間的劍化為了平時大家都沒什麼機會見到面的嬌小少女。

天羅炎化為人形現身後，眼神不善地瞧了音侍一眼，隨即轉向月退，聽候他的指示。

「天羅炎，因為不能帶妳進去，以後我來東方城，妳就在城內逛逛吧，等我要回去的時候會找妳的。」

劍不能帶進去，那就解劍吧——但月退似乎沒打算將劍解下來後寄放在這裡給他們保管，大概是覺得天羅炎以劍的型態被當成物品收起來太可憐了，所以才下達這樣的命令。

「我明白了。」

天羅炎沒多說任何一句話，淡淡地應了一聲，便往外離去。

「啊，老頭！我有好好辦完你交代的事情耶！怎麼樣，我還是可以做好事情的吧？」

解了佩劍的月退去找珞侍之後，音侍就跑去找綾侍邀功了。

「所以他解劍了？或者帶著劍回去？」

坐在案前的綾侍抬起頭來看他，同時也詢問了一下細節。

「解了解了，很順利呢！」

「那……劍呢？」

解下來的劍在哪裡，當然也是個重點。綾侍詢問之後，音侍也據實相告。

「啊，變成人以後，小月讓她自己去逛逛了。」

「變成人以後自己去逛逛了？在東方城嗎？」

乍看之下，他們成功讓在他們眼中行徑過於囂張的落月少帝解下佩劍，似乎是打了一場小勝仗，但……演變成讓天羅炎自己在東方城逛街，綾侍聽了，總覺得眼皮一跳，心神不寧。

「有哪裡不對嗎？」

「沒什麼……希望只是我多慮了。」

傍晚，月退要離開東方城時便叫上天羅炎一起回去了。少女回來的時候就像早上離開時一樣淡漠，沒跟任何人打招呼，只默默變回劍的樣子掛回月退腰間，讓他方便帶著走。

本以為事情就這麼過去了，稍晚綾侍卻接到通報，暗巷中倒了幾個痛暈過去的原生居民，右手皆遭人以噬魂之力砍斷，根據他們的描述，動手的應該是天羅炎。

無論如何，東方城的原生居民當然不能這樣隨隨便便被砍了手還不追究，再怎麼樣也得問出原因、討個說法才行，這讓綾侍頗為頭痛。

頭痛的原因是必須跟他討厭的西方城人士接觸，而要問出個說法，又得在各種途徑中選一個進行——因為是西方城的皇帝帶來的「人」在東方城做的事，最後他決定，麻煩的事情丟給別人處理就好，當即聯絡了修葉蘭，要他問出來再給他交代。

作為駐留在東方城的西方城代表，修葉蘭非常地有效率，大概是直接用通訊器聯絡、輾轉問了幾個人，約莫一個小時後，他便給了他答覆。

『似乎是那幾個原生居民看人家落單就想動手動腳呢，天羅炎本人是說斷了手就算了，但我們家陛下因此也知道了這件事，好像很不高興的樣子，他希望你們不要為犯人治療，大概就是這樣子。』

其實天羅炎的原話是「暗巷裡看見落單的女人就想欺負，夜止還為這種卑劣的敗類來追究，難道都是一丘之貉嗎」，但這種話修葉蘭當然不敢直接轉述，之所以會追究也只是想問清楚原因而已，只要解釋明白就沒有問題。

被砍的不是我們東方城的原生居民嗎？怎麼幾句話問犯人就變成他們了？

儘管綾侍對於會騷擾女性的男人沒半點好感，但他還是不由得產生了這種無言以對的感覺。

以天羅炎的實力，那幾個不長眼睛的笨蛋多半碰都沒碰到就被斷手了，而騷擾女性未遂到底有沒有到該斷手的程度，綾侍也不是很清楚。不過，如果是騷擾西方城皇帝身邊的女性，那斷手顯然就綽綽有餘了。

這件事情說大不大，說小不小，綾侍思考過後覺得應該讓同事也知道一下，特別是對方要求不要救治這點。

「啊！那當然不要救啊！欺負女孩子的傢伙最可惡了！反正噬魂之力砍了本來就很難救，應該馬上去跟小珞侍說！來求也不可以救！」

音侍聽說有這種事情以後十分憤慨，完全沒有「就這樣聽他們的話去做嗎」的恥辱感，綾侍認為叫他一起來開會根本每次都是白費工夫，永遠別想從他這裡取得認同感。

「這種犯人沒有必要寬容，雖然是原生居民但已經不是小孩子了，根本不能相信他們會悔改，但……只聽落月的一面之詞就判斷事情真的是這種狀況？」

違侍對新生居民的犯人嚴厲，對原生居民的犯人雖然沒那麼苛刻，但也絕對稱不上寬容。總之，他是絕對不會主張尚未實際犯行就沒有罪的，比起來他反而支持將未來可能繼續犯罪的人直接扼殺。

「也沒有別的辦法。就算再怎麼不願意承認，跟著落月少帝一起來的天羅炎都算是必須禮遇的貴賓，我們當然不可能在這種情況下還嚴苛地要求她對質檢測是否有說謊……不過一般來說也不會亂砍人吧。」

綾侍雖然跟天羅炎完全不認識，卻仍這麼說了。一般情況下的確沒有無聊砍幾個原生居民的必要，就算是好戰的武器，也不會無緣無故砍人。

明明是想刁難月退，要他解下武器才能進神王殿的，結果卻變成東方城的原生居民被砍傷還看似理虧，那種有點幼稚、佔到一點小小上風的感覺頓時就變成有苦說不出了，只能說損人不利己。

「如果一定要查，我可以去讀那幾個傷患的記憶看看發生經過。這也是個方法。」

「啊，老頭你幹嘛那麼多事啦，我們就快點去跟小珞侍報告就好了，他們又不是不知道你可以讀記憶，說謊不是等著自打嘴巴嗎！」

音侍說的話難得有點道理，於是事情就這樣定案。

原本他們都以為天羅炎的事情應該已經告一段落，沒想到過了五天，月退再度拜訪神王殿找朋友時，又把他的愛劍給帶來了。

帶來也就算了，一看到剛好又在門口的音侍，月退便朝他笑了笑，友善地主動做出表示。

「要解劍是吧？我知道。」

「啊。咦？欸？」

音侍都還沒反應過來，天羅炎就已經化身成人，月退也開始跟她交代了。

「跟上次一樣，我要走的時候再來跟我會合吧。」

「嗯。」

天羅炎一樣不多說話，直接離開，然後月退又微笑著看向音侍。

「那麼，我先進去了。」

由於反應不及，音侍就這樣看著他走了進去。

「啊……好吧，只是去逛逛而已，應該不會出什麼事？」

抓抓頭做出這樣的判斷後，音侍立即就把這件事情忘得一乾二淨，跟璧柔約會玩耍去了。

「現在這又是怎麼回事……」

綾侍看著桌上這份天羅炎在酒店前殺傷十四個新生居民的報告，頭不由得隱隱生疼。

「落月少帝為什麼一定要把劍帶來！既然不能帶進神王殿，他不會乾脆放在聖西羅宮嗎！」

違侍無法了解月退的舉動，特意將凶器帶來又放著去街上亂晃，他怎麼想都覺得是故意找碴。

「啊，他搞不好只是不想跟他的劍分離，多一秒是一秒嘛，死違侍你為什麼要把小月想得這麼壞。」

音侍的發言還是一樣天真，於是違侍又沉不住氣跟他吵了起來，言語交鋒了幾句之後，綾侍才插話打斷。

「你們別再對罵了！將報告轉給修葉蘭，要求他提出合理的解釋！」

反正西方城的人在東方城做了什麼事，一律找駐留此地的梅花劍衛處理就對了，這是最省事也最簡單的方法，儘管還得輾轉透過幾個人才能得到解答，但總比直接用通訊器聯絡人家皇帝符合程序得多。

「哇，綾侍，再怎麼說也還不知道砍人的理由，你確定要這麼凶嗎？」

「你不是一向對欺負弱小的人深惡痛絕？天羅炎砍的這些新生居民可都比她弱很多，你卻沒有很憤怒的樣子？」

「不就說了還不知道理由嗎……」

「我不管她有什麼理由，在我們的地方殺了這麼多人就是該交代清楚！憑什麼這樣悶不吭聲地殺完人就回自己的國家去！」

由於他們已經形同被連續踢館兩次，綾侍的情緒整個快爆發了，由於音侍不敢再多說什麼，違侍對此沒有意見，所以他們仍舊聯絡了修葉蘭，並依然很快就得到了答覆。

『那爾西告訴我，那十四個新生居民犯的罪是「公然侮辱西方城皇帝」……他還很冷淡地問是否需要他親自跟你說明詳情——你認為呢？』

「……不必了，敝國的新生居民需要嚴加教導，感謝告知。」

結束與修葉蘭的通話後，綾侍差點捏爛自己的符咒通訊器。

「要罵落月少帝不會私下罵嗎！在公共場所公開罵然後被他的劍聽到做什麼！哪來的智障！」

綾侍自己也是會進行私底下咒罵的人，即便東方城有許多跟他一樣討厭西方城的居民，但目前的政策是和平共處，那麼公然罵月退就等於是在打珞侍的臉，被對方的人殺了不能追究，還會害他們立場尷尬。

針對此事件，東方城的三個侍還是迫不得已地開會討論了一下──其實依照違侍的意見，音侍可以不要來開會也沒有關係，可是變成跟綾侍兩個人的一對一會議的話，壓力有點大，再加上音侍有時突發奇想的意見還是有價值的，因此，他們最後仍會通知他出席。

「不能放任那把危險的凶器在城內亂跑！這樣下來落月少帝每來一次就會發生一次血案吧！」

解劍是合理的要求，但直接要求人家連劍都別帶在身上就太超過了。事到如今，再跟月退說「您還是把劍帶進去吧沒有關係」好像又太失面子了點，那麼，對於每次跟著來又會自己去亂逛的天羅炎，他們就得想出個應對之策。

「啊，小月今年是不是又抽到血光之災……」

「音，你閉嘴，跟這沒有關係。」

叫音侍來討論，雖然希望他可以偶爾說出一些有道理的話，但其實大部分的時間他們還是傾向叫他閉嘴的。

「請她待在神王殿內安靜等候，應該行不通吧？」

「當然行不通。」

違侍提出來的意見，在提之前自己就覺得應該不太妥當了，綾侍聽完也立即否決，只有音侍充滿疑惑。

「啊？為什麼行不通？天羅炎聽得懂人話呀。」

「叫你閉嘴，跟這沒有關係。」

如果直接做出這種要求，就等於對西方城皇帝帶來的貴賓宣告「您是個危險人物所以請乖乖留在這裡接受監視」，這麼失禮的事情當然是不能做的。而要讓音侍理解這到底失禮在哪，實在太過困難，所以，叫他閉嘴比較快。

「怎麼這樣！老頭你跟死違侍好像心靈相通一樣他講的你懂你講的他也懂，你到底是誰的好兄弟啦！不要只講你們才懂的話題！都不讓我加入！」

被徹底無視的音侍當然也不會乖乖被當透明人，但他的抗議一點用也沒有。

「我們通知你來開會已經很給面子了。」

「明明是你這個野蠻人自己聽不懂，到底有什麼臉怪別人啊！」

「什麼嘛！如果要我一直閉嘴的話，那還要我來做什麼！話都給你們說就好了不是嗎！」

繼續跟音侍吵下去的話，只會導致正事不斷延誤而已，綾侍只能隨口打發他。

「總之不能硬是要求她留在神王殿！既然你想發言，那麼你有什麼好主意嗎？」

問音侍有什麼好主意，實在是很自暴自棄的做法，綾侍也對他能說出什麼來不抱期望，基本上只是滿足他參與的欲望而已。

「啊，不然找個人跟蹤？一有狀況就回報？」

一被問起意見，音侍便熱心了起來，不過他第一個提議就觸礁了。

「跟蹤會被發現。天羅炎可是金線三紋，你打算找誰擔任這種任務啊？」

「唔？不然光明正大安排個小兵跟著她嘛，有狀況就現場回報？」

「有狀況才回報也來不及了。況且，趕不上天羅炎的速度跟腳程然後被甩掉怎麼辦？」

聽了他們的交談，違侍插嘴了一句。

「要能現場阻止那把凶器又可以光明正大安排跟著她一起走的，不就你們之中挑一個嗎？」

此話一出，現場的空氣頓時凝結。

「我可是很忙的，要就讓他去。」

綾侍第一時間就打算將這個吃力不討好的任務推給音侍，聽他這麼說，音侍頓時面露驚恐。

「她可是把我腰斬過耶！你也想想我的心情！我可是被砍成了兩截喔！斷成兩半喔！兩半喔！我才不要去，萬一發生什麼事情她一怒之下又把我砍了不就糟了嗎！」

「那我被砍就沒關係？」

「啊，話不是這麼說的！老頭你好歹也是個護甲吧？」

「我記得你之前還擔心我遇到危險所以連魔獸也不找我去抓？天羅炎比魔獸危險至少十倍

好不好？」

「這不一樣啦！她以前也在東方城，你們兩個本來就一對，應該比較安全？」

「什麼叫我們本來就一對！『本來』的事情不要提！我跟她沒有任何關係！不是都說過了嗎？」

「反正我不要去！她根本像是我的天敵一樣，我怕她啦！」

音侍話都說成這樣了，綾侍也不曉得還能怎麼勉強他。相較之下，違侍最沒有壓力，這裡沒有人可以逼他去的，因為他根本無法勝任。以他的實力去阻止天羅炎只是當砲灰而已。

「要是我有擋得住金線三紋的力量，讓我去我也願意啊！你們到底有沒有人願意接下這個任務，你們心中有沒有東方城啊！」

在違侍不甘地喊完這些話後，綾侍微微遲疑，音侍則正色看向他，認真地回答。

「啊，雖然心中有東方城，但我不可能為東方城而死呀，我是武器耶，武器再怎麼樣也只會為主人付出生命，東方城不行的啦。」

儘管以一把劍的立場來說，這番話沒什麼不對，但在他身為東方城的侍還正在參加他們的會議時，聽聽這話，想想他的主人，綾侍的臉色頓時相當難看。

「你的意思是你身為五侍之一，不能為東方城付出性命，卻可以為了落月的梅花劍衛犧牲自己？你這職務是不是打從認主開始就該剔除了？」

「早就該解職了！東方城怎麼能有這麼丟臉的侍！」

眼看綾侍跟違侍又站在同一陣線攻擊自己，音侍立即又反彈了。

「老頭你這話什麼意思嘛！是小珞侍說我可以自由認主的！而且難道你不是這樣嗎？主人當然比較重要啊，你怎麼可以一副我說錯話了的樣子呢！」

綾侍聞言臉上微微抽搐，而沒等他出聲，違侍就先不悅地插嘴。

「誰管你是不是武器！不能以東方城為重就是不適任！萬一哪天我們跟落月又恢復敵對立場，你是幫梅花劍衛他們還是幫我們？答案不是很清楚了嗎！你要是還有點腦袋就該自己去遞交辭呈！」

「死違侍這不關你的事啦！你不要詛咒東方城！大家會一直好好的，才不會又恢復敵對立場呢！」

一直離題下去不是辦法，由於音侍表現出了強硬的排斥態度，見他話都說成這樣了，綾侍因為不想再繼續跟他扯下去，只好退讓。

「既然你這麼怕，那麼這次就我去，會議可以結束了，我去跟珞侍說一聲。」

去說一聲的用意，只是要珞侍通知月退，下次來的時候要先知會，以便準備準備等待天羅炎罷了。

於是月退隔了四天又來神王殿時，綾侍先待在殿口守候，看見月退出現，冷淡的臉孔便擠出了一抹皮笑肉不笑的笑容。

「前些日子招待不周，讓陛下您的劍獨自在東方城行走，經過討論之後，這次就由我負責接待，天羅炎若想認識東方城，我會帶她到處看看的。」

月退一向不怎麼擅長應付綾侍這種明擺著討厭他卻又礙於很多原因而對他禮貌的人，聽綾侍這麼說，他困惑了一下。

「呃……讓侍當導遊，不會太隆重嗎？天羅炎自己逛逛也沒什麼關係……」

有很大的關係。儘管知道月退應該是在客氣，綾侍還是很想罵一句「前兩次那樣還叫做沒什麼關係你腦袋到底是用什麼做的」。

「不，這是應該的。為此我們會特別排出時間來，因為這是很重要的事。」

綾侍特地說出了這一點，希望月退會對於自己造成別人麻煩感到愧疚，但他也沒抱持多大的希望就是了。

「好吧，我了解了。」

月退又了解了些什麼，綾侍實在不清楚。他甚至也想過，就像自己想讓西方城國政不安穩一樣，西方城是不是也想讓他們的皇帝來東方城作亂，才會放著他這樣不懂人情世故也不管——不過現在不是想這個的時候，天羅炎已經在月退的精神溝通要求下現身。

「天羅炎，今天綾侍會陪妳逛東方城，想去哪裡就跟他說吧。」

「是的。」

你們也不要這麼不客氣就這樣接受了好不好——雖然是綾侍自己送上門來說要當導遊的，但他還是很不甘願。被拒絕是困擾，接受了也讓人不滿，總之他最希望的處理方式是叫天羅炎自己回西方城去，只可惜月退從來沒想這麼做。

天羅炎先安靜地跟著綾侍離開了神王殿，走路的過程中，似乎沒有跟他說話的意願。綾侍也是同樣的感覺，但他不能不開口。

「我想我們應該不需要彼此自我介紹。在東方城妳有什麼想去的地方嗎？」

即便綾侍排斥這個工作，帶人出來還是該善盡職責。善盡職責至少可以不留話柄，不會讓人抓到機會說他口頭上講要招待卻沒有誠意什麼的。

他不喜歡給人機會借題發揮。在不曉得別人會不會這麼做的情況下，只要連機會都不給，就不會有問題了。

「沒有。」

天羅炎瞥了他一眼，目光在他臉上停留了幾秒，然後皺起眉頭這樣回答。

她這種態度，讓綾侍覺得她似乎對自己的臉有什麼意見，但他也不可能如此直白地問出來。

「有興趣的地方之前都已經逛過了嗎？」

因為他追問了，天羅炎雖然不耐，還是只能開口應答。

「沒有什麼有興趣的地方。恩格萊爾要我逛一逛，我就隨便逛逛。」

也就是說，她只是聽從月退的要求，月退要她做什麼，她就做什麼。之前月退要她在城內逛逛等他一起回去，她便按照字面上的意思到處亂走，現在只是要她想去什麼地方就說，那麼沒有想去的地方自然也不用說了。

「那麼，找個地方歇歇？」

只要她有想逛的地方，基於職責，綾侍都會帶她去，不過她什麼地點都不提出來，那麼綾侍也不會多管閒事提議可以去哪裡。

「如果只是要找個地方休息，你沒有必要陪我。」

天羅炎首先這麼說，她比較喜歡自己一個人。只是，她說完這句話後，沒等綾侍做出回應，便又改口。

「不，還是該在城內逛逛。隨便逛逛就好了。」

促使她改變主意的原因，是她想起月退每次都會帶著好奇的神情詢問「今天有沒有看到什麼好玩的東西」之類的問題，雖然前兩次她都只能跟他分享一些不愉快的經驗，但放棄逛街的話，就完全沒辦法找到任何新鮮好玩的東西告訴月退了。

與其說逛街是想看看有什麼自己感興趣的東西，還不如說是為了找找看有沒有什麼月退會喜歡的東西。

他們已經心靈相通至器化，她聽得見月退的心音，只是，月退沒怎麼特別想過對什麼沒接觸過的東西很有興趣之類的事情，就算有，次數也不頻繁。要從過往讀到的資訊中篩選出什麼是月退會感興趣的東西，然後再叫綾侍帶自己去看看，天羅炎覺得，似乎有點困難。

因此折中的結果，就是不放棄逛街，卻也不鎖定目標。在她講出隨便逛逛之後，綾侍雖然沒反對，卻甚感困擾。

所謂的隨便是最麻煩的事情，有個明確的目標還比較沒那麼折騰人，隨便就是要他負責想的意思了，而且萬一想出來的結果天羅炎不欣賞，還是會被否決，他是這麼認為的。

而且，武器不需要進食，吃的想必天羅炎不會有興趣，這樣能觀光的地方就少掉很多了。建築物、器物類……感覺也都不是武器會有興趣的東西。

一般的武器護甲會在意、有興趣的只有主人而已。帶一把劍參觀東方城，怎麼看都是件令人啼笑皆非的任務。

「那麼就在城內隨意走走吧，有看到有興趣的地方再告訴我。」

大概是對他一點興趣也沒有的關係，天羅炎只冷淡地點點頭，如同覺得這種事情怎樣都好似的，沒有抱怨，也沒有任何意見。

他們就這樣在東方城內開始散步了。若要問綾侍帶著一個不說話的女人散步是什麼樣的感覺，他只能說，一個小時下來的感想是：很悶。

綾侍並不是會因為對方都不說話就沉不住氣的人，不過，天羅炎始終都不指出一個有興趣的地方的話，他們便只能繼續這樣走下去，繼續這樣遭受眾人測目——當他聽力好得很、同時判斷天羅炎的聽力也一樣好的情況下，他覺得這實在不是什麼好狀況。

『哇！是綾侍大人！本人耶！』

『綾侍大人無論何時看起來都這麼美麗……咦？帶著一個女人？』

『那女人是誰啊？也不是新生居民？難道綾侍大人終於有對象了嗎？』

『這女孩子真是堅強，跟綾侍大人這麼漂亮的人走在一起，到底需要多大的勇氣啊……』

路人們的竊竊私語雖然都顧忌到他們而放低了音量，但他們畢竟不認識什麼黑色流蘇或金線等級的朋友，不曉得這樣是遠遠不夠的。

『我以為綾侍大人會喜歡更可愛一點的女生啊！啊，現在告白已經太晚了嗎？』

『比起來我還是比較在意國主喜歡什麼樣的女孩，到底有沒有要娶妻呢……』

除了投注過來的目光沒有中止的跡象，路人的低聲討論似乎也不會停下來的樣子。綾侍對於意外發現有女人想跟自己告白感到心情複雜，而當前這種狀況，他希望對方最好還是不要過來。

『這麼說來，落月少帝好像常常在東方城出現？妳們認為他有沒有可能想娶東方城的女孩子呢？』

為什麼竊竊私語的話題可以拉這麼遠拉到月退身上，綾侍真的一點也不明白。

『希望皇帝看上平民少女，應該還是太難了點吧。』

『那麼魔法劍衛呢？魔法劍衛會不會比較有希望？』

『哼，妳們少說這種讓人不舒服的話了，落月少帝恩格萊爾根本是個殺人不眨眼的怪物，那種怪物身邊的人自然也不會是什麼好人，怎麼會想找那種人當對象呢！』

當綾侍聽見路邊的少女做出這種激進發言時，便在心中感到不妙了，果然，下一瞬間身後的天羅炎便散發出殺氣，他連忙轉過身抬起手臂一擋，才將天羅炎凌厲的一記音波阻擋下來，手也因而麻痺了幾秒。

「你讓開！」

綾侍都還沒來得及說什麼，視線便對上了天羅炎凶狠的雙眼，然後被她冰冷地命令了這麼一句。路邊說話的那名少女大概還不曉得自己逃過了一劫，天羅炎顯然不管對象是誰都照砍不誤的。

「這裡是東方城，不是讓妳隨心所欲當街行凶的地方，請妳明瞭一下自己的身分。」

如果剛才那番話是故意當著西方城皇帝或官員說出來的，自然有處分的必要，但人家根本不知道這裡有個西方城皇帝的劍在，也沒有故意放大音量說給誰知道，綾侍認為，自己沒暴露身分偷聽到的還要這麼認真地計較，對東方城的居民來說實在太不公平了。

雖然……過去要是他私底下聽見有人說矽櫻的壞話說得很難聽，也會手段激烈沒錯。

「你如果不讓開，我連你一起砍。」

天羅炎一向不曉得什麼叫做客氣，她習慣了直來直往的溝通方式，對於阻擋在自己面前的綾侍，如果言語無法使之退讓，那麼她就會直接視為阻礙，列為排除目標。

「妳想在東方城的街頭跟我認真動手？就算波及無辜也沒有關係嗎？」

綾侍皺著眉頭這樣問完後，又再補充了一句。

「想瞬間重創我，是妳的主人使用妳的狀況下才有可能辦到的事，只有妳一個人的話，想把我砍了也沒那麼容易。而且，在東方城殺傷身為侍的我，妳確定要給妳主人惹這樣的麻煩？」

雖然綾侍希望可以用話語避戰，並讓天羅炎了解動手沒有好處，但很可惜的，天羅炎一點也不買帳。

「在維護主人的名譽與尊嚴時，沒有什麼需要顧忌的東西。」

天羅炎冷冷地說出這句話後，便重新將音弦聚攏在掌間，毫不留情地朝綾侍攻擊過去。

抵禦天羅炎的音震，綾侍算是已經很有經驗了，因此，當他隨手架出的結界一震之下就直接損毀時，他不由得臉色一青。

這狠毒的女人！是認真想打我嗎！出手這麼重，根本不怕我死吧？

他一向不是會乖乖挨打不生氣的人，是對方先攻擊的，還下了重手，他認為自己理所當然可以還擊，也不必顧慮什麼，打就對了。

在第一次力量對撞激烈地掀飛旁邊的屋簷後，附近的路人再怎麼遲鈍也曉得他們打起來了，即使不曉得天羅炎的實力，綾侍的灰黑色流蘇依然不是擺著好看的。為了避免自己在打鬥中成為無辜受害的砲灰，大家一下子就在慌亂中跑得一乾二淨。

對綾侍來說，人都跑了對他來說也比較有利，畢竟他護甲的身分在東方城還是不太想曝光的，如果現場有太多人盯著看，要化出本體來防禦就比較不方便——現在現場差不多空了，螢藍的光罩立即在他的運作下籠罩他的身軀，有效地將音震的威力抵消化解。

自從瀕死又被月退以王血治療後，綾侍便發現自己的力量產生了變化，似乎增強了不少，這讓他心情十分複雜。

很久以前他為了強行變化成人身，對本體造成了傷害。這樣的傷害在猶如打散後重鑄的瀕死治療中恢復了大半，雖然沒能完全治癒，卻仍使他的能力出現增長。

像是范統用他那把拂塵施展的符咒，他感應得出來，此刻天羅炎的攻擊，不像以往那樣讓他倍感壓力……這是好的變化，卻源於使用王血救他的月退，實在開心不起來。

他的強悍現在已經沒有意義。

如果在他想要守護的人仍在的時候，他有現在的能力，是否能夠保護自己的主人不受傷害？

他沒有辦法得知答案。再想下去，也只是平添憂傷而已。

綾侍在自己的思緒中微微分心，轉瞬間也來來往往好幾招過去了，天羅炎在察覺普通攻擊的效果不大後，面露遲疑地拉開了一點距離。見她停止戰鬥，綾侍也沒趁機追擊，只淡淡地開口。

「不打了？要收手了嗎？」

剛剛罵了月退的那名少女現在也不見了，天羅炎就算還想追究，大概也已經找不到人。

像是想起原來目的、也突然發現犯人已經不見人影了似的，天羅炎愕然地四下張望了一下，然後露出懊惱的神情。

瞧她身上的殺氣已經散去，綾侍朝她走近，正待說些什麼，卻猛然注意到打鬥中損壞的屋瓦正要坍落下來，便反射性地出手擋下格除，都做完了，才覺得自己好像多此一舉，果然天羅炎也用一種不解中帶著思索的眼神看向他。

「你為什麼要幫我擋？」

天羅炎的意思到底是她自己也會閃躲、砸不傷她，還是單純想問他為什麼會出手幫助才剛打過架的敵人，綾侍實在分析不出來。既然分析不出來，他索性就回答了最老實的答案。

「因為妳是女孩子。只是順手而已。」

就算是別的女子，看到有東西要砸到對方身上了，他一樣會幫忙擋下來。在他這樣回答後，天羅炎看起來不太愉快。

「我只是不幸生為女子的形貌而已，我的內心可是一點也不像那些柔弱女子的！」

正當綾侍不知道該對她這番宣言做出什麼樣的反應時，她又接著說了更勁爆的話。

「如果我是男人，就可以娶你為妻！」

上一句話到底是怎麼接到這句話的，綾侍根本無法了解，不過聽到這種話，他還是不由得臉孔扭曲了。

「不能！請不要忘記我也是男人，弄清楚我的性別好嗎！」

「我沒有弄錯。明明長得比女人還美麗，卻可以當男人，一點道理也沒有。」

「妳到底對我有什麼意見？我長什麼樣子是惹到妳了嗎？」

「跟我決鬥。」

天羅炎彷彿沒在聽他說的話，直接便丟出這樣的宣言。

「你要是輸了，就跟我去西方城。」

聽了這話，綾侍開始認真地思考，武器的腦袋是否都是被匠師隨便亂做的。

「妳為什麼突然要跟我決鬥？我跟妳去西方城要做什麼？」

「是男人的話，有人找你決鬥，你就該接受。」

儘管他努力想搞懂目前的狀況，天羅炎仍然沒有針對他的問題做出準確的回答。

「妳能不能先回答我的問題？妳真的有聽清楚我問了什麼嗎？」

他覺得被迫一直追問的自己似乎有種智慧無形中降低了的感覺，可是不問又不行。

「因為你把我當成普通的柔弱女子看待，這是挑釁！你現在還沒有主人吧？輸了就跟我去西方城當恩格萊爾的護甲，這樣愛菲羅爾那個女人就沒有必要繼續存在了。」

綾侍很想了解天羅炎的言下之意到底是什麼，可是他已經盡力了。不管怎麼分析，他還是分析不出來把一個女人當成女人看待到底有什麼不對，況且他又不是出言侮辱她。

至於輸了就去當月退的護甲這件事，綾侍只能說這輩子是不可能的。天羅炎的意思似乎是覺得他比璧柔好，但就算這是在表達欣賞或讚美，他也不會感到高興。

「那麼，我拒絕！我是屬於東方城的神器，不可能答應這種亂來的決鬥要求，請妳死心吧，這世界上的事情，並非每一件都可以靠打架決定的。」

「你的意思是你沒有自己決定的權力？那麼我該去找誰決鬥？夜止國主嗎？」

「收起妳危險的想法！無論是誰都不行！我就算是死也要死在東方城，妳不管打贏了誰都一樣！」

為了快速結束這個話題，綾侍乾脆不等天羅炎回答就直接接著說下去。

「今天請恕我先行告辭，如果妳沒有逛街的意願只想決鬥的話，我想沒有必要繼續下去。」

對於無法溝通又蠻橫的人，綾侍一向有點生理排斥，即便中途跑走就無法監視天羅炎讓她不要在東方城作亂，他依然難得的想對一件事情半途而廢。

「你面對決鬥的請求，居然想要逃跑？」

天羅炎露出了難以置信的表情，或許其中還夾雜了一點憤怒。

「妳應該先檢討的是自己以武器的身分要求跟護甲決鬥的過分行為。我要走了，妳請自便。」

綾侍不想再跟她糾纏下去，丟下這句話後，立即直接轉頭離開。然而，想要離開果然沒有這麼容易，天羅炎二話不說就使用術法進行攔截，於是他們就這樣再度交手了起來，直到綾侍好不容易找到一個空檔，才得以施展符咒逃走。

挪移的定點是在神王殿門口，他不知道天羅炎會不會追上來，所以還是回來比較安心一點。這個時候，音侍的聲音在背後響起，看來他剛好經過這裡。

「啊，綾侍，你怎麼回來了？已經結束了嗎？天羅炎沒有惹事情？」

一聽到他的聲音，綾侍馬上回頭抓住他，然後激動地做出要求。

「你！就是你！快去幫我把那個不可理喻的女人打跑！」

「欸？什麼？我不打女人的耶……」

「天羅炎根本不能算女人！你給我打跑她就對了！」

什麼？你說的是天羅炎？我才不敢跟她打！我最怕那種女人啦！」

「你這把沒有用的破劍到底能做什麼！品階明明差不多卻連打都不打就說打不過嗎！」

被他抓狂地說成這樣後，音侍倒是沒有生氣，只在思考了幾秒後，真誠地握住綾侍的手。

「啊，雖然我沒有辦法幫你打跑天羅炎，但是……我可以帶你一起逃走！」

聽他說出這種話的綾侍，已經不知道該做何感想了。

「……我錯了，她要砍我的時候我不該抵抗，我應該就這樣乖乖讓她砍才對，砍成重傷也不錯，至少可以要求珞侍以此當藉口請落月少帝不要再帶他的劍來了……我怎麼會這麼蠢呢……」

「綾侍你在說什麼？你要不要答應啊，我們可以去虛空一區住一個月，順便抓抓小花貓，用想的就覺得很開心耶。」

「你不必用這種方法逼違侍去死。根本就是你自己想找人陪你去玩吧，你這個心中沒有東方城的傢伙給我讓開，我要進去了。」

「咦！怎麼這樣！我也是誠心誠意想幫你解決問題的啊！啊，不要走啊！綾侍——」

❀

「今天逛街是不是發生了什麼事？我怎麼聽說妳追著綾侍跑……」

如同往常地告別東方城後，回去的路上，月退對這件事情表達了關心。

「我要找他決鬥，但他逃了。」

月退不愧是天羅炎的主人，相處十幾年下來，即使聽到這樣的答覆，他依然處變不驚。

「妳要找他決鬥？為什麼呢？」

「我只是想證明我是個鐵錚錚的男子漢，而且我想找他當你的護甲，我覺得他比愛菲羅爾理想。」

話說完的一瞬間，天羅炎藉由器化後自然會有的感應，直接感受到她的主人心中彈出來的恐慌與震驚，還快速飄過了一些像是「啊啊啊啊啊」、「不行不能想像不要去想像」、「嗚啊啊啊啊不小心想像了一下不要啊啊啊啊」之類的話，儘管如此，月退表面上仍只呆愣恍神幾秒，隨即便又露出微笑。

「天羅炎一直都十分有英氣喔，護甲的部分不必為我操心，我跟綾侍……應該不太合吧。」

她聽得到他的心音，這件事月退明明也曉得，卻有時還是硬要區隔了內心與表面，不肯老實地將真實的情緒表露出來。這種時候，天羅炎真不知道該怎麼說他。

「你真不打算換個護甲嗎？就算不是品階差不多的也好啊。」

對於這個問題，天羅炎先聽見了月退心裡做出的回答，接著，與心音相同的話語也被他溫和地說出了口。

「不要緊的，護甲無所謂，只要有妳在我身邊，就夠了。」

他的態度一如他心音的坦率。

天羅炎點了點頭，不再多說。

能夠用來回應這樣的笑容的，想必就是無條件的理解了吧。

關於這對形影不離的主人與劍的此後

「明天又要來了啊？」

有了上次不好的回憶，綾侍一聽說月退明天又要來訪，頓時失態地放大了音量。

「是啊，小珞侍是這麼說的，綾侍，這次怎麼辦啊？誰去帶天羅炎逛街？」

「我不管了！不要找我！說起來這應該可以算是本國重要人士來訪吧，丟給那個圓滑的梅花劍衛，叫他處理！」

於是，隔天，天羅炎化為人形後，就這麼被負責接待她的修葉蘭帶出去了。

「天羅炎小姐，妳有沒有什麼想去的地方呢？」

面對眼前這名帶笑的男子，天羅炎蹙眉。

「怎麼不是綾侍？」

「噢，妳希望是綾侍嗎？妳勇敢直接的追求讓我相當敬佩呢，我是不是妨礙到你們了？真是不好意思……」

「什麼追求？」

修葉蘭的話語讓天羅炎困惑了一陣子，勉強領悟之後，她立即反駁。

「我只是要找他決鬥而已！我沒有喜歡他，不要隨便誤會！」

雖然天羅炎的思維跟普通人可能不太一樣，但這類的情況她至少還懂得大概的意思。

「咦？是嗎？我還以為……？執著有的時候也是一種愛……」

這回修葉蘭說出來的話天羅炎就聽不太懂了，因為不喜歡被繼續誤會，她只能努力表達自己的內心想法。

「我心裡只有恩格萊爾而已，就只有他一個人。聽明白了就離開，我不需要人陪我。」

「這麼快就要趕我走了嗎？我原本還想，如果妳想認真追求綾侍，我是不是該帶妳去逛逛服飾店，打扮成比較可愛的樣子呢。女孩子就要善用自己的武器啊，明明有本錢，就該好好利用一下嘛。」

修葉蘭用一副覺得很可惜的模樣打量著天羅炎，彷彿都已經想好可以幫她做什麼打扮了，卻突然無法執行，而感到遺憾一般。

而他這番話很顯然是天羅炎聽了會被刺激到的。

「你居然要我像那些平庸的女子一樣為了討好男人打扮自己？難道你也想跟我決鬥嗎？」

「不不，不要誤會，別激動。妳也說了，妳不喜歡綾侍，我當然不是那個意思。我只是覺得妳可以嘗試挖掘一下自己的各種可能性啊，感受一下自己不同的樣貌，說不定也會有額外的樂趣？」

「這種無聊的愚蠢事情會有什麼樂趣？」

儘管天羅炎還耐著性子繼續跟修葉蘭對話，但她對他的提議仍相當排斥。

「好吧，恕我遲鈍，什麼樣的事情對妳來說比較有樂趣呢？武器的話，是否只關心主人的事情？」

見天羅炎不耐煩地點點頭，修葉蘭便又說了下去。

「那麼就當作是讓主人耳目一新一下？可以測試看看他會有什麼反應啊，你們相處了這麼久，來點新鮮感不是很不錯嗎？」

聽他這麼說，天羅炎半信半疑地看向他，似乎不是完全不心動。

「如何？要不要讓我帶妳去看看呢？」

在旁人看來，修葉蘭大概很像是在誘拐涉世未深的少女，不過，這也得旁邊有人在看。

「我根本不想當自己是女人，要我做你口中那種女性化的可愛裝扮——」

「天羅炎小姐，如果妳認定自己內心有著不屬於女性的剛硬靈魂，那麼就把自己屬於女性的身體當成身外之物吧，這只是讓妳活動用的容器，打扮成別的樣子又有什麼關係呢？打個比方，就把身體當作妳的劍鞘，現在我們只是要替劍鞘做點裝飾看看主人的反應如何，說不定他會有意外的驚喜？」

這番話這樣聽下來，天羅炎好像找不出什麼可以反駁的地方。她總覺得應該有，只是自己找不出來而已。

「可是……」

「我們就去看看吧，也沒什麼損失啊，買衣服的錢我會跟聖西羅宮申請，不過也不是什麼昂貴的花費，不必擔心。」

到底是因為對方那張臉跟自己主人有七八成相似還是真的有點心動才無法拒絕，天羅炎說不上來。

緊接著兩個小時的置裝試衣行程，讓天羅炎整個頭昏腦脹。在修葉蘭友善的微笑下，等到月退聯絡她說要回去時，她也真的被蠱惑著穿了所謂「穿上去以後看起來完全就是個可愛女孩子」的衣服，被修葉蘭帶回了神王殿。

「天羅炎，妳來了啊？我們——咦？咦咦？」

原本側身站著等她的月退，在感應到她接近時便轉過身來，同時也看到了她不同平時的穿著打扮。

因為天羅炎確實也有點好奇月退會有什麼樣的反應，所以特別留意了傳過來的心音。但月退的思考竟然很難得地空了一陣子，像是嚇到隔離心智反應了一樣，直到一旁的修葉蘭出聲詢問。

「陛下，您覺得可愛嗎？」

這個問題問出來的一瞬間，月退停滯的思考便恢復了，心音一下子湧出來，雜亂得讓她差點消化不良。

「嗯，可愛啊，只是有點不習慣而已，當然可愛啊。」

在他笑著這樣回答的時候，諸如「為什麼他可以說得動天羅炎換衣服！」、「剛剛那兩小時到底發生了什麼事！連音侍都能收伏的人果然是很可怕的嗎！」、「啊啊啊啊啊啊」、「怎麼可以亂碰別人的劍呢！明明自己已經有劍了！」之類的心音，也同時被天羅炎聽得一清二楚。

「您應該要回去了吧？那麼我就先告辭了。」

修葉蘭離開後，月退先是看向天羅炎，又接著將目光移開。

「我們回去吧。」

✣苦笑的得與失之間

月退好意組織的解除詛咒研究會，最近因為眾人都很忙碌的關係，聚會的頻率頓時少了很多。

對范統來說，他們要是沒有研究結果發表，其實也是一件好事。畢竟每次研究出來的成果要拿他實驗時，總是不只失敗還有奇怪的副作用。他覺得自己先前已經被整好幾次了，可以的話，直接放棄比較好。

同時也因為除了上次把修葉蘭的靈魂從他體內打出來的符咒以外，他們接下來一直都沒取得什麼突破性的成果，所以，在等待研究結果的期間，又出現了一個新的整人活動。

正所謂無法強制解除的話，順應詛咒的規則來解除也是一種方法，那麼不如碰碰運氣，讓范統多跟人說話，說不定剛好講到施咒者設定的那個未知數字，反話的詛咒就這麼自然解除了也不一定——這方法是音侍在聽說詛咒的原始版本後興高采烈提出來的。

他好像覺得這樣很有趣，只是聊天而已，一點困難也沒有，況且講話這種事情一對一就可以了，不必大家聚在一起也可以執行，反正死馬當活馬醫，醫醫看也不吃虧……音侍可能覺得這是他難得想出來的絕世好主意，但以范統的立場而言，這美其名是聊天的輕鬆治療，根本就是帶給大家困擾的整人遊戲。

「如果需要找個人聊天湊解除詛咒的句數，他直接跟噗哈哈聊不就好了？也比較方便不是嗎？」

珞侍皺眉提出質疑後，音侍再度不知道為什麼腦子轉得很快，立即反駁。

「啊，可是規定不是說要跟人自然交談嗎？武器又不是人，搞不好不能算，那不就白做工了！」

他這句話不只讓人不曉得該怎麼反駁，還巧妙地將自己排除在聊天對象外。一時之間，珞侍也答不上話來，於是修葉蘭便十分有熱忱地接口了。

「陪范統聊天湊解除詛咒的句數，我可以唷！聊一整天也沒有問題，反正多喝幾口水就好。」

一旁的月退還沒說話，音侍就搶先說了話。

「阿修你也不行啊！新生居民應該是死人吧，死人的話也不是人了，跟武器一樣都不是人，找你聊天是浪費時間沒有幫助的。」

音侍這話一說完，修葉蘭便無奈了。

「音侍，你毫無自覺地說了好殘酷的話啊……」

「啊，什麼？」

「新生居民不行嗎？」

月退顯得有點震驚，也有點遭到打擊。

「那研究會不就只剩下……珞侍、那爾西跟伊耶哥哥可以和范統聊天了？我們跟他聊天，都是在浪費他的時間……」

「陛下，別擴大解釋成這樣，那只是音侍說明的方式比較特別一點，只要您想找范統聊天，他當然都很樂意，朋友之間講話怎麼會是浪費時間呢。」

今天那爾西沒有來，伊耶也沒有來，也就是說沒有人會一語驚醒他或者直接把他從黑暗的想法裡敲醒，於是修葉蘭只好擔起這個責任，溫和地安撫他。

「真的嗎？所以我還是可以去找范統說話，不會造成他的困擾嗎？」

「我想所謂的困擾不是說話這件事，而是話題。比如說您如果想跟他聊什麼時候打算娶妻成家的話題，他一定會很困擾。」

比起會讓范統困擾的話題，月退應該比較希望他可以提供一些讓范統開心一點的話題。

「好吧……那就請大家輪流跟范統聊天？我現在去跟范統說這個消息。」

「等一下，大家都還沒有答應吧？」

珞侍覺得這個解咒方法不管怎麼看都太奇怪了點，與其說是沒效率，還不如說是莫名其妙，連他都不想答應了，更別說是那爾西跟伊耶。

可是這個時候，月退哀傷地看了過來。

「想答應的人都沒有資格答應，有資格的人卻都不想答應……」

瞧他這副模樣，珞侍只能把拒絕的話語吞進肚子裡。

雖然這樣的篩選條件只是音侍毫無根據的猜測，但好歹大家朋友一場，只是聊聊天也沒什麼不可以的。

「——所以，就是這樣，范統你要是有空就拜訪他們跟他們聊天吧？對早日解除詛咒有幫助的。」

月退跟修葉蘭一起拜訪了范統的住處，將前因後果交代了一遍，然後范統臉上的表情便垮了下來。

「我應該沒什麼非得拒絕不可的理由吧？音侍大人提出來的解咒方案，怎麼能聽啊……」

「可是，可以自然解除的話，應該是最好的方式？在我們嘗試研究的期間，你也可以為了解咒做點努力，只要跟人聊天就可以了，很簡單的。」

月退就像擔心范統自暴自棄放棄解咒了一樣，很努力地擠出話來想說服他。

「說是為解咒做點努力，但在我看人只是利人又損己的活動，而且你提的鬼選全都不太妙吧，珞侍也就算了，你要我怎麼跟那爾西和高個子聊天？」

「你說什麼？」

因為在范統的話中聽見了一個令人驚異的詞，月退瞪大了眼睛，修葉蘭則面不改色地維持微笑。

「抱歉，我那個嗯啊哈哈一時口慢。我是說我沒有辦法跟他們聊地吧！要聊什麼呢！暉侍，你說句話啊！你也覺得這提議有問題嗎！」

「問我？聊天不傷感情，還可以擴展人際關係，那爾西那麼自閉，多說話對他來說應該也是需要的，啊，要是他有笑出來記得告訴我一聲。」

「別人是帝奴，你是弟奴啊！你就只為你弟弟著想嗎！我說了一口反話明明很適合跟人聊天！」

「明明是同音字我卻聽得出來你在說什麼呢，哈哈哈哈。人選方面，我覺得珞侍跟那爾西就夠了啦，那位鬼牌劍衛的話，我想還是不用了……」

「咦？不用嗎？」

月退默默聽到這裡，忽然插了一句話。

「父親也說伊耶哥哥該多跟人相處，就這樣跳過伊耶哥哥，他不就太可憐了嗎……」

修葉蘭很想說，伊耶應該一點也不會覺得自己可憐。范統也很想說，他跟伊耶根本個性不合，相處了也不可能做朋友。

不過就這樣直接說出來的話，感覺實在不太妙，所以修葉蘭嘗試性地做了個提議。

「不如先問問看鬼牌劍衛願不願意幫這個忙，您看如何呢，陛下？」

想也知道伊耶一定會拒絕，那麼這件事情就到此結束了。范統聽了也覺得這樣不錯，倒是月退異常認真，一聽之下立即就拿出了他的符咒通訊器。

「也好，那我現在就問他吧。」

你要在這裡直接問嗎──范統總覺得不太想聽，但也不好阻止他。

果然，月退一說完事情，詢問意願，伊耶在通訊器另一頭就吼了出來。

『老子哪有時間陪做這種無聊事！不管對象是誰都一樣！』

「也是，你也不跟父親聊天。」

月退一瞬間用領悟了什麼的語氣說出這樣的話。

『你欠揍嗎！提這個做什麼！你今天是想找我吵架就對了？』

「不是啊，因為研究會裡的原生居民就只有你們三個，你拒絕的話范統就只能去找珞侍跟那爾西聊天……」

『他去找那爾西說話，總比你去找那爾西說話好！』

「說的也是。等等，不對啦，我只是想，誠懇地拜託的話，說不定你還是會願意幫忙……」

『你要是從今天開始好好當你的皇帝做你該做的事我就陪他聊天啊！』

「好吧，那算了，伊耶哥哥工作加油。」

范統跟修葉蘭都只能聽到月退這邊說的話，因此，看他切斷通訊，便用好奇的眼神看向了他。

「范統對不起，伊耶哥哥提出來的條件太難了，我沒有辦法答應，所以只好作罷。」

「他提出了什麼很簡單的條件啊？讓他變矮嗎？」

「范統，你這話還真有攻擊性。」

修葉蘭發自內心地這麼說，也不知道是不是讚嘆。

「啊哈哈哈，我不小心把我心裡的善意表達出來了嗎？真是好意思。」

身邊的人彼此看不順眼的問題，月退因為沒有辦法調解，所以覺得有點為難。

不過最近他也稍微學會了在該會迴避話題時就裝作沒聽見的功夫，所以他沒有追著他們兩個的話問下去。

「范統，加油，我們還是會繼續努力研究的，雖然之前都失敗了，但也不要灰心，持續下去總是會有希望。」

「雖然你這麼悲觀地鼓勵我，但以我的立場來說，還是很難悲觀啊……」

「總而言之，這個方法你還是嘗試看看吧？」

「好啦好啦，我知道了，你們可以留下了，我還要進去練我的符咒。」

因為事情交代完就被趕走，月退跟修葉蘭都有點落寞。不過對范統來說，已經答應珞侍要出任代理侍，還是多多充實自己比較好，無論是念念書還是提升實力，都是他該做的準備，至於聊天這種事情，他當然一點也不想積極地執行。

相較於范統本人的不上心，月退倒是牢牢記著這件事，過了幾天，大概是發現他都沒拜訪聖西羅宮的關係，月退便自己跑過來問了。

「范統，你怎麼都沒有去找那爾西聊天？」

范統一面心裡嘀咕著「這種事情應該在符咒通訊器裡問就好了啊」，一面困擾地回應。

「噢……我又不知道他哪時候沒空。」

「他哪時候有空嗎？他晚上要睡之前應該有空吧。」

「誰要那種時間去找他啊！」

「我常常那種時間去找他啊，他也沒說不行……」

「我跟你一樣吧！不對，你為什麼要那種時間去嚇人啊！你那種時間找他要做什麼，難道也是聊地嗎？」

「只要一陣子沒見面就覺得應該去找他說幾句話嘛，太晚去他已經睡了的話，就站在床邊看著他發呆一陣子……啊，有的時候清醒過來會不知道自己在做什麼，不過那爾西就算被驚醒也沒有抱怨。」

「你做了什麼不會讓他驚醒的事情？要復仇就不乾脆一點，不復仇就別放過他啊！」

外表成長後感覺越來越常釋放出黑氣的月退，總讓范統覺得頭痛又無法扔下他不管。在他看來，為了避免負面情緒滋長，月退實在應該遠離聖西羅宮也遠離那爾西，但他就像飛蛾撲火一樣明知有不良影響還要一直靠近，實在讓人無法可想。

「好吧，你不喜歡晚上的話，那你也可以白天去找他啊。」

「他白天應該有空吧！不是要代替你辦公嗎？應該很方便聊天才是！」

「但我問他能不能幫這個忙陪你聊天，他說可以，沒問題。」

聽月退這麼說，范統臉上頓時微微一抽。

「你是怎麼跟他聽的？」

「我是怎麼跟他說的？」

月退微微一笑，神情平淡。

「我就這樣笑著跟他說啊。」

「……我覺得你最近很不像我一個同學。」

范統聯想到的是自己某個姓莊名晚高的大學同學，但月退當然是意會不過來的。

「咦？我以為我只有像那爾西或修葉蘭？」

「不是臉啦……」

這種充滿無力感的感覺，月退是不會懂的。但要解釋清楚自己的意思又太麻煩，范統只好跳過這個自己突然插進來的話題。

「我到底為什麼一定不要去找他聊天啊？根本不知道聊什麼吧？我找珞侍行嗎？」

「找珞侍當然也可以，珞侍也答應過了。」

聽到可以找珞侍，范統總算鬆了口氣。聊天這種事情，雖然不知道為什麼變成好像非做不可，但找自己相熟的朋友總是比較好一點的，說不定還能混頓飯吃。

「那我現在去找他聊地，行了吧？你快回去吧。」

結果因為范統決定立即執行，於是月退就這麼又被趕回去了。雖說范統要去跟珞侍聊天，他也可以跟，但他似乎心心念念著音侍那句跟人說話才有用，耿耿於懷自己跟去是不是會礙事，因此只能哀傷地離開。

「你還真的來找我聊天啊？」

剛用完午膳，正在午休的珞侍，等范統說明完來意，頓時露出了無話可說的表情。

「我以為你應該也會覺得很困擾？你應該不喜歡聊天吧？況且還得說上不曉得多少句話才能湊齊詛咒的要求，你真有這個恆心與毅力執行？」

范統才一來就被珞侍潑冷水，這讓他心情頓時有點差。

「還不是月退一直關心我有沒有來找你們聊地嗎！你還不是答應他要幫忙了，現在又擺出這副不耐煩的樣子，至多也給點誠意吧！」

「噢……但不只是我可以幫忙，那爾西也可以吧？你怎麼不去找那爾西呢？我們該聊的也都聊過了，還有什麼可以聊的話題嗎？」

珞侍好像跟朋友熟了以後就會喪失原先小心翼翼的態度，瞧他這副冷淡的模樣，范統實在很想說幾句話嗆他。

「你還是不是朋友啊，居然趕我去跟很熟的鬼聊天！你不怕我們聊著聊著，我不小心就爆了西方城的料給他嗎！」

「你代理侍還沒上任，目前也還沒什麼料能拿去爆吧。」

他涼涼地這麼說後，范統立即反駁。

「我可以跟他聊聊你有的時候不回他通訊讓他等，都是因為你在違侍大人的房間裡玩狗！」

此話一出，珞侍為之一愣，然後冷笑起來。

「先不提你還沒上任，也不提你一個東方城居民想出賣國主的私生活，你當朋友當到威脅朋友啊？你信不信我賣你的八卦一樣很多人要聽？」

聽他這樣回答，范統先是在心裡唸了一圈「你這到底是被誰帶壞了我以前還以為只有暉侍結果其實還有綾侍大人嗎」，才接著回答。

「有誰不要聽啊，你除了賣給暉侍跟月退還有別的嗎？」

說起來這賣來賣去的根本還是在認識的人際圈裡，兩人對看一眼之後，相視無言。

「就算是爭執也算說話的一種吧，所以我們即使沒聊到天，對你的詛咒累積句數應然有幫助。」

「你這是什麼話啊，比起聊地，你寧可跟我爭執嗎？」

「不然你想聊什麼？我分午休時間的一半給你。」

「你晚休什麼時候開始啊？」

「你是問我午休什麼時候結束嗎？還有十分鐘，也就是說你還剩下五分鐘的聊天時間，妥善利用吧。」

「也太慢了吧！太慢了啊！你是存心要接我進來的嗎？」

范統激烈地抗議後，珞侍以一副揶揄的神態反駁了他。

「我早就跟違侍約好下午討論的時間了，確實是十分鐘、不，九分鐘後開始。哪可能專門針對你而這麼說啊，世界可不是繞著你轉的喔，范統。」

「我哪時候說我是繞著世界轉的了？不要隨便解釋別人話裡的意思啦！」

「你只剩下四分鐘了，不過我們現在也算是在講話，沒有浪費時間。」

「你不用一直忽略這一點吧！算了算了，我現在就回家，月退如果問起就說我沒來找你聊過。」

多聊這四分鐘的時間實在沒什麼意思，況且他們根本不是在聊天。而他說要走，珞侍也一樣沒什麼反應。

「好吧，是你自己要走的喔。所以你真的要去找那爾西聊天了嗎？」

「又不是很熟的敵人，我怎麼可能在人家忙的時候跑去要求聊天啊！」

「是嗎，那還真是可惜啊。」

珞侍可不像月退那樣，會一直叮嚀他做一些未必能見效的努力。於是，所謂的「多多說話詛咒自解法」，就變成解除詛咒研究會的聚會上，請珞侍跟那爾西有空就多跟范統講話了。

「我們在旁邊研究，你們就多多聊天吧。」

今天研究的範圍是邪咒，因此月退就跟伊耶還有音侍到旁邊去研究了。那爾西雖然也通邪咒，但珞侍覺得一個人一直跟范統說話會口乾舌燥，所以便請他一起加入聊天。

「聊什麼？」

「聊什麼好呢？」

「假不知道不要聊什麼。」

要找出一個三個人可以一起聊的話題，一時之間真不知該如何下手。

「不好意思我忙了一下所以遲到了……咦？你們為什麼分兩邊啊？」

剛好在這個時間出現的修葉蘭，看了看室內的狀況後提出了疑問，搞清楚狀況後，他理所當然地選擇了聊天組。

「梅花劍衛，新生居民不要過去那邊啦。」

月退似乎十分擔心有了不算活人的新生居民加入聊天組後，會讓解咒用的交談成分不純，但修葉蘭自有他的藉口。

「陛下，我是去活絡聊天氣氛的，他們這樣坐下去，坐半天也講不到十句話，聊天這種事情就交給我吧，我最擅長聊天了。」

一個小時聊不到十句話，跟一個小時聊了很多話但裡面三分之一是沒有用的，怎麼看還是後者比較多，因此月退就沉默了。

「你怎麼又遲到了？」

「這裡有位子，坐過來吧。」

「看到你我就想不起來了，今早我們到底有沒有要分開吃飯？」

修葉蘭一到那一桌，那爾西、珞侍跟范統便紛紛對他說話，於是月退又碎碎念了一句。

「與其說是活絡氣氛，不如說是都在跟你說話啊。」

「喂，恩格萊爾，不要一直分心！討論就好好討論，不停關注他們做什麼！」

他才唸了一句，就被伊耶罵了，音侍則鼓吹了起來。

「小月想過去的話也可以過去啊，反正解除詛咒什麼的有時間再討論就好了嘛。」

雖然月退的確想過去一起聊天，但這種「幫范統想辦法解除詛咒不太重要啦有空再說」的說法，他是不太認同的。

「研究解除詛咒的方法才是聚會最重要的目的，我們還是該繼續努力才對。」

看他這個樣子，范統很想跟他說「你真的可以不用這麼努力沒關係」，但這話說出來也太潑冷水了，只好作罷。

「來吧，范統，不設限的聊天最愉快了，想聊什麼儘管說出來，我們都可以跟著一起聊！」

「你先回答我明天晚上要不要分開吃飯的問題好不好？」

「范統，你這樣是不行的，只要我出現你就只跟我講話，對你的詛咒是沒有幫助的，對面坐著我的兩個可愛弟弟，快設法生出話題來跟他們聊天。」

「你還不是只不跟我聊天！回答一下有這麼難嗎！」

「那個……梅花劍衛，你還是過來這邊研究邪咒好了？」

「恩格萊爾！就叫你不要再分心注意那邊了！」

「啊，真的那麼想聊天就大家一起聊嘛……」

一團混亂中，伊耶因為覺得很煩，決定強迫研究組的通通到隔壁房間去眼不見為淨，於是，一下子變得寬廣的廳內，就只剩下這四個準備要好好聊天的人。

不知道要聊什麼，但卻是為了聊天才聚集在這裡，感覺真的十分詭異。

「不然這樣好了，最近有沒有遇到什麼麻煩不知道該怎麼解決的？提出來大家討論看看如何？從珞侍先開始吧。」

負責活絡氣氛的修葉蘭倒也不是什麼都不做的，這樣的強制說話要求一提出，珞侍便嘆了口氣。

「有些反西方城的居民行徑還是很激烈，有沒有辦法可以良好地解決？」

他還真的提出了煩惱，而且也真的是難以解決的煩惱，范統一下子有點不知道該說什麼。

不是說好聊天的嗎！怎麼變成嚴肅的社會話題了啊！我們不是來論政的吧，而且你還讓坐在這裡的西方城代理皇帝與梅花劍衛幫你一起想法子處理你國內的問題？這樣真的可以嗎——

范統在心裡激烈地喊完後，才驚覺這些話應該說出來才有達到湊聊天句數的意義，不過仔細想想，他實在說不出口。

「鎮壓啊。」

那爾西心不在焉事不關己地隨口回了一句十分有他個性的話。顯然別的國家發生暴動也不關他的事，那當然不必認真回答。

「鎮壓嗎？那爾西，你真是個冷血的皇帝啊……」

「我不是皇帝，只是代理政務而已，修葉蘭。」

「好吧，算我失言，但沒有鎮壓以外的方法了嗎？剷除異己做得太過頭可是會引起反彈的。」

修葉蘭這麼說完後，那爾西用一副無趣的眼神掃了他一眼。

「不然就不要管他們就好了，培養好屬於自己的軍隊，等他們鬧到罪狀足夠就輾過去解決。」

「怎麼講了半天你還是想殺掉他們啊！那爾西，哥哥為你心中有沒有關懷人類的溫情感到擔憂！」

「你在說什麼傻話，東方城的反西方城人士不就是唾棄我們的人嗎？他們多半成天都在詛咒我們去死了，以我的立場當然讓他們先去死比較好。」

「那爾西你還是先不要說話吧哈哈哈，范統，你有沒有其他意見提供給珞侍？」

問題丟到自己頭上來，范統只能絞盡腦汁想一下有沒有什麼可以拿來說的。

「我覺得可以慢慢讓他們了解西方城的壞處？讓他們知道東方城也一樣有很多壞人，或許……總之可能不需要時間？」

范統一講完，珞侍就笑了。

「范統，你的反話每次聽每次都覺得經典。總之讓他們知道我們都是差不多的爛果子也就沒立場去討厭人家啦？」

「是！我是這個意思！你明知是正常話怎麼還是照著字面上的意思去解讀了啊！暉侍快幫我翻譯！」

「我覺得可以慢慢讓他們了解西方城的好處？讓他們知道西方城也一樣有很多好人，或許總之可能需要時間。范統這麼說。」

「暉侍，你的反話翻譯能力簡直像心靈相通啊。」

「嗯——隔了這麼多年，你都成長這麼多了，我身上還有能讓你敬佩的地方，真是讓身為義兄的分外我感動呢。」

「怎麼這麼說呢，我還有很多應該向你學習的地方，只希望你不要吝於教導我啊。」

「你們到底在說什麼殘酷的真心話！我聽不下去了啊！珞侍你崇拜他就直說，暉侍你被崇拜也不要醜化成鄙視好不好！」

「又到了需要我的時候了。你們到底在說什麼溫馨的客套話！我聽不下去了啊！珞侍你鄙視他就直說，暉侍你被鄙視也不要美化成崇拜好不好——范統他這麼說唷，珞侍，你真的鄙視我了嗎？我好難過。」

儘管嘴巴上說難過，修葉蘭面上的笑意卻不減半分，珞侍也很配合地接了下去。

「我怎麼會鄙視你？范統，不要亂說話讓他難過。」

「好啦隨便你們啦，總之反對東方城的人無法解決的問題可不可以跳過？直接上一個好嗎？」

「就算意見沒有被認真採納，你也不該直接跳過我的問題吧？朋友之間不是要互相幫助嗎，等你當了代理侍我一樣會把問題丟給你的。」

「我看不出來你真沒那麼煩惱啊！話說回來暉侍還沒回答這個問題，怎麼不問他呢！」

既然范統這麼說，修葉蘭便咳了一聲發表了一下意見。

「我覺得通通交給綾侍封掉討厭西方城的記憶就好了，輕鬆愉快，毫無後患，保證國主的威名也保障他們的性命，從頭到尾犧牲的只有綾侍的時間而已，珞侍，你覺得如何呢？」

「我覺得你跟綾侍互相討厭啊。」

范統想說這句話一針見血又中肯，不過修葉蘭當然是不會承認的。

「不，我沒有討厭他啊，綾侍那樣花一般的美貌，怎麼可能會有人討厭他呢？除了違侍，我還真想不出來。」

「光聽你這種攻擊人最在意的點的說法就覺得你討厭他呢。這不就跟說西方城的鬼牌劍衛那麼可愛怎麼會有人討厭他一樣嗎？」

「珞侍，我沒有攻擊他，他的美麗是人人稱頌的啊，就像鬼牌劍衛的小個子眾所皆知一樣。」

范統已經不知道該怎麼說他們了，倒是那爾西冷冷地補了一句。

「你們再說大聲一點讓隔壁聽見，馬上就會出現血腥鎮壓。」

「那爾西你不要說出這麼恐怖的事實，哥哥會怕。我們可以理解你不參與人身攻擊話題的清高，但你可千萬不要因為跟伊耶有了點交情就跟他告狀。」

「聽你們這樣說，我更加肯定你們派梅花劍衛來東方城是正確的選擇。」

「所以你們這個話題到底討論完了沒？請綾侍封印有什麼不妥嗎？」

那爾西把話題拉回來後，珞侍也正經地回應了。

「封印關於為什麼討厭西方城的記憶，會牽涉太多東西。該忘的忘了，不該忘的也忘了，就成了一個廢人，所以還是不能這麼做的。」

「原來有這些考量啊……那麼就換個人提問題囉？那爾西，你最近有什麼煩惱嗎？」

修葉蘭一問完，那爾西立即冷淡地看向他。

「我哥哥什麼時候才能正經一點？」

「呃，這個……我什麼時候又做了什麼糟糕的事情讓你這麼為我擔心了嗎？等等，不對啊，這是沒有辦法讓大家參與聊天幫你解決的問題吧！我想你的煩惱一定很多，不如換一個好了？」

「我現在可以補眠嗎？」

「這不是煩惱而是要求了啊！那爾西！所以你原來是睡眠不足心情差剛剛才滿口鎮壓？」

「回去的時候公文到底積多高了呢？要怎麼樣才能快速消化完畢？」

「那爾西，火一燒就通通解決了……不要瞪我，你真的沒有什麼可以跟大家討論的煩惱嗎？」

連續提了三個問題都被修葉蘭否決後，那爾西想了想，終於拋出一個問題。

「恩格萊爾是新生居民，無法生育，下任皇帝該怎麼辦？」

怎麼又是國家事務相關的嚴肅問題！難道該誇獎你們心中都只有國家為國為民嗎——范統再度在心裡吶喊，然後一樣沒說出來。

「所以這是……煩惱會不會被逼婚生子的問題？」

珞侍一下子就幫他的問題做了一個清楚的解讀。

「的確是這種問題。為什麼會是我來負責？代理皇帝代理到連孩子都要幫忙生嗎！」

「哈哈哈，那爾西，這有什麼難的，隨便找個遠親過繼孩子當下任皇帝不就好了嗎？反倒是珞侍什麼時候娶妻生子比較讓人關心吧，東方城王室好像沒幾個孩子唷？」

修葉蘭隨便說幾句話，問題便轉移到珞侍身上去了。

「娶妻生子嗎？我覺得跟西方城聯姻不錯啊，不過你們沒有公主呢……不然生下來的孩子如果有多，讓你們領養當皇帝不就解決了嗎？」

珞侍說得十分隨興，修葉蘭也附和得十分順口。

「那爾西你為什麼不是女孩子呢！嫁過來就不必煩惱這些事情了啊！」

「……修葉蘭，我一直懷疑你想要的其實是妹妹，你現在有五秒鐘的時間可以澄清。」

「五秒！這時間也太殘酷了啊！與其說讓我辯駁，不如說想直接把我定罪吧！我也只是想過如果是妹妹的話，世界上就不會有人跟我一樣帥了，怎麼這樣偷偷想幾百次也被你發現呢！」

「幾百次也太少了吧？暉侍你到底是怎麼回事？」

「噢，范統，我胡亂說的，你也別太認真嘛，無壓力的聊天不就是要隨便亂扯開心就好嗎？我們要讓聊天保持熱鬧愉快又歡樂的氣氛。」

「就是啊，無壓力的聊天不就是要隨便亂扯開心就好嗎？我們要讓聊天保持熱鬧愉快又歡樂的氣氛。」

「珞侍，你真是我可愛的弟弟。」

「我也覺得你真是我敬佩的義兄。幸好你沒說是可愛的妹妹，否則我可是會真的鄙視你的。」

我從現在起決定鄙視你們兩個。范統默默對自己這麼說，這句話自然更不是能說出口的話。

「如果是隨便亂吵的聊天，我可能沒有辦法配合你們的話題。」

那爾西顯然不想讓自己跟這種氣氛同步，但修葉蘭跟珞侍都不想放過他。

「哥哥總告訴你要放輕鬆，你怎麼老是不聽呢？從拍桌大笑開始學起吧，我們現在來說笑話逗你笑。」

「我才不——」

「珞侍，還是從你開始吧，說個笑話看看？」

「呃……」

忽然間被點名說笑話，珞侍一下子也愣了，頓時呆呆地說不出話來。

「還沒想好嗎？沒關係，我們等你。」

修葉蘭這麼說之後，連不想聽笑話的那爾西跟覺得很無言的范統都看向了他，被大家集體目光攻擊的珞侍一時又像以前一樣有點慌，但這些日子的學習讓他很快就冷靜了下來。

「好吧，那……我講個跟暉侍有關的笑話好了。」

「等等，為什麼要講跟我有關的笑話啊？這樣換成我不想聽了耶。」

「沒關係，你也可以聽聽看啊，你應該沒聽過。」

「我應該沒聽過？到底是什麼笑話？」

修葉蘭彷彿十分擔憂自己在自己不知道的時候鬧了什麼笑話一樣，忽然也很想知道內容了，范統不表達意見，那爾西則是稍微感了點興趣，只等珞侍說下去。

「有一天，音侍拿了條紅色的帶子在一隻黑毛的魔獸脖子上繞了幾圈，然後很高興地喊了一聲『暉侍』便撲上去抱住牠。沒了。」

……
我本來很有自信講什麼我應該都知道，但沒想到真的沒聽過。問題是這笑話一點也不好笑啊！我到底該同情暉侍還是那頭魔獸啦！
范統的心情十分複雜，修葉蘭也一樣。
「喂……也差不多一點吧，這是只用黑髮與紅帶子兩個特徵來認我的意思嗎？」
「你們為什麼都不笑？」
哈哈哈。不，我們如果笑了就跟狗腿討皇上開心的弄臣一樣了啊！
范統內心產生了各種無可奈何的糾結，無奈這些都只有他一個人知道。
「珞侍，雖然你現在是國主陛下了，我也不好糾正你，不過你講笑話的功力真的要再練練。」
「如果是月退問大家為什麼不笑，至少會有兩個以上的人笑，是我不得人心嗎？」
「……其中一個是雅梅碟吧，另一個是誰？」
那爾西忍不住追問了。
「月璧柔？」
珞侍跟璧柔也沒有很熟，但至少還記得名字。
「珞侍，有這種陪哭的人還不如不要有。」
「雖然對璧柔小姐沒有意見，不過我贊成范統的話，另外他說的是陪笑。」

「暉侍你很煩耶！你真的很煩耶！」

「唔，如果剛好沒被詛咒顛倒的不是這樣的話該有多好呢……！」

「吞下這句話以後，你更煩了啊！」

「好吧，我很煩，那換我講個笑話好了，既然這樣，那我就講個跟范統有關的笑話。」

「給我繼續！不要講我的哭話！你不准講！閉嘴！」

「范統你好難搞啊，不然我犧牲一點，放棄講笑話的權利，換你講？你可以跟珞侍一樣講我的笑話，我不介意。」

要范統這個嘴巴被詛咒的人講笑話，根本就是在為難他，但為了讓修葉蘭不要亂抖出自己的笑料，范統也只能試著說說看。

「嗯……你們都知道暉侍是個很愛妹妹的人，他常常講著講著就就提起自己的妹妹，有一次我問他能不能想像自己有姊姊的感覺，他說他願意用十個姊姊來換一個任性又不可愛的妹妹，顯然是這樣，所以他那些無緣的姊姊通通都被拿來換成珞侍了。」

這段話根本就錯了超多的，連關鍵的人名都錯了，修葉蘭正猶豫著到底要不要翻譯，而那爾西卻在這個時候別開臉笑了出來。

「天啊！那爾西笑了啊！范統你成功了，你居然逗笑了他！那爾西，難得笑了為什麼要用手遮住呢？你就當滿足哥哥長久以來的心願，給哥哥看一下也好啊——」

「修葉蘭，你不要煩！」

「身為弟弟怎麼能如此吝於展現你的笑容呢？這是好弟弟該盡的義務吧？難道你笑起來有難看的可能嗎？」

「我從沒聽說過這種義務！」

「怎麼會呢？珞侍，笑一個給他看。」

「好啊，這有什麼問題。」

「那爾西，你看看，多麼自然又治癒人心的笑容！同樣身為弟弟，你辦不到嗎？」

「夠了！不要再鬧了！你給我坐回去，別拉我的臉！」

因為有修葉蘭在的關係，儘管對話內容讓人搖頭嘆氣，但還真的有聊到天。這樣的模式大概在連續的解除詛咒研究聚會中進行了三次後，大家都有點疲憊。

范統覺得自己的詛咒想藉由湊滿句數解除還是遙遙無期，因為如果根據新生居民不算人的推測性規則，大多數時間都在吐槽修葉蘭的他，根本沒得到多少有效句數。

修葉蘭覺得自己被鄙視的次數增加了很多倍，尤其那爾西看他的眼神感覺越來越想切斷兄弟關係。

那爾西覺得自己除了東方城語言越來越精通以外，連反話翻譯能力都大為精進，但這根本不知道能幹嘛。

珞侍則覺得自己跟修葉蘭的配合對答越練越熟了，但綾侍覺得他分明是被帶壞，為了不讓修葉蘭被嫌惡到新的境界，這件事情看來得有個解決辦法。

而沒等他們跟月退說不想繼續下去，解決辦法就自己冒出來了。

「我們研究出新的解除詛咒用邪咒了，范統，趕緊來試試看吧！」

這天一聽到月退這麼宣布，范統臉就黑了。

「真的危險嗎？該不會又沒什麼後遺症……」

「這次的成果我們很有信心，你就嘗試看看嘛，絕對沒有危險的！」

月退一副很怕他不相信自己而拒絕的樣子，事到如今，伸頭一刀縮頭一刀，范統認了。

「好吧，那你就試試看，我皮繃鬆一點。」

「那麼我施放了。」

范統一同意，月退立即就將研究出來的邪咒解除術施放到范統身上。

這次沒有濺血死亡，已沒有立即臉色大變之類的激烈反應，范統看看自己身上，好像有點不敢相信真的沒發生什麼可怕的事情。

「就這樣？結束了？」

「是啊，你覺得怎麼樣？有哪裡不舒服嗎？」

「哪有怎樣啊……等等，難道應該要有哪裡不舒服嗎？你問這什麼問題啊！」

范統質疑過後，月退遲疑地看著他。

「范統，你……都沒說反？」

他說出來之後，范統吃了一驚，其他等著看結果的人也有點錯愕。

「快多說幾句話試試看？」

「難道真的成功了？」

「你們什麼意思啊，難道你們從來不看好會成功嗎！喔喔！真的都沒有反！我被治好了嗎！終於好了嗎！」

大概是從未想過的好事忽然奇蹟般發生的關係，范統的情緒有點激動。

「我要多跟人說幾句話！趕快去跟認識的人講話！天啊，居然可以正常講話了，已經多少年了啊，真是太讓人感動了！」

「你認識的人幾乎都在這裡，你是要去哪找人說話啊？」

無論如何，這還是喜事一樁，於是幾個朋友紛紛向他道賀，想到以後都聽不到反話還有點落寞，但……

解除詛咒的效果只維持了七天，在范統對月退說出「其實我跟你交朋友一直覺得很不開心」讓月退震驚到差點釋放出質變領域後，多方實驗，這才發現又被打回原形了。

「看來上次的邪咒只有暫時解除的效果呢。」

盯著欲哭無淚的范統，珞侍下了這樣的評斷。

「啊，真可惜，那個邪咒不是那麼容易可以做出來的吧？」

沒參與到研究的修葉蘭無能為力，只能詢問一下其他人。

「因為要投入很多稀有的材料，用東方城的貨幣來算，一次的花費大概是四萬串錢吧。」

那爾西淡淡地指出這個研究有多麼燒錢。這麼貴的話，不管是誰也無法說出「不然七天給他施一次好了」這種話來，除了不在場的音侍。

「范統，真是抱歉，我們會再繼續研究的，請繼續忍耐詛咒吧……」

月退充滿歉意地這麼表示後，范統不死心地抬起頭來。

「至多、請再對我施一次吧！七天什麼都沒利用到，我不甘心啊！」

「什麼都沒利用到？你有什麼可以不說出反話的情況下想做的事嗎？」

珞侍好奇地問了這個問題，范統也立即回答了他。

「讓我用七天的時間去搭訕男孩子交往！至少讓我有過交男友的感覺啊啊啊啊！」

此話一出，現場的氣氛頓時冷場。

「走了走了，散會了。」

珞侍像是嫌他想花四萬串錢做這麼無謂的事很可恥般，完全不想理他就宣布解散。

「范統，我想你還是……把錢花在刀口上吧？你要為了這虛幻的七天欠珞侍四萬串錢嗎？也未必交得到女朋友唷？順帶確認一下，你說的應該是女孩子沒錯？」

修葉蘭拍拍范統的肩膀，月退也跟著嘆氣。

「比起因為你說話正常而願意跟你交往的女孩子，還是設法找接受反話的人比較適切吧？」

「你人生裡最執著的事情居然是交女友？沒有更讓人能欣賞的事情嗎？」

那爾西補上了最後一擊後，范統爆發了。

「你們這些只要有那張臉就可以有一堆男孩子傾慕的傢伙不要在那裡說風熱話啦！我的志向淺短礙著你們了嗎——！」

無論如何，最後珞侍還是以「目的太膚淺」為理由拒絕出錢幫他再施一次，西方城當然也不可能放任皇帝為了讓朋友追女友亂花這麼大的錢……

范統的詛咒不知何時才能完全解除，而他的春天，似乎還沒開始就結束了。

The End

范統的事前記述

回到幻世不知不覺就過好一陣子了，基本上還挺漫長的啦……我剛回來的時候，這邊的時間距離我離開時，過了四個月，而我回來以後……真的不知不覺時間就過得好快呢？好像一下子就要過年了？

剛認識珞侍的時候他才十四歲，現在都已經過完十六歲生日好一陣子啦，我……

原來我也徵不到女友兩年多了嗎——！

不，如果算上我在原來世界度過的時間，根本遠遠不止啊！幻世過了兩年多的時間，我一個女友也沒找到，就算現在眼見即將就任高薪職位，擁有剛來時的我完全無法想像的實力，我也還不算是個人生贏家啊！我可不想等個十年就像個完全不親近人的違侍大人，等個二十年就變成石頭般的奧吉薩，我到底該拿我人生中青春與情感的這一塊怎麼辦才好呢？

即使我現在已經是新生居民，而且還很幸運的身體年齡回溯到我剛來幻世的那時候，沒把我現世過的時間加上去，但我還是不由得對年紀這種事情特別敏感！

暉侍那傢伙也是這樣啦，成天在那裡唸說那爾西現在十九，過完年就二十了，那不就比他年紀大了，唸得我也開始煩惱起自己的年齡，但……我們的煩惱好像不太一樣。

我既然都不會變老了，好像也不必擔心變老以後沒人理的問題？但現在也一樣沒人理啊！說起來需要擔心的應該是我那顆會隨著時間流逝的、渴望青春的心吧！我不想過了二十年以後蹲在門口曬太陽，嘴裡唸著「女友是什麼，能吃嗎？」，我不想啊啊啊啊！

本人現在可是要成為東方城的代理侍了喔！這樣條件應該有上升一些了？應該可以壓過會講反話這個缺點吧？頂多是在女孩子跟我告白的時候我會不小心把我願意講成我拒絕而已啊，事後再寫信道歉說明，憑著我給人印象良好的字跡應該可以原諒我？

……算了，我應該沒有缺女友缺成這樣，都快瞧不起自己了。況且前些日子珞侍問我要不要接任代理侍的時候，我考慮了半天同意的原因也不是為了釣女人啊……

中間其實發生了很多事情，說起來還挺長的，總而言之就是研修準備的期間，珞侍好像想找個適當的時機讓我上任，然後……我要做的就是在這段時間裡努力學習跟鍛鍊，多多了解我以前還不了解的事情。

說到這個，要就職之前總是要先了解一下自己的職位該做些什麼，所以我討了些資料來看……然後我震驚了。

東方城五侍原來是有責任分工的？

我怎麼從來都看不出來！

經過珞侍的解釋，我才曉得一直以來音侍大人的那部分都是綾侍大人代為執行的，暉侍失蹤以後，他的部分也由其他的侍分去做，珞侍之前還是個孩子，所以他大概也只負責一小部分……

我當下最直接的感想是，違侍大人跟綾侍大人怎麼活得下來？

好吧，綾侍大人是護甲嘛，他可能沒有過勞死的問題。那違侍大人呢？光用想的就好可怕啊！

不過，底下似乎還有一些臣子分擔啦，說起來那爾西只有一個人都還沒累死，違侍大人應該也沒有問題吧，哈哈哈哈。

所以我即將進入的是一個積怨已久的老鳥可能將工作都推給菜鳥來示威跟欺負的職場嗎？

如果我有什麼不懂的，應該也可以去問暉侍吧……但珞侍說之後的職務內容可能會異動，我只能走一步算一步了。

關於職稱的部分，因為我是代理暉侍職務的人，所以侍符玉珮用的一樣是暉侍符，稱呼的話，大概就是代理侍大人或范統大人吧……

坦白說我覺得范統大人聽起來挺蠢的。飯桶到底是怎麼當上大人的？當然，有的時候可能沒有任何理由，例如音侍大人。但音侍大人好歹有一張被說是靠男色蠱惑女王也不奇怪的臉，飯桶大人到底有什麼能蠱惑國主陛下發出這張任命狀？

我糾結了。可以不要叫我范統大人嗎？叫我代理侍大人就好，雖然我這輩子還沒被人叫過什麼大不大人的，實在不太習慣，但如果一定要叫，還是代理侍大人就好，謝謝喔。

然後啊，為了避免空降一個新生居民當侍太奇怪，珞侍就把比武大會提前到過年前舉行了，主要目的是要我參加，提升知名度。

參加比武大會，對我來說也是一件令人懷念的事情呢，那個時候跟月退還有硃砂一起報名參加，滿心想著賺生活費，要不是後來發生了那件過分的事情，搞不好我們還真的能拿到名次……每次回憶每次都覺得怨念。

而相隔這段時間後，我居然變成要報名個人賽取得名次了。

有噗哈哈在手，加上我勤練符咒的功效，要贏一般的參賽者真的不難啦，只是抽到術法比賽的時候我真的傻眼……我這個人籤運一向都差，要不抽到術法一路打上去根本是不可能的，這也讓我覺得，一個人報名要取得名次真的很難，三項技藝都要練得不錯才行啊。

於是抽到符咒的時候，我用我的符咒，抽到劍術的時候，我用暉侍留在我腦袋裡的劍術記憶，抽到術法的時候，我……作弊。

為了練那個什麼符力結合法力，我培養的法力現在也多很多了，總之抽到術法，我就用先施個符咒的障眼法，再把基礎的魔法偽裝成術法來用，因為沒遇上紫色流蘇以上的術法高手，加上珞侍睜一隻眼閉一隻眼，就這樣過關啦——

坦白說我很擔心有人還記得兩年前我出賽的場次，然後就給我安個火龍小子之類的稱號，幸好這種事情沒發生。

這也證明兩年前的我……就算偶爾威一下，也只是個偶爾威一下的路人啊，真悲傷……？

比賽過後，接下來就等頒獎典禮了，不過還有兩件不得不提的事。

米重這個王八蛋居然跑去地下賭場把現金全押我身上因而大賺了一筆，但他卻沒有找我一起也沒分我半串錢！

此外就是，代理侍就任已經決定是頒獎後、過年前了，因為想在告別平凡人的生活前稍微享受一下，我先預支了第一個月的薪水打算拿來吃喝玩樂。反正還不是代理侍大人，就算在酒樓大吃大喝被看見也不會怎麼樣。

但我錢才剛到手，暉侍就跑來找我，說什麼既然要出任代理侍大人了，打理一下一身的行頭也是必要的，然後就帶著我去挑新衣服……

在他的花言巧語舌燦蓮花煩躁攻勢下，買完新的服裝，我第一個月的薪水也泡湯了。

我想仰天咆哮以示我心中的不甘啊！我從來不知道男人的衣服居然可以這麼貴？也不過就質料好一點、量身訂做什麼的，金額就暴增成那個樣子，要我這個還沒賺到生命中第一桶金的貧窮代理侍怎麼接受？況且還沒上任！

因此我也看向他身上那套感覺比我還要華麗花錢的衣服，深深思考他的薪水會不會都花在這上面。

唉，既然都肉痛地花這麼多錢買了，一定要穿久一點……破了就設法補一補，要是哪裡褪色也裝作沒看到吧，總不能穿新衣服上任後，過一陣子又換回廉價衣服，真這麼做一定會被很多人關心，珞侍一定也很樂於在見面時問一句「我們東方城的代理侍大人最近走平民風格嗎」……所以果然還是只能咬牙繼續穿貴的衣服了！我雖然已經很多事情都無所謂了，但還是要面子啊！

想當初珞侍剛繼位時的生嫩樣子，我還曾經想跟他說王血要是不會用就問月退，他經驗超豐富的一定可以教你呢……沒想到他短時間就被身邊令人不敢恭維的榜樣洗禮成這個樣子了，我只能追憶當年臉皮依舊薄的他了嗎？

最後提一個八卦，聽說天羅炎當初原本也想報名參加比賽，因為得名的人可以指名一個侍挑戰。

她似乎想贏了以後指定綾侍大人接受挑戰的樣子，可惜這一屆還沒開放西方城的人一起參加、擴大舉辦，只有在頒獎典禮上打算邀請西方城的高層們觀禮而已，所以綾侍大人就這麼逃過一劫了。

最後的最後，讓我再提一下暉侍。我實在不忍說他，但又不得不說。

因為他不曉得哪根筋不對被雷打到還是怎樣，求了音侍大人當他的劍，但音侍大人還是要繼續當他的侍，所以他平時就是沒有佩劍的狀態，基於魔法劍衛不拿劍很難看的理由，他買了裝飾用的劍掛在腰間。

對，裝飾用劍！就只是為了好看用的裝飾用劍啊！這傢伙到底有多愛漂亮！導致我都不忍說了還是要說！

明天就是頒獎典禮了，坦白說我也有點期待啦……

預支的第一個月薪水花光了，我好歹還有比賽的獎金可以花，對吧？

章之一　很多時候，人想低調也難

『我希望有個能自由行動的身分，所以我還是要盡最大的努力。』——西方城少帝恩格萊爾

『你所謂最大的努力就只有裝東方城新生居民的時候換個衣服啊！』——鬼牌劍衛伊耶

『還有硬要在以少帝身分出現的時候蒙眼，導致我當替身也要蒙……』——需要人扶著走的皇帝替身不知道誰

東方城一年一度的比武大會，一向都是眾人討論熱烈的盛事。去年適逢國喪暫停舉辦，今年繼位的國主為了讓東方城一掃死氣沉沉的氣氛、恢復活力，因而宣布將比武大會提早在過年前舉辦。

一如過往的盛況，這次報名人數也相當踴躍。歷經一場又一場的比賽，最後前五名終於定案，頒獎典禮也將在今天舉行。

因為頒獎典禮上還有挑戰賽可看，湊熱鬧前來參加的人非常多。加上這次聽說邀請了西方城的高層們作為貴賓觀禮，好奇的人就更多了，賽台前除了先行淨空的道路，整個擠得水洩不通，寸步難行。

——以上，大概是范統了解的狀況。

對范統來說，「國主為了讓東方城一掃死氣沉沉的氣氛、恢復活力，因而宣布將比武大會提早在過年前舉辦」這個說法，顯然跟珞侍親口告訴他的不太一樣，不過之後進神王殿工作，多半還有很多機會可以體驗這種公告與實情不同的狀況，所以他也沒有什麼特別的感覺。

至於西方城的高層，對他這個早就看過還說過話、其中有幾個平常想看到膩都沒問題的人來說，根本一點新鮮感也沒有。

話雖如此，因為大家正裝出席公事的模樣有點少見，人在帳篷裡等待上台領獎的范統還是好奇地掀開帳篷的一角想偷看一下外面的情況，然後這個行為也被其他得獎者糾正了。

「那邊那個人，回到你的位子上坐好行嗎？」

「噢……」

因為這個行為確實不太莊重，范統只能默默回到自己的位子上，然後光明正大地掏出可以窺視外面的符咒使用。

嘖，就算被我打敗口氣也不用這麼差嘛，那我用我自己的能力看，總不犯法了吧？

使用符咒看到的視野範圍其實是比那樣掀開一角偷看清楚的，這樣也方便他看看流程，所以符咒用完，范統就沒再理會其他人了。

珞侍與另外三個侍已經在台上的主位坐著等候，這時迎賓車隊與西方城少帝的車列也從淨空的道路行進過來，在距離賽台有一小段距離的地方停下，然後皇帝與隨侍的魔法劍衛們下了車，正式露面。

走在最中間的月退今天穿著少帝應有的服裝，眼睛也用布條蒙起來了。派駐東方城的修葉蘭今天跟他們一同行動，因此五個魔法劍衛通通到齊，同時那爾西也一起來了，這點讓范統比較意外。

來的人還真多啊？通通都來了耶？那……聖西羅宮現在空城啊？這樣真的沒有問題嗎？以少帝裝束出現的蒙眼月退，氣勢與身周的氛圍都和平常不一樣，感覺起來就像個陌生人──范統想著想著，也想起之前針對這點做過的交談。

『月退，我覺得你平常還是有點外向不怕生的啊，所以說，當皇帝的時候，你是怎麼面對群眾的？』

『剛好眼睛纏起來了，就把他們通通都當空氣。不過不要擔心，你只要出現，一片空氣中我還是看得見你的顏色。』

『這、這樣嗎？那挑釁你的人呢？也不是空氣？』

『一樣是空氣，不過是髒空氣。』

范統不知道他是怎麼感應的，不過大概是眼盲的那段時間學會的東西。只要想到他現在正把周遭密密麻麻的人群通通當成空氣，范統就難以正經地對他表露出來的嚴肅發表什麼感想。

喔喔……要走上台啦？如果一定要我說的話，大概就是，西方城高層到底是哪來的帥哥團體啊……排除璧柔跟大叔，根本金光閃閃啊！還有我很好奇你們要怎麼介紹那爾西、哇，他的座位居然還是僅次於月退的位置！你們要正式介紹西方城有個裡皇帝了嗎？還是你們打算什麼都不解釋就這樣讓大家胡亂猜測？

在范統思考的期間，台上的兩方人員已經互相致意過了，這時司儀邀請少帝代表西方城說幾句話，於是月退在沉默了半晌後，臉轉向那爾西。

「……我們應國主陛下的邀請前來，期待能欣賞東方城強者所展示的技藝。」

被迫代替發言的那爾西基本上也很沉默寡言，事實上他沒說出什麼帶刺的嘲諷語句就不錯了，於是在司儀感謝代理皇帝陛下的發言後，程序便繼續執行。

喂！月退！你怎麼連句話也不肯說啊！連發言致詞都要別人幫你說！你以為那爾西很會講公關台詞嗎！他一般來說還是擅長激怒人吧？

所以你們就這樣輕描淡寫地給他安上代理皇帝的頭銜了嗎？這就叫不得不介紹一下？

范統對台上的狀況充滿無言，但珞侍也不在意，很快就由綾侍進行了吩咐。

「儘管東方城曾在過去的戰役中喪失許多優秀的人才，但這幾年下來也多出了許多不錯的人力資源，我們在努力撫平傷痛的前提下迎來了寶貴的和平，今天的典禮也只是友誼邦交的賽事，希望諸位觀賞愉快。」

什麼啊啊啊哪裡友誼了！珞侍你不要一副你什麼都沒說的樣子，你為什麼要讓綾侍拿那三十萬人跟女王陛下的死隱含其中來刺人呢？我感覺氣氛不太妙啊！

范統在心裡喊完以後，就發現似乎只有自己有這麼大的反應。台上的月退文風不動，那爾西什麼表情也沒有，修葉蘭還是維持微笑，其他的魔法劍衛則頂多皺皺眉頭而已。

你們一定跟我一樣有很多想法只是不說出來吧，我都懂啦，總之，臉上不動聲色的功夫我也得練練？什麼心事都寫在臉上真的很不妥當，啊，第五名要上台啦？繼續看熱鬧吧。

比武大會的得獎者會指名哪位侍進行挑戰，是等他們上台說出來才會知道的，范統對大家會挑戰誰也很好奇。

本次比武大會的第五名是個淺紫色流蘇的新生居民，一上台就十分熱情地請綾侍賜教，范統總覺得這場面有點眼熟，仔細一想，才發現兩年前的比武大會也有類似的場面。

怎麼高手中總是不乏綾侍大人的狂熱支持者啊？東方城這樣下去真的好嗎？

我記得上次是音侍大人代打的，不曉得這次綾侍大人會不會自己出手？

「老頭，挑戰你的人總是很多耶，為什麼你總是這麼熱門，長那張臉很了不起嗎？」

以前月退可以讀遠方台上的人說什麼給他們聽，范統是覺得很神奇的。但現在有符咒的功能作用，他也能聽見台上的人說的話語。

「同樣的話你到底還要說幾次？我還是一樣的回應，我沒嫌你那張臉欺騙世人就不錯了，你有什麼資格嫌別人啊？」

那個，兩位大人，不要顧著在台上起口角，先處理一下該處理的事情好嗎？

「啊，我說過嗎？我怎麼不記得？」

「從來沒指望你記得。老樣子，我不想打，你去把人打發掉。」

「可以嗎？可是小珞侍不是櫻耶，小珞侍不會生氣？」

「珞侍生氣跟你的好兄弟生氣哪個比較嚴重，你看著辦。」

綾侍這話一說完，音侍立即就站了起來。

「小珞侍！因為下面那個人剛好是綾侍看了就不舒服的長相，我可以代替他應戰嗎？」

「這樣啊，那你去吧。」

……

喂，我是聽到了什麼……人家好歹辛辛苦苦打到第五名，給他一點尊重啊！珞侍你就這麼放任音侍大人用這麼讓人傷心的理由隨便去打發人家，真的有籠絡人才的意思嗎！

雖然范統覺得那個第五名很可憐，但這也不是他能管的事情。只能說，如果都這樣比照處理，以後綾侍的仰慕者可能會稍微收斂一點選擇別人挑戰吧。

有架可以打，音侍總是很愉快，於是在他以戲耍般的姿態了結挑戰者後，司儀請西方城的貴賓發表感想。

還要發表感想！有什麼感想！到底能有什麼感想啊啊啊啊！

范統一點也不明白事不關己的狀況下自己為什麼要這麼崩潰，但他還是崩潰了。

這次，沒等不想說話的月退跟不會說話的那爾西發言，修葉蘭就搶先開了口。

「音侍的身法高超靈動，即使是打鬥看起來也讓人覺得很愉快呢。」

不——！暉侍你說什麼鬼啊，要你們說感想應該是點評吧，說到點評分明是點評得獎者吧，你沒事去評別人家的侍幹嘛！

「真的嗎，阿修你人最好了，我也覺得我做得不錯呢！」

不要回應！音侍大人您不要回應啊！不要在台上展示你們非同一般的交情！現在是怎麼樣……第四名！第四名快點上台啦！

總算司儀的存在還是有其價值，第四名很快就被叫上台去，但……接下來的事情，使得范統覺得讓第四名上台根本只有把氣氛弄得更糟的貢獻。

本次比武大會第四名的是一個三人團體，大致上也是紫色流蘇的階級，一被問到想挑戰誰，帶頭的隊長隨即十分挑釁地發話。

「我們認為落月的『貴賓』應該不只做觀賽這麼基本的事，難得都來一趟了，落月少帝不知道有沒有接受我們挑戰的勇氣？」

使用符咒偷看外面情況的范統差點從椅子上跌下去。

年輕人不要蹧蹋生命不要輕生啊！你們是腦子燒壞的奇妙愛國青年嗎？什麼人不好挑居然去挑那個最大尾的？你知不知道他就算直接開噬魂之光把你們殺掉這裡也沒有人可以追究他什麼？什麼叫做有沒有接受挑戰的勇氣，你們才是哪來的天真傻勁提出這種要求！他金線三紋，你們憑什麼啊！三個人也不過是增加死亡人數而已好嗎——

「哇，老頭，怎麼辦，氣氛好火爆，你看看拋個媚眼能不能阻止？」

「這欠揍的話你以前也說過了，你以為每個男人對我都有興趣嗎？」

「不試試看怎麼知道？」

「音侍你不要再亂說話了，快點閉嘴！」

台上的音侍跟綾侍又交談了起來，無法繼續忍受下去的違侍這才出聲制止他們。

這種公開挑戰規則的行為基本上也等於不給珞侍面子，看來目前他的威勢還不太足夠。

他應該處理這種冒犯的行為，但他似乎更想看西方城會怎麼處理，所以他處變不驚地開了口，將問題丟給月退。

「很抱歉我們的得獎者如此失禮，不知道少帝陛下想自己處理，還是讓我來處置？」

被問到這個問題的月退，淡淡地給出了回應。

「我會處理。」

語畢，他隨即站了起來打算上台，但伊耶卻帶著滿臉的怒意，搶先一步攔到他面前。

「陛下，這種小事情用不著您親自出手，差遣您的劍衛就可以了，現在，請您，坐回去。」

聽到這樣的話，月退一時之間好像有點反應不過來，呆了幾秒後「喔」了一聲，便坐回了自己的座位。

……越來越多不可思議的狀況了，我到底……該怎麼說？雖然使用的是敬語，但分明是鬼牌劍衛當著眾人的面命令自家皇帝，而且皇帝還照辦了啊！矮子你這樣有維護到他的尊嚴嗎？

你有嗎！

范統持續地崩潰，這時貴賓席上的伊耶也以極度囂張的態勢踏上了賽台。

「區區紫色流蘇的新生居民，真以為有資格當眾冒犯我國的陛下？想要挑戰陛下，先接得下我的劍再說吧！」

他說得猖狂，也絲毫沒有手下留情的意思，三個紫色流蘇的對手，他三招了結，招招致死，用的只是看似平凡無奇一點也不華麗的劍術，場上頓時一片靜默。

珞侍冷漠地招來其他人清理屍體，等待時間還跟西方城的人淺聊了幾句，於是范統再度覺得公開場合中的大家果然都令人感覺陌生……可能只有見人說人話見鬼說鬼話的修葉蘭、無論何時都很白目的音侍，以及即使維持表面禮儀卻依舊火爆的伊耶跟平常沒什麼差別吧。

我真的有辦法在這種環境下存活嗎？我真的有辦法待在台上和他們一起面對這些情況？代理侍都還沒上任我就質疑起自己的能耐了啊啊啊啊，不行，我要堅強一點！我要堅強！

范統分神的期間，第三名已經上台了。他祈禱著不要再有什麼讓人措手不及的狀況，同時也繼續用符咒偷看賽台。

「恭喜妳獲得這次比武大會的第三名，妳想要挑戰哪一位侍呢？應該不像前面的第四名一樣有冒犯貴賓的意思吧？」

珞侍帶著淺淺的微笑對得了第三名的女性這麼說，雖然像在說笑，卻頗有威脅的意味。

「國主陛下，小女子當然不會做出那種要求，只是，聽聞您仍掛著侍的身分，不知道能不能請您賜教呢？」

當台上的女子嬌羞萬千地說出這樣的話時，范統再度愣住。

剛剛是西方城少帝被挑戰，現在是東方城國主被指名？你們這些人都是不畏權威來踢館的嗎？不，等等，那嬌羞的表情……難道是愛慕？

范統驚疑不定地看著這個比武大會中交戰過的女人，不知該怎麼形容自己的心情。

看起來大概二十幾歲，不過新生居民的話，看起來二十幾歲實際上已經幾百歲了也是有可能的啊！就算真的二十幾歲，也是老牛吃嫩草……不對，又還沒吃到。應該說也吃不到吧。不對啦！我為什麼要把別人也許很單純的情緒想成這樣呢！

想到這裡，范統也不忘去看珞侍的反應。只見珞侍微微錯愕，而後制止了想發言的違侍，微笑地站起來，從容地走下席位。

「我確實仍掛著侍的名號，這個挑戰是有效的，那麼就讓我們等司儀宣布開始吧。」

哇，兩情相悅情投意合了而且還是姊弟戀，但是珞侍你身為國主應該不能娶無法生育的新生居民吧？我又想到哪去了，他們只是要打一場而已，我需要拍醒我的腦……

『本拂塵幫你清醒。』

范統想到一半突然就被腰間的噗哈哈不知用什麼方法揍了一下，讓他差點慘叫出聲。

阿噗你做什麼啦！奇怪，你怎麼會聽見我想什麼，我剛才有握著你的柄嗎？我有嗎？可惡，我真的不記得有沒有了！揍人也不打聲招呼……不對，有打招呼。

但話不是這麼說的啊！我是你的主人，你怎麼能說揍就揍呢！

疼痛感過去後，因為噗哈哈沒再說什麼，范統便重新將注意力挪回台上了。

與珞侍對戰的女子本身掛著淺黑色的流蘇，在東方城已經算難得一見的高手了，他們這樣打著打著，范統忽然覺得好像可以明白珞侍為什麼會接受這個挑戰。

嗯……珞侍先前一直掛著鮮紅色流蘇吧？這是大家都知道的事情，再見面時他就忽然跳級成黑流蘇了，繼位以後更是乾脆直接使用純黑色流蘇，感覺短期之內就變成了高手，旁人看來恐怕頗有灌水的嫌疑呢？

搞不好他自己其實也期待有這樣的挑戰，好讓他可以拿出實力來證明自己呢？雖說當王的也未必要是純黑色流蘇的強者，但當西方城的少帝身上掛著金線三紋時，人們總是會希望自己的王在這最直接的實力上不會輸給人家嘛？

一面猜測，范統也一面看著過招的攻防，同時思索自己如果再跟珞侍打一次，到底是不是他的對手。

珞侍拈符成咒的手法一直都俐落得十分漂亮，完美融合法力的符力不只是血統與天賦的體現，也是他勤練純熟的證明。每一道畫在符咒上使之催動的光痕都與下一道符的軌跡相連，一氣呵成。

他還沒有身經百戰到隨手動作都能連成一氣的程度。與其說是直覺反應連接出這樣的出招，不如說是在細密的精心規畫中構築出這樣的成果。

范統欣賞著他們的戰鬥，也思索起自己的戰鬥習慣。

啊，我……戰鬥起來應該沒有這麼帥吧？視覺效果應該完全不同吧？畢竟我本來就不太注重優不優雅之類的事情，總想著越快獲勝越好，自然無法在戰鬥中看起來游刃有餘凌厲又不失風度……

到底有沒有女孩子會因為看過我的比賽而覺得我看起來有點帥呢？我在台上又不說話，到底會不會有人被我吸引啦——

他對看個比賽也可以想到男性魅力問題的自己感到頭痛，這時，珞侍也打算結束比賽了。接連著打出的三張符咒，讓好不容易得以近身的挑戰者失去平衡，武器也脫手而出，然後被符咒所形成的牢籠困在地面。

女子脫手而出的武器意外擦過珞侍身上，割斷了他的黑色流蘇，不過，儘管有這樣的意外，勝負也已經分出。

「很高興有機會交手，明年一樣歡迎。」

珞侍微笑著說完，解開符咒的束縛後俯身拾起流蘇，便要回座，但這時那名女子又喊了一聲。

「陛下！您的流蘇能送我當這次挑戰的紀念嗎？」

——是愛慕吧！果然是愛慕吧！不要這樣，珞侍他才十六歲啊！東方城的女人有這麼大膽嗎！

又不是割下來就是妳的戰利品——妳這樣要求真的好嗎？所以現在珞侍的決定左右是否會兩情相悅了？要是肯把身上掛過的流蘇送人，不就跟定情信物差不多啦？

珞侍在聽到這個要求後回頭看了她一眼，然後略表遺憾地搖頭。

「這是很重要的人送的，所以沒有辦法，比賽已經結束，請下台吧。」

啊，被拒絕了，原來男方心裡已經有人。等等，那個，啊，該不會是，暉侍送的過期生日禮物吧？噢我誤會了，原來不是已經有意中人……暉侍，身為人家的義兄，卻變成破壞人家兩情相悅機會的第三者，你現在的心情如何？我看看你現在的表情……依然毫無反應就只是個掛著微笑的梅花劍衛。

范統對修葉蘭隱藏情緒的功夫已經不予置評，接著第二名也要上場了。

范統的事後補述

噢，我覺得……我在休息區裡也沒有等多久，怎麼就像等了一個世紀？是因為突發狀況太多讓我血壓飆高整個心臟快爆掉嗎？

有沒有中場休息說幾個笑話緩和一下情緒啊？不過我不想再聽珞侍說的笑話了，這麼說來，音侍大人也不適合講笑話，綾侍大人跟違侍大人……也不是可以期待有什麼講笑話才能的人。可以叫西方城的貴賓講個笑話嗎?對不起我開玩笑的。

剛才的第四名戰鬥沒有人敢多說什麼，第三名正常打完後，司儀就又詢問西方城的人有什麼感想了。

我說，這位司儀啊，你是很喜歡問感想嗎?還是珞侍交代你一定要問?或是你覺得搞不好他們很想說話應該給他們說話的機會?

然後，這次暉侍搶得不夠快，月退一下子就開了他的金口而且正中紅心。

『流蘇是誰送的啊?』

底下沒有反西方城情結的人可能很感動終於又聽到少帝的聲音了吧，但我只覺得無比頭疼。

你不會回去再問啊!你不會嗎!還是你覺得剛剛好像被耍著玩所以反過來玩珞侍!你們這樣在台上互相陰對方真的有趣嗎!

為什麼不能等到只有你們兩個人的時候再問——你真的有這麼急嗎?一秒都不能等嗎?月退——

倒是珞侍十分鎮定，沒有失態也沒有手足無措，只淡淡回應了一句「已故的暉侍，我的兄長」就終結這個話題了。

這樣說的確很正確啦，也只有我們這些熟人會忍不住想說暉侍不就是坐在那裡那個梅花劍衛嗎?但基本上暉侍這個名字現在是跟修葉蘭切割開來的死人沒錯，我是不是也該早一點習慣喊他修葉蘭？

話說回來，我好想吐槽一下珞侍那句話。

特地加上「已故」是有什麼特別含意嗎？全世界的人都知道東方城的暉侍已經死了啊，你是想藉由這個詞回擊嗎？一般來說都會得到「真不好意思我不該多問」之類的答覆？

還是其實你想說當初那個完美好哥哥的形象在你心中已經死了啊？

我如果私下問你這個問題會不會太白目？會不會啊——

章之二 少帝之劍

『下次不要再邀請他們來了好嗎？』——綾侍

『下次不要再邀請他來了好嗎？』——伊耶

『下次不要再沒邀請他來了啊啊啊啊——』——范統

『嗯？誰？』——月退

拿不到珞侍流蘇的第三名得獎者雖然有點失望，但還是依照程序下台了，緊接著第二名也上台領獎。

這個第二名雖然是第二名，流蘇階級卻比第三名低了一階，是深紫色流蘇。至於為什麼能贏，大概是因為他擅長的項目是術法，比賽中恰好抽中了專長項目，才會有這樣的結果吧。

「國主陛下，真的不能挑戰西方城的貴賓嗎？」

很難得的，這個年紀輕輕的術法師是個原生居民，但他一上來就問了這麼一個持續製造險惡氣氛的問題。

你們很奇怪耶為什麼一定要找那邊那幾個金毛白毛人啦，難道跟侍的對戰已經膩了嗎？人家都說不行了還要一直問！

「規則上只能挑戰侍，西方城的貴賓遠來是客，請給予尊重。」

珞侍，你講話不要這麼客氣啦，要是矽櫻女王，跟自己的子民說話絕對不會用請這個字的，從剛剛我就想唸了，你應該使用命令句啊命令句！

「可是幾位侍大人我都打不過啊，我不想明知會輸還提出挑戰，真的不能挑戰西方城的貴賓嗎？」

就跟你說不行了啊！不要裝可愛！你雖然很年輕的樣子但也比珞侍大了吧！違侍大人一樣是深紫色流蘇，為什麼你會覺得自己打不過？

珞侍聽了這話還沒回應，伊耶就忍耐不住了。

「難道你以為西方城的人比較弱比較好欺負嗎？你以為挑戰西方城的人就能贏？」

這個嘛，聽起來確實有這種瞧不起人的意思，但你家皇帝都還沒說話，你這樣搶先發言不太有禮貌耶？月退你快管束一下你家哥哥，不要到時候被人家說西方城都鬼牌劍衛說了算啊。

「這倒也不是……只是，我覺得他看起來好像很弱的樣子，我不能挑戰他嗎？」

彷彿唯恐天下不亂的第二名得獎者，信手一指便指向了那爾西。

你還真的是，挑軟果子吃啊。啊慢著，我居然一下子認同了！我居然被他影響了！算了，反正暉侍不會知道，那爾西也不會知道，就、就當我沒這麼想過！

一見他這樣說那爾西，西方城的貴賓們幾乎集體黑了臉，其中大概只有璧柔有種想拍手叫好但又忍住的不同反應。

幸好妳忍住了，我可是都看到了喔。再怎麼說妳現在也是以劍衛的身分出席的，不要把個人好惡表露給大家看啊，璧柔小姐。

「如此不適當的發言，國主陛下是不是應該給我一個交代？」

那爾西到底有沒有被激怒，范統看不出來，不過他一開口就這麼說，看來是打算要計較了。

這可真麻煩啊，是原生居民，又是深紫色流蘇的強者，總、總不能就這樣處死吧？人才這樣折損了也很可惜啊？

「假若他願意致歉，不知道能否給他一個機會？」

珞侍也沒把握這人會道歉，但他心裡的想法可能跟范統差不多。提出這樣的商量，其實是有點想請那爾西看在私交的份上給個面子了，不過……

「說了失當的話真是抱歉，那我道歉以後可以接受我的挑戰嗎？」

哇，所謂的給你一個機會不是挑戰的機會，而是不用受死的機會好嗎！長這麼大了理解能力還這麼差，不要以為你是原生居民就有免死金牌啊！

所以現在是怎樣呢？兩方都要衡量怎麼處置才不會與對方的關係惡化？其實我覺得以國力來說，東方城目前還是不如西方城吧，東方城的居民怎麼都看不穿這一點如此想找死呢？

「那爾西。」

這個時候，月退突然開了口，那爾西因而疑惑地轉向他。

「什麼事？」

「那個人是誰，吵得讓我頭好痛。」

大家正在消化他說的話時，整個賽台因為他一瞬間控制不住釋放出來的領域而忽然失色扭曲。

「他不知道能對你動手的人，只有我嗎？」

范統匆匆暫時停止了偷窺用的符咒，然後又匆匆在自己身周布下隔絕領域的防護用結界，深吸了口氣，這才覺得胸口窒息的感覺消退，稍微好過一點。

喔喔喔喔……這裡有惡鬼大家快逃啊！這到底是什麼狀況，月退你是被踩到地雷了嗎？不要突然情緒失控還做出這種夭壽的發言啊！你從開始到現在簡直沒有一句話不讓人心臟病發的，你可不可以不要這樣！那爾西聽了也不會開心的！

還有，我覺得你那句話也很有問題！這就是那種「你的命是我的只有我才可以殺你別人連你一根頭髮也不准動」的意思嗎？我雞皮疙瘩渾身發抖！不要這樣子你快點恢復正常，別把西方城少帝與代理皇帝之間不正常的扭曲關係昭告天下啦——！

等待范統感覺領域散去而再度使用符咒觀察外面的情況時，那個第二名跟綾侍都不見了。想來是珞侍當機立斷不打算再讓白目說更多的話，直接要綾侍把人拖走等候判決。

此時西方城那邊一片肅默，不知是沒人想說話、沒人敢說話還是不知道該說什麼。這時司儀總算宣布讓第一名上台領獎，范統一時還沒反應過來，直到喊了第二聲才急忙出去。

已經輪到他上台，那麼偷窺外面用的符咒自然也不需要用了，因為宣讀上台時都會說出名字，所以大家看到他出現時也不太意外。

大概是前面太烏煙瘴氣的關係，見到上台的是認識的人，不管是對他有點意見的人還是他的熟人都因此而放鬆了點，西方城那邊甚至還低聲聊了起來。

「咦，范統拿第一名啊？」

這聲驚呼是壁柔發出的，修葉蘭則笑笑地接了句話，小小地開了范統玩笑。

「如果當面問他，他就會回答『是啊我拿最後一名』。」

暉侍你不必說出來！就是因為這樣，所以我得第一的事情才沒有用通訊器告訴你們啊！說出來變成最後一名的話多掃興啊，而且還會被笑！

「反正想也知道可以拿第一是那把武器的功勞吧。」

「我跟你意見相同呢，伊耶。」

伊耶話講得很酸，雅梅碟也跟著附和。范統都聽到了，偏偏又無法否認這個事實。

對啦我就是靠武器的怎麼樣！隨便你們愛怎麼說啦！

這種時候在台上跟他們吵起來當然不是明智之舉，況且也沒什麼好吵的，恰好司儀也詢問他想挑戰哪一個侍了，於是他便將早就寫好的紙條拿出來呈上。珞侍見狀皺了皺眉頭，直接便讓人把紙條拿過去給他看。

呃……我本來想直接交給司儀表明我的意思就好的，珞侍你拿過去看做什麼呢？反正就是我不想打啦，我只想要獎金而已，挑戰侍有什麼意思呢，綾侍大人那麼可怕，音侍大人出手不知輕重，違侍大人打不得，難道我還很囂張地挑戰國主陛下嗎？

這種吃力不討好的活誰要做啊，給我獎金就好，打到第一名已經很累了，我不想再跟打起來很疲憊的高手交戰啦。

范統觀察珞侍讀紙條的神色，只見他淡淡地看完，不悅地瞪了過來，隨即捏了張符紙催動，然後他的聲音便以只有他聽得到的方式在他耳邊響起。

『范統你這個不上進的傢伙！什麼叫不想挑戰只想拿獎金啊？你以為你不表演一下我會讓你捧了錢就走嗎？』

哇一開口就罵我……現在是怎麼樣，要我也學你的方法回話？讓所有的人都看到我們光明正大地在講悄悄話？

因為不回話好像也不行，范統只好也拿出符咒來臨時加工一下使用。畢竟這種符他身上是沒有準備的。

『你想拿錢就該服務觀眾吧？不是說要建立點名氣嗎？什麼叫做懶得打，又不是打不過！』

珞侍你別急啊，我還沒好，你又繼續罵了……好了，我終於弄好了，我想想該怎麼說呢……

『那個……我都拿到第一名了，應該也算建立名氣了？』

『說你不上進你還真的不上進，看看你的流蘇，現在還是綠的，沒看到台下議論紛紛嗎？你以為每個人都有看過你比賽的場次嗎？現在這麼多人在看，你卻避戰，誰會知道你有沒有實力！』

呃我……因為你說接代理侍之後會按照實力給我換流蘇，所以我就沒去做晉級的努力了嘛，就只是偷懶一下也要被你罵……

『你又不早點幫我走後門換流蘇，還嫌我流蘇是綠色不給你面子，我到底該怎麼辦？』

『什麼怎麼辦，你該認真地打一場，隨便挑一個也好，給我打爆對面那個紅心劍衛也行啊！』

『喂，到底是誰說不可以挑戰西方城貴賓的，而且我都不知道原來你看雅梅碟不順眼？』

『我不跟你囉唆了。』

珞侍說完就結束了精神通話符的使用，想來讓大家等太多看他們悄悄話也不太好。范統正疑惑他想怎麼處置，就見他隨手把紙條燒掉，笑容燦爛地開口。

「我們的第一名很害羞，沒有指名人挑戰的勇氣，既然這樣那就看看誰有興趣和他切磋吧，難得有這種機會，我想讓西方城的諸位優先，不知你們有沒有人有意願下場和他比試呢？」

哇……靠！珞侍你陰我！你陷害我啊！居然開放他們來打我！大家朋友一場你怎麼這樣！

你是想逼我逼到什麼程度！

范統大驚失色又有口難言的情況下，西方城那邊的情況倒是很熱烈，顯然大家興致勃勃。

「好啊，開放比試嗎？正合我意，有這種機會怎麼可能放過呢！」

伊耶露出了好戰的笑容，顯然已經迫不及待想要上台。

不！矮子你這是公報私仇吧！你看我不順眼很久了早就想砍我對不對！珞侍你到底為什麼要給他們這種機會啦！

「伊耶，加油！我相信你一定能贏的！」

雅梅碟很識相地支持伊耶，給予了精神上的支持。

住手先生你這個沒種的，你一定是知道打不過我才不搶的吧！

「是范統的話，就算明知可能會打輸，我還是想上台試試看呢。」

修葉蘭也透露出了上台的意願，這讓范統有點意外。

暉侍你……？原來你連被我打也開心？還是說，你是一片好意想阻止伊耶砍我啊？

「你這個沒有劍的劍衛搶什麼搶啊！」

伊耶聞言立即瞪過去。音侍在台上，又不可能立即化身為劍給主人用，這句沒有劍還真的沒說錯，但修葉蘭絲毫不退讓。

「要說沒有劍的話，閣下也是差不多的狀況啊。」

哇你居然嗆矮子！暉侍你居然敢嗆矮子！你真不怕死啊！

「那我投修葉蘭一票好了，從來沒看過他打架呢。」

璧柔看來也是個不想上台卻很想看熱鬧的，如果要用投票決定的話，那可能還得問問從頭到尾都沒說過話的奧吉薩想投給誰。

「跟我搶上場的機會，你是想先跟我決鬥嗎？」

「你是說，在這裡嗎？這可能不太妥當吧，我們不能用文明一點的方式來決定誰上場嗎？」

「我不知道什麼文明一點的方式，明明實力差了一截還想上去丟我們國家的臉，這種事情你做得出來，我可看不下去！」

「這只是友善的切磋，跟實力有什麼關係呢？我就算輸了也只是笑笑，哪像你這麼在乎輸贏啊。」

你們不要自己人在台上吵架啦，不要為了我吵架──不對，我為什麼一定要被迫說出這種丟臉的台詞呢？誰快來阻止他們，我真的不想打，珞侍，都是你啦！這樣子把事情鬧大很開心嗎？

「通通退下。」

這個聲音並不大，但在伊耶與修葉蘭的爭執中，卻仍帶著震懾人的威勢傳了出來。

說出這句話的人是月退，只見他霍然站起，沒打聲招呼便躍到了台上，然後，笑著拔劍。

「早就想認真地打一場看看了呢，范統。有這種機會的話，當然是由我來當你比試的對手，你接受嗎？」

——不要啊啊啊啊啊啊啊啊啊啊啊啊啊！

對其他人來說，比武大會的冠軍居然可以得到西方城少帝的青睞，親自下場切磋，大概是莫大的榮幸吧，但以范統的立場而言，他只想尖叫慘叫再大吼大叫逃走而已。

「我可以接受嗎！」

不！我是說我可不可以拒絕！拒絕！拒絕啊！珞侍你這下爽了吧！你一定很高興釣魚居然釣到最大尾的吧！

『范統，你身為偉大的本拂塵的主人，應該要有神器主人的自尊，那個金毛只不過拿了把天羅炎而已，根本不算什麼，快點接受。』

這種時候，噗哈哈哈還跑出來亂，范統簡直不知道該怎麼說他。

『你說得簡單！你只是武器，又不是護甲，天羅炎那魔音怎麼防禦啊！』

『那是你自己要負責的問題，居然要武器幫你想怎麼防禦，難道你這麼廢物嗎？』

我？我廢物？如果不敢跟傳說中的西方城少帝打架就是廢物的話，全天下只有幾個人不是而已啊！就算那真是把破劍，劍的主人我也招惹不起！他打起架來根本是魔鬼！

「你當然可以接受。為了讓你拿出實力來，我也不會手下留情的。」

月退溫和地說完，橫劍一晃，三弦赫然懸浮於天羅炎的劍身周遭。

三弦一出，音波威壓四周，賽台都跟著搖晃了起來，眾人也隨之色變。

媽！快看！有人要殺朋友！三弦啊！居然一上場就對我開三弦啊！我該感謝你至少還記得四弦一開正面掃到致死傷害我就魂飛魄散了所以不能用嗎？

我該感謝你如此看得起我嗎！我怎麼都不知道我居然是值得你認真一戰的對手！我也不過就是拿了把犯規的武器而已不是嗎——！

「違侍，讓賽台周圍的民眾撤離遠一點，音侍，叫綾侍快點回來。」

「是的，陛下。」

「啊，我馬上去帶他回來。」

珞侍當然不會就這樣放著什麼都不管然後讓旁邊的人遭殃，這種局面想像前面一樣安然觀看是不可能的。

你還記得保護大家啊真是太好了，但我也希望你可以保護一下處在風口的我啊！我一定得打嗎？因為月退他已經認真了，總之我——為了保命已經非打不可了？

「范統，你準備好了嗎？」

還沒！就算到世界末日也不會準備好的！

「拿好你的武器，然後接招吧。」

——！你根本沒有要等我準備吧！嗚啊啊啊過來了啊啊啊啊啊——

人為了求生，身體是會自己動作的，范統充分地體認到了這一點。

他已經沒有心思去吐槽月退不要在台上表現出跟他認識的樣子之類的事情了，當死亡逼近的時候，危機感促使他自動自發地掏出保命用的符咒，一次便亂無章法般地連發一疊出去，霎時間力量碰撞炸開的聲音不絕於耳，他僥倖撐過了第一波攻擊，但幾乎沒有喘口氣的機會。

為什麼你沒有穿護甲卻可以不用防禦！為什麼！為什麼！璧柔妳果然是不被需要的存在吧，月退他只要有劍就夠了啊！

也虧得范統還有時間震驚月退可以攻擊不間斷的事實，而他很快就發現，月退並不是沒有防禦的，他扔出的符咒，根本在造成傷害之前就被月退以黑洞般的術法吞噬。

即是月退催動天羅炎，還能額外施展術法的意思。

『范統你打不到他還玩什麼啊，符咒丟完你就死定了啦，本拂塵好好的加成功效都被你浪費了。』

『你怎麼能怪我呢！我根本被動地在他純粹想像包覆的範圍跟他戰鬥吧，他根本是鬼啊！』

『你明明也能一心二用啊，還能胡思亂想以及根本拂塵講話不是嗎？』

『對耶我還真的……到底是什麼樣的環境把我逼出這種絕技的！問題是我還是不知道怎麼贏啊！』

范統才剛跟噗哈哈說完這句話，場上的局勢就已經出現變化。

月退說過，他不會手下留情。此刻他也真的說話算話，質變的領域以快速吞噬環境色彩的態勢暴漲擴張，瞬間覆蓋住整個賽台，使得范統的五感一下子在尖嘯與可怖的精神壓力中跌至最低，他險些就忘了將下一張保命的符咒扔出去。

不——！對不起！我錯了！我剛剛只是隨口說不知道該怎麼贏，事實上我面對你根本不應該想贏，我只要求不要死就好了！你身上的黑氣都冒出來啦！

你是真的想殺我嗎？抱持著為了讓我發揮實力即使殺掉我也無所謂的決心嗎——我已經好久沒有水池重生了我不想領個獎也要泡冷水啊！

范統的哀號通通都擺在心裡，表面上他仍緊繃著神經拚命防禦，所幸有噗哈哈加持的防禦符咒效果還是不錯的，這樣一疊丟出去，可以防住月退的……差不多一招半。

這幾乎可說是垂死掙扎的戰鬥，在范統一個疏忽讓月退近身後，他下意識使用了暉侍的記憶授予他的劍術，噗哈哈也心靈相通地在他手上化為了劍，就這麼激烈地架住了三下幾乎使他虎口發麻的攻擊後，調整動作的他忽然臉色一變，整個人失去重心。

「等……」

正當范統想叫停卻發現來不及的時候，月退忽然回身防禦了幾道朝他身上招呼的咒術，其中最為明顯的是直穿到他面前才被他一劍掃下的符咒。

月退停下了所有的攻擊，也收回了釋放出的領域，他淡淡轉向自己那邊的人，然後才轉往珞侍那個方向，靜靜地發問。

「國主陛下為何干涉我們之間的戰鬥？」

這時中間趕回來的綾侍已經收起周遭的防護罩，珞侍則無奈地做出回應。

「范統他不能打了，你看不見，所以我阻止你下殺手。」
說出這句話的同時，他也覺得東方城這邊就只有自己出手還真是哀傷。
「他不能打了？為什麼？」
月退當然是要追問的，珞侍也只好接著回答他。
「我看起來，大概是太久沒劇烈活動所以閃到腰了，感謝少帝陛下的指教，能在你的攻勢下撐這麼久也算值得驕傲了，就到此為止吧。」
他這麼說完後，月退沉默了五秒，才用一種充滿無言的語氣轉向范統說話。
「聽過因為重傷所以投降、因為武器被打掉所以投降，怎麼就沒聽過因為我讓你閃到腰所以投降的……」
他這搖頭嘆氣不甘心的語氣，范統聽了也覺得自己很無辜。
怎樣啦！你就是讓我閃到腰了啊！閃到腰很痛耶！誰叫你要打朋友！
同時，西方城那邊，伊耶也用質疑不解的神情看了看修葉蘭，又看看那爾西。
「你們兩兄弟為什麼干涉擂台卻是把魔法邪咒往自家皇帝身上招呼？」
被問到這個問題，那爾西雖然尷尬，但回應得很冷淡。
「我們的皇帝在台上直接殺了東方城未來的代理侍，應該不太好吧。」
他這樣回答完後，剛剛一直忍著沒喊「范統加油」的修葉蘭也帶著微笑，很沒誠意地直接照抄。

「我們的皇帝在台上直接殺了東方城未來的代理侍，應該不太好吧。」
「做什麼回答一模一樣的話啊！你們是雙胞胎嗎！」
那邊的小狀況沒有多少人注意，而對范統來說，雖然閃到腰，但只要不被砍回水池重生，也就夠了。

范統的事後補述

死裡逃生的感覺，這可能不是第一次，但從朋友手中死裡逃生的感覺，這……這居然也不是第一次啊！月退！你給我檢討！快檢討！這怎麼能不檢討呢！認不出我而想殺掉我的事不會再發生了，所以清楚知道是我的情況下就可以殺了嗎？是這樣嗎！算了，反正你就喜歡打架吧，就跟你那個伊耶哥哥一樣，都是些有架打有好對手就興奮的傢伙，所以說我大概這輩子都無法成為你們這種強者吧，因為我根本不明白你們追求的那種興奮是什麼啊？我骨子裡沒有決鬥魂！

噗哈哈哈那個傢伙，在我閃到腰落敗後就對我冷嘲熱諷，左一句練習時都站著不動只動右手，右一句懶得要死都不拉拉筋鍛鍊身體，我整個很想說就算沒閃到腰我一樣會輸，而且搞不好還會死，況且這還是對方蒙眼放水的狀況下……但跟噗哈哈吵這個也沒有意思，只好不理他。

幸好珞侍還算有良心還有救我啦……剛剛沒注意聽西方城那邊在講什麼，不過好像暉侍跟那爾西也有出手制止？從這裡就可以看出我的人緣了啦，倒是不怎麼熟的那爾西會出手讓我有點意外，他是希望月退不要殺掉自己的朋友嗎？

我想說我都這麼勞苦了，總可以領完獎金就閃了吧，沒想到司儀還不放過我，硬是又問了我對於和少帝比試有什麼感想。

是啦，東方城不便評論少帝的戰鬥，西方城來評論也很奇怪，所以就只能問身為對戰者的我了。但你們有這麼想問感想嗎？

雖然我很想說！我真的很想說說我的感想！我想告訴大家在親身經歷與月退的戰鬥之後，體會過被他盯上的感覺以及和他打鬥的壓力後，我打從心裡深深地、無比真誠地，對已經去世的矽櫻女王陛下投以十二萬分的敬意。

我是認真的！跟他打架超恐怖的更何況是決鬥！接下決鬥的邀約就已經很了不起了，打到完簡直令我敬佩得五體投地！啊，雖然好像應該算負傷脫離戰局，但基本上也算打完了吧？總之如果之前我對女王陛下的敬意只有二十的話，現在大概暴增成兩百萬差不多。

可是我沒有辦法說出來啊！我有口難言！這該死的詛咒，司儀你到底要我怎麼樣，在大庭廣眾之下用反話來給自己塑造一個無比惡劣的印象嗎？我如果真的說出口恐怕會變成「少帝實在太弱了，我鄙視可以跟少帝決鬥到結束的矽櫻陛下」，那我不只在東方城不能做人，在西方城也混不下去了啦！

珞侍大概是看到我困窘的表情，體諒我反話的問題，所以沒等我說話就自己幫我做了「閃到腰很痛，大概說不出話來，體諒他帶傷就別逼他說話了」的解釋，雖然聽起來很尷尬，但總比被少帝嚇到說不出話來好。

經過這一戰，我認真思考我要是真的因此成名，會不會大家記得的也只有閃到腰？

從月退手下撐過這段時間存活，明明是很了不起的事，可是沒有就近跟月退打過根本不會知道這有多難，大家應該只有看到我在台上被追殺逃竄、閃得無比狼狽的畫面？

要是珞侍沒讓他們撤離，好歹會有一些新生居民被掃回水池去，藉此知道月退的攻擊不是好接的啊！

因為這樣我只好在某次碰到米重的時候偷偷跟他打聽一下那次頒獎典禮的風評，結果聽說民眾之間大部分的意見是少帝看起來很可怕絕對不要惹、少帝跟代理皇帝之間看起來不單純、國主陛下是不是打算為死去的暉侍大人守身一輩子、那個閃到腰的第一名不只跟落月少帝看起來關係匪淺，跟國主陛下也是……

果然有閃到腰這個印象啊！果然有啊！

接下來珞侍就要公布代理侍的事情了，大家是否會指著公告交頭接耳地說「這人好像有點印象啊……啊，就是那個閃到腰的」、「對啦就是那個因為閃到腰所以讓落月少帝一臉遺憾無法盡興的」、「還閃到腰以後痛到說不出話來」……你們不要再關注我的腰了！我光是想像可能有這種評論就坐立難安！

事到如今我到底該怎麼辦呢？相較之下，過去我想的什麼拖把大俠之類的稱呼還比較好一點啊啊啊啊——

之前我本來擔心范統大人不太好聽，現在我居然還得擔心會不會有閃到腰大人這種暱稱了嗎！簡直！到底是想表達親切感還是嘲弄呢？啊哈哈哈，好官常常會自豪地說「我跟民眾之間沒有距離」，好老師也常常會開心地說「我跟學生打成一片他們還幫我取了綽號」，但是——如果是閃到腰大人什麼的——我覺得我還是——還是——

呃呵、呃呵呵呵，我看要嘛祈禱他們不記得這件事也就是當作沒有建立名氣這回事，要嘛弄出個比閃到腰更強烈的形象來給他們吧？

我好想撞牆以示我的悔恨，早知道我就指定違侍大人挑戰，把他揍一頓，或者指定音侍大人然後被他失手殺死不就好了嗎！偷懶結果被珞侍暗算了，付出的代價還如此悽慘，果然上天會懲罰想不勞而獲的人嗎？

侍的任命與就職沒有什麼特別的典禮，對我來說這也是好事情。不然要是月退又要帶著西方城那群人來觀禮，我就頭大了。

上任之後，珞侍到底會分派我去做什麼職務呢？

應該不可能只是陪音侍大人去抓小花貓讓綾侍大人有空辦公就有薪水拿吧，應該沒這麼簡單吧，哈哈哈……

其實仔細想想也不簡單，沒有黑色流蘇以上的實力，這種任務還無法勝任呢？

於是我就要這樣平淡無波地成為東方城的代理侍了。如果真的有什麼「波」，大概也只是，閃到腰大人吧，啊哈哈哈哈哈，唉。

章之三 歲末之約

『再忙，也要空出時間來過年！』——璧柔

『我覺得妳挺閒的。』——那爾西

『啊，大家再忙，也要跟我們一起過年！』——音侍

『我覺得你們真的挺閒的啊……』——修葉蘭

比武大會結束後很快就要過年了，東方城忙著處理年前的事項與人事命令，西方城也有許多職務調動與日常事務要進行。簡單來說就是大家都很忙，但這種時候卻有兩個人閒著沒事做成天想著能做什麼有趣的事。

「啊，小柔，要過年了呢！過年的時候妳打算做什麼？」

起初是從這樣的普通對話開始的，音侍隨口問問，璧柔也隨口答答。

「沒有特別的打算耶，不然我來找你，我們一起過？」

「好啊好啊，不過我要跟綾侍過年耶，再問問看要不要一起好了？也可以問問小珞侍啊，還有阿修。」

音侍一向很喜歡熱鬧，而璧柔也差不多。

「乾脆大家一起過年好啦！去年氣氛不太好都沒有聚會呢！把大家都邀來，聚在一起，就跟前年一樣不是不錯嗎？我們可以再來交換禮物啊，而且人也變多了呢！」

「難怪我覺得去年這時候好像有點寂寞，原來是沒跟大家一起過年嗎！小柔妳這個提議真是太好了，那麼趕快行動現在就去問吧！」

「說是這麼說……但我們到底該邀誰啊？」

總得有個名單出來才比較好分頭進行，不過雖然很閒，要一一拜訪確認時間也有點累。

「我們去問阿修好了，他好像比較聰明。」

「修葉蘭嗎？他感覺的確比較想得出辦法的樣子，好啊，音侍，我們走吧——」

於是這兩個閒人，就這麼啟程拜訪修葉蘭了。

關於百忙之中還得被抓來幫忙想辦法這一點，修葉蘭儘管一向對音侍有無限的耐心，還是感到了少許的困擾。不過，只要快速了解他們拜訪的目的，減去廢話的時間，然後迅速提供給他們一個好辦法，他就可以繼續做自己該做的事情，因此，聽完他們的問題後，他飛快地運轉腦袋給出了當下所想到最簡單的辦法。

「你們想要聚集大家一起過年，只要去找珞侍跟陛下，說服他們答應就可以了。」

「咦？怎麼說？」

「只要兩邊的王都答應，下令要求自己那邊的人在他們決定好的時間來集合，大家一起過年，那麼大家就非得空出這段時間配合不可，名單什麼的，就看他們想邀誰，受到邀請的人如果還想帶人過來就遞上名單給他們審核。」

「聽起來好像不錯耶！而且一點都不麻煩！」

音侍顯然很喜歡這個提議，璧柔則微微困擾。

「欸？那如果來了討厭的人呢？」

「難得過年就好好相處一個晚上，別計較太多嘛，璧柔小姐。」

因為璧柔口中討厭的人很有可能是自己的弟弟，修葉蘭只能無奈地這麼勸說。

「哼，要是那爾西像你這麼善解人意就好了，明明是你弟弟為什麼差這麼多呢！」

「這真是個尷尬的問題。我想那爾西他也有他溫柔的一面吧，看他把鳥養得那麼好不就知道了嗎？」

「那的確是很不可思議的事情，我一直還是覺得他是那種有鳥摔在他家陽台奄奄一息，他會叫人來掃掉的人。不過如果是這樣，當初他恐怕也不會管恩格萊爾……」

修葉蘭心裡默默地想說，其實依據月退這個例子的話，那爾西應該會把鳥救起來觀察照顧一陣子，但如果鳥都不回應他的希望，他就會把鳥捏死然後從此不再養鳥。

但自己弟弟是這種個性實在沒必要讓人知道，因此他只回以微笑。

「過年的事情有勞你們費心了，趕快去問看看兩邊陛下的意見吧。」

「嗯！雖然用命令來逼大家參加好像有種公事行程的感覺，不過還是試試看好了。」

「是啊，小柔，那我去問小珞侍，妳去問小月，一起加油！」

看著他們離開時也是充滿精神的背影，修葉蘭也只能笑著搖頭，然後繼續自己的工作了。

❀

「大家一起過年啊？」

聽音侍說完後，珞侍看著彷彿對聚會充滿期待的他，確實也對這個提議有點心動。

去年過年的時候，沉月祭壇的事情才剛解決，東方城也瀰漫在女王陛下去世的哀思中，珞侍自己仍在調整心情，范統又回去原本的世界了，當然也不可能約月退還有一堆人一起過。

他不太記得去年過年自己是怎麼過的了，隱約只回想起違侍說有多的煙火問他要不要一起去放，所謂多出來的煙火怎麼聽怎麼奇怪，現在想想，應該是他特意去買的吧。

微涼的天氣裡兩個人一起放煙火，放出來漂不漂亮也沒有印象了，似乎後來還飄了點小雨。

而他隔天到玄殿參拜抽籤時，默默許下的願望，似乎也正在慢慢實現。

「對啊對啊，小珞侍，過年的時候熱鬧一下不是也不錯嗎？兩年前大家一起過年很好玩吧？現在人更多了啊，我們可以跟西方城的人一起舉辦，吃吃喝喝交換禮物用想的就覺得很開心呢。」

音侍見他沒有立即拒絕，連忙進一步鼓吹，就怕他不答應似的。

「聽起來的確很有趣的樣子，所以今年也要交換禮物跟準備食物嗎？」

「啊，當然要啊，多一點節目才好玩嘛。」

「違侍一起去你也無所謂？」

「什麼，小珞侍你也要找死違侍嗎！」

音侍一聽果然不太情願，不過比起大家一起聚會過年，他想了想又覺得包容一下也沒什麼了。

「也是……可以啦？最近死違侍好像也沒那麼討厭了，不讓他去的話他一個人過年好像也有點可憐喔？」

「聽你這麼說，似乎你們有希望改善一下關係？」

「啊！誰要跟他改善關係呢！頂多不對他惡作劇啦！總之小珞侍你同意了？那我去跟小柔說囉？」

「嗯。」

珞侍許可後，音侍就很開心地用符咒通訊器聯絡璧柔去了。

因為回西方城需要一點時間，璧柔才剛到達鬼牌劍衛府，就接到了音侍的通訊，並立即得知了珞侍已經同意的好消息。於是她抱持著一定要說服月退的決心，加快腳步尋找月退。

待在自己房間裡的月退原本似乎在發呆，看到璧柔出現在開著的房門口也沒回過神，直至璧柔走到他面前喊了他一聲，他才從恍神中清醒過來。

「璧柔，什麼事？」

很久以前他都是喊她愛菲羅爾的，但現在喊璧柔喊習慣了，也就隨興稱呼了。

「今年過年我們跟東方城的人一起過，舉辦一個大家可以一起參加的聚會好不好？」

璧柔顧著提出自己的希望，自然也沒去注意月退的神態與剛剛的恍惚。

「過年……？東方城……？喔。」

月退在回神後，消化話語的速度有點慢，呆呆地思考了幾秒，才理解了璧柔的意思。

「所以……你覺得如何呢？今年過年你本來打算怎麼過？」

看月退這副反應不太熱烈、彷彿沒有很感興趣的樣子，璧柔覺得有點摸不定他的想法，只能小心翼翼地先打探看看。

「今年過年嗎？我……」

月退回答到一半就停了下來，像是不知道該怎麼說下去一樣。

「還沒想好吧。也沒想過該怎麼過，反正每一天都差不多。」

聽他這麼說，璧柔頓時有點難以理解。

「怎麼會每一天都差不多呢？雖然我沒有每天都去找音侍，但如果我每天都去找他，也不會覺得每天都差不多的呀！」

「大概吧。」

對於她的話語，月退回應得很敷衍，看樣子是不太想認真談這件事情的樣子。璧柔為之氣餒，只好扣回原先的話題。

「所以……你覺得我們跟東方城一起辦個過年聚會怎麼樣？他們已經同意了呢。」

「我不太懂這件事問我的理由是什麼。」

「就、就是，因為你是皇帝嘛！如果你同意的話就可以讓大家都參與了啊！看看你想邀請誰一起去，我們就像前年一樣開開心心地吃東西交換禮物？」

儘管月退的態度一直很冷淡，璧柔還是很積極地想讓他答應。

「交換禮物？又要交換禮物了？」

這句話勾起了月退的回憶，他露出了困擾的表情。

「該不會……也要一人準備一道菜什麼的吧……」

「這個當然也要啊！還有交換禮物時的親吻——」

「親吻就免了。其實前年我就很想說，只是礙於當時的立場無法說出口，西方城的交換禮物根本沒有親吻這個傳統吧？」

被月退當面指出這個事實，璧柔只能乾笑。

「呃——呵呵呵，我只是覺得這樣比較有趣嘛，只要親一個人再被一個人親，就可以看到那麼多人因為這件事而表現出來的好玩反應，繼續下去不是也很棒嗎？」

「我不要。明明就沒有這種傳統，一定要這樣規定的話，就別辦了。」

「咦？可是，說起來，平時想親卻不能親或者不好意思親的人，也只有這種時候有機會親到啊！」

「那個機會也太小了吧，妳要是想親吻音侍就去，沒有人攔妳。」

「怎麼這樣啦——」

因為月退看起來很堅持要廢掉這個規則的樣子，璧柔到了最後也只能妥協。

「不然……我們改成擁抱好不好？」

「不好。」

「那摸頭？」

「這樣的話，抽到伊耶哥哥的人就死定了。」

璧柔又連提了幾個都被反對之後，月退突然意識到一件事情。

「兩邊共同舉辦，像前年那樣交換禮物的意思是……東方城的人也可能抽到西方城的人？」

「是啊是啊，混在一起。」

於是月退優秀的純粹想像能力，讓他立即在腦內模擬了一個狀況。

『喔……我抽到的是——夜止的綾侍啊。』

雅梅碟這麼宣布完後，綾侍立即將原本拿在手中準備交換用的禮物捏爆，然後露出微笑。

『我不是討厭落月的人，只是剛好沒準備禮物，不好意思，可以請你重抽嗎？』

模擬想像結束後，月退為之沉默。

「……我看交換禮物也不要好了。」

「什麼？那多無趣啊！」

「好好一個過年，因為交換禮物而搞得氣氛險惡的話，那才糟糕吧。」

月退覺得綾侍完全有可能會在聽說要跟西方城的人一起過年還要準備禮物時，怒極反笑地回答「好啊敢要我去就別怕我毫不掩飾我的惡意」之類的話，那可不是什麼好事情。

「為什麼會氣氛險惡啊？收到禮物跟送出禮物都是很愉快的事情啊？」

「妳要是抽到那爾西會高興嗎？」

「——不、不然我們改成先抽要送誰禮物，再去準備，前一天統一交過來當天再發放好了？這樣不知道是誰送的也有驚喜嘛？」

璧柔這樣提議後，月退總算接受了。對於合辦過年聚會的事情，他也沒有反對，只說名單交給他們處理，發命令什麼的就去找那爾西，然後就藉口想自己一個人休息，將她請出去了。

「什麼嘛，為什麼要找那爾西啊，這樣不就變成非邀他不可了嗎？」

璧柔對於辦個聚會還得由那爾西經手感到不太高興，雖然她也想過很壞心地略過那爾西不邀，但這樣到了當天只怕會被月退冷淡以對，也有點對不起修葉蘭，只好放棄。

對壁柔來說必須找那爾西是個困擾，對那爾西來說，百忙之中還要管這種事情也是個困擾，因此壁柔不太甘願地拜訪他說明完事情後，他的臉色也不太好看。

「邀請名單？還有參加命令？」

「對啦，恩格萊爾說找你要啊，快點弄給我。」

那爾西很想說「我桌上還有一堆比這件事情更緊急的東西要處理」，但偏偏事情又是月退交代的，感覺直接拒絕不行，所以他的心情更差了。

「這種東西妳應該自己草擬一份來給我過目，我只負責審閱蓋章，寫好了再來。」

「什麼嘛！我要是知道怎麼擬又何必來找你！連個忙都不肯幫，小心我上面不把你列入邀請喔！」

「那種事情我根本就無所謂。想辦活動的人本來就該自己負責策劃，又想玩樂又想把麻煩的事情推給別人，天底下哪有這麼好的事。」

「你這個討厭鬼！我要是抽到你一定去抓蚯蚓送你！」

「就算是蚯蚓，雪璐也會吃的，沒有更有水準一點的整人花招了嗎？活到這種年紀還只能想到這點東西，真是需要人同情。」

「啾啾。」

「啊啊啊你閉嘴！天底下沒有比你更爛的男人了，你給我道歉！」

「閉嘴要怎麼道歉？妳可以再更可笑一點，不過我很忙，不需要人提供我笑料，麻煩回去寫妳的計畫書，慢走不送。」

事實證明，只要來找那爾西就會令人生氣。璧柔氣呼呼地離開後，儘管生氣，還是無法將事情就這樣放著不管。

企畫報告書這種東西，璧柔寫都沒寫過。雖然不是什麼正式的活動，照理說不必寫得太制式嚴肅，但她還是不想自己做。

於是——好像什麼都能解決的修葉蘭便又倒楣了。

傍晚的時候，那爾西收到了自己哥哥代筆之後傳回來的文情並茂企畫書，裡面該寫的都寫了，同時還憂心地諄諄囑付對待女士應該有基本禮貌之類的事情，讓那爾西懷著很悶的心情在上面蓋了印章。

接下來便又是音侍跟璧柔需要忙碌的階段了，也就是，拿著事先抽禮物的籤筒，去拜訪每個人讓他們抽籤。

❀

「喔喔……那個閃到腰的！你今天閃到腰了嗎！」

原本正在神王殿中行走的范統，因為聽見這聲來自音侍的呼喊，而僵硬地停下來。

「范統，好久不見啊，來，快抽個籤吧！」

跟音侍一起出現的還有璧柔，兩個人興高采烈地捧著一個中型箱子，也不知道到底在幹嘛。

打從比武大會頒獎典禮過後，音侍總算在看見他的時候不會再「那個誰」、「好像在哪裡看過」這樣一副想不起他來的樣子了。但很遺憾的，顯然是閃到腰那件事太令人印象深刻，他從此以後都這麼喊他，即使已經變成了同事也不改。獲得了這樣的稱呼後，范統頓時明白了那些被音侍亂取綽號的人是什麼心情，不過明白了也不能怎麼樣。

「音侍大人，我不是范統，要再拿我的腰做文章啦……」

范統上任後還在熟悉職務的階段，看到幾位神王殿的侍仍習慣加上一聲大人。儘管跟音侍糾正稱呼是沒有意義的事情，范統仍舊想徒勞無功地努力看看。

而沒有意義的事情在說出來變成反話之後，就更沒有意義了。

「啊，好啊，你喜歡大家這樣叫你嗎？我會幫你大大宣揚的！」

以音侍的腦袋，先別說翻譯反話，光是想起眼前這個人說出來的話不見得是字面上的意思就不太可能了，所以他很乾脆地誤解，然後也很大方地做出承諾。

不——！我沒有要您幫我宣傳！不要再宣傳了！這樣下去以後連西方城都知道東方城有音侍大人綾侍大人違侍大人跟閃到腰大人了啊啊啊！

「不得不說你這個稱號真是親切又響亮呢，而且自從你變成閃到腰大人之後，我聽說有些平民即使閃到腰也會會心一笑，不像以前那樣只覺得自己很倒楣。」

璧柔妳不要再說了！我不想聽！是怎樣？會心一笑什麼？「哎呀這樣我也是閃到腰大人了呢」，這樣嗎！

所謂的一失足成千古恨，大概就是像范統這樣。但不管他有多懊悔，時間也不可能倒轉回賽台上那時候，讓他放棄抵抗好好地給月退一刀了結就好。

「算了，我不想提這個了，你們找我沒事？這個是什麼？」

范統決定直接放棄爭辯，讓汙名自己隨便滋生蔓延。對於他們手上那個箱子，他還是很好奇的。

「這個啊，抽籤用的啊！對了，順便通知你一下，今年過年我們兩國的人要一起聚會唷！因為這次採匿名交換禮物，所以事前先抽籤，抽到了誰就去準備要給他的禮物，前一天把紙條貼上去然後統一放到收集禮物的地方喔──」

什麼東西？

初次聽聞這個消息的范統，完全反應不過來。

什麼時候有這種事情了？兩邊的人一起過年？你們是唯恐天下不亂嗎？我覺得這非常有問題啊！哪些人會來？該不會是全部吧！而且那個為難人的交換禮物又來了，我薪水也沒有很多好嗎！東方城有沒有年終獎金啊！

「等等，這個是每個人都一定不要參加的嗎？」

如果可以的話，范統還真不想去，畢竟如果是會遇到一堆不喜歡的人的非必要社交，參加之後大概也會不太開心，更何況還要花錢。

「啊，閃到腰的，難道你不想參加嗎？可是你已經在名單上了啊，這是小珞侍下令要參加的喔，快快快，抽籤啦，我們才剛做好拿出來就先遇到你，算你好運，你第一個抽呢。」

居然是珞侍下令的——？大過年的讓大家自己休息一下不好嗎？為什麼要參加聚會啊，為什麼——

聽到命令來自上司後，范統即使不太情願，也只能乖乖將手伸進箱子裡，抽出一張籤來。

「慢著！紙條不必讓我們看，你自己看就好了，之後還會發邀請函給你的，另外還要準備一道菜喔，那就先這樣了，音侍，我們趕快去找下一個——」

「好，下一個去找珞侍好了！」

啊？這麼保密？連主辦單位都不曉得誰抽到誰嗎？好吧，我看看紙條上寫誰……哇靠！這是要怎麼送！回來啊！我可不可以重抽一張啦！

范統很想把那兩個傢伙追回來要求重抽，但這大概是不太可能的事，所以他也只能啞口無言地看著紙條上的名字，自己去煩惱了。

「……好吧，我會想想有什麼禮物可以送的。」

這是珞侍抽完籤之後神色複雜說出的話。

「我該說什麼呢？這一定是命中注定。」

這是修葉蘭抽完籤之後發表的感想。

「沒搞錯吧，誰把這張籤放進去的……這到底該怎麼辦呢……」

這是月退抽完籤之後驚訝的發言。

「……」

那爾西抽完籤以後一句話也沒說。

「……」

奧吉薩抽完籤後一樣一句話也沒說，並揚了揚眉。

音侍跟璧柔花了一整天的時間當作尋人遊戲一樣地騷擾了所有的人進行抽籤活動，大功告成後，他們也很開心地把剩下兩張籤一人分了一張，再期待地打開看看是誰。

「嗚啊啊啊啊！為什麼！我以為我的籤運應該很好的！小柔，妳呢？妳抽到誰啊？」

「噢，沒什麼特別的啦，給你看看吧。」

「怎麼這樣！小柔我跟你換好不好！我不要這張啦！」

「嗯？你抽到的是……才不要呢，我比較喜歡我這張啦，音侍你自己想辦法吧。」

「討厭啊啊啊為什麼剛剛我要把右手的遞給妳呢？只不過是左手與右手的差異就是天壤之別！」

無論音侍再怎麼哀怨，抽到的籤也已經不能換了，所以他只好跟大多數人一樣，認命。

年前的諸多忙碌事項，在過年的時間逐漸逼近的狀況下，也慢慢地告一段落。
這天月退為了挑選禮物的事情煩惱，到東方城來逛街尋找適當物品時，也意外地在街上撞見了一個熟人。
「咦……硃砂！」
大概是因為已經好一段時間沒見到，加上這段時間發生了很多事情的關係，月退在認出硃砂時，難得地不像以前一樣閃避，而是面露驚喜地迎上去說話。
在聽到有人喊自己的時候，硃砂回過頭來，一時還有點困惑，頓了幾秒，才憑著服裝與神態認出人來。
「……月退？你怎麼長大了？」
「這個……說來話長呢，總之是水池的問題……你什麼時候回來的啊？好久沒見到你了，最近過得好嗎？」
對於月退異常熱絡的態度，硃砂有點不太習慣，因而皺了皺眉。
「還好。在外歷練過得很充實，只是最近錢不太夠了，拿些戰利品回來拋售，大概湊足旅費之後就要離開了吧。」
在他這麼回答後，月退顯得有點落寞。
「硃砂，你……已經討厭我了嗎？」

「我不是討厭你，只是我給自己訂的人際關係分類裡面，沒有追求對象挪到朋友類別這回事。」

月退光是一般人的人際關係相處是怎麼回事都搞不太清楚了，要搞懂硃砂的標準，對他來說只怕是太過困難的事情。

『我對你的不負責任很失望。我以為我能夠看到一個有擔當有責任感的皇帝，但你做為皇帝表現出來的態度跟我想的完全不一樣，你到底是怎麼了？』

『我……那是、因為……』

他回想起最後一次見面時他們之間的對話，還有他難以說出口的理由。

那個時候硃砂就已經清楚告訴他打算放棄追求然後離開了，現在想起來，他依然只能低下頭。

「你對我失望……也是應該的。」

他不知道能說什麼，想著想著，最終說出的，是這樣的話語。

他沒有解釋自己的行為，也沒有要求對方包容。於是硃砂嘆了口氣，打算結束交談。

「我們之間已經什麼都不相欠了，那個時候我說兩個要求都用來希望你活著回來，你也辦到了，那麼就不用再提什麼了，東西換成錢以後我繼續我的旅行歷練，你也自己過自己的生活吧。」

「……如果我沒在這裡遇到你，你是不是回來又離開也不會告訴我們？」

「沒有這個必要吧，沒幾天就走了。我還是習慣自己一個人行動，況且我在這裡也沒有故鄉可言。」

聽他這麼說，月退露出了有點難過的表情。

「下次、回來的話還是通知一下我們吧。就見個面、問問近況也好……有我們在的地方，不能當作是你的故鄉嗎？」

硃砂終於發現了月退表露出來的情緒是什麼。其實那不是單純針對他的熱絡或歡喜，而是一種難以言喻的留戀。

像是看見了回憶中想停留的時間裡一如往昔的人，像是看到他就覺得一切都還停在那個時候，但發覺不是這樣以後，又轉為一股夾帶失落的懷念。

「月退。即使新生居民的時間已經不再運轉，你還是應該看向前方。停下腳步的話，大家也不會因為你而停留等待的。」

硃砂沒有答應他的要求，只平靜地對他說了這樣的話，然後轉身離開。

他沒有說再見。月退這麼想著。

而他也沒有辦法鼓起勇氣，再將他叫住一次。

「……啊，要準備的禮物都還沒挑好呢，還是快點看看有什麼適合的吧……」

他像是需要找點事情給自己做一樣，自言自語地提醒了自己來這裡原本的目的，接著，便朝著反方向離去。

范統的事後補述

呵呵呵哈哈哈，現在我已經是東方城的閃到腰大人……不，我是說代理侍大人。現在我已經是代理侍大人了喔！我怎麼有一種悲哀的感覺，連我也被洗腦了嗎？

閃到腰大人名叫范統，我真的有種是飯桶啊怪不得會在那種時候閃到腰的感覺……

算了，我們不要再提那什麼閃到腰了，談點愉快的事情吧，啊……到底有什麼愉快的事情呢？我看還是隨便談點近況吧！

說到這個代理侍呢，因為我代理的是暉侍的部分，所以上任之後暉侍的侍符玉珮也到我手上了，於是音侍大人跟暉侍就很熱心地說要帶我去實際使用一下熟悉玉珮的功能……

他們什麼地方不好挑，硬是挑了人很多的資源一區，說什麼這樣比較不用走太遠，然後就教我怎麼催動玉珮使用，還出了一堆下什麼樣的命令之類的餿主意。

熟悉玉珮功能、實際用一次看看，我是不反對，但我對拿玉珮來惡作劇這種事情沒什麼意願，人家說新官上任三把火，可我這個身為新生居民的代理侍，要是一上任就搞破壞給大家不好的印象，不就跟音侍大人一樣受到大眾唾棄了嗎？

我想說就隨便下個請沒有在戰鬥的人停止不動三秒的命令，並在使用玉珮命令句告知大家這是測試就好，結果我說出來變成這個樣子：

『暉侍符禁令，範圍資源一區，代理侍在測試玉珮功能，從現在開始有在戰鬥的人停止不動，本禁令在三萬秒後自動解除。』

……哈哈哈我紅了啊？這下不紅也難了啊——

事情發生的當下，我只想著神王殿今天到底會接到多少代理侍大人第一天上任就擾民的投訴，儘管我想立即再用一次把這個講錯之後令人羞恥的效果取消，但我怕我的詛咒又發作，導致事情更加一發不可收拾，所以我只能轉向旁邊維持不住優雅微笑而正在爆笑的暉侍，要他幫忙想辦法。

『暉侍！我講對了！怎麼辦！你幫我重新弄一次，快點取消啊！』

『噓，在外面的時候叫我梅花劍衛或修葉蘭，不要忘記啦。』

『那根本就是重點！快點幫我啦！這東西本來不是你的吧，你一定會用啊！』

『很遺憾，自從音侍隨便弄丟玉珮被人拿去亂用到令人受不了的地步以後，玉珮就加上氣息認證的效果囉，那個玉珮現在只有你能使用，你加油啊，范統。我不知道你如此想擺脫閃到腰的稱號，寧可被叫三萬秒也好嗎？噗、咳！咳、咳咳咳……』

我根本不知道該對這個笑到嗆到的傢伙說什麼好，一旁的音侍大人居然還表示了他的讚賞。

『啊，閃到腰的，你很有天分耶！以後可以一起到處玩啊，你都不知道，侍符玉珮超有趣的！』

一點也不有趣！一點也不啊！就算資源一區大概死不了人，這還是一點也不有趣啊！

『除了我自己解除以外到底還有什麼解除方法！你們這些用玉珮用到爛了的慢點告訴我好嗎！』

『這個嘛……其他的侍可以用他們的玉珮做補充條例，但不能完全牴觸原本的命令。國主親臨的話也可以解除啦……所以你要去請珞侍來處理這個問題嗎？』

請珞侍來處理。那時候的我幾乎可以想像得出他會露出多麼鄙夷的眼光，要我看看自己闖了什麼禍，居然還要他幫我收拾……雖然這鄙夷也是我應得的，但我還是不想得到，所以……

我只能用我悲劇的嘴巴，試圖自己解決自己闖出的麻煩。

『暉侍符禁令，範圍虛空一區，之前的禁令繼續。』

『珞侍符禁令，範圍資源一區，之前的禁令解除。』

『暉侍符禁令，範圍資源二區，之後的禁令繼續。』

『暉侍符禁令，範圍虛空二區，之前的禁令解除。』

……我覺得，我應該是在玩某種大家來找碴或是算機率的遊戲。各位同學，代理侍大人講出來的話有十分之九的機率會顛倒錯亂，一句話裡面有不知道多少個可能被顛倒的詞，請問最糟糕的情況下，他要講到第幾次才能成功解除這個禁令？

我不想算這個題目，也不想玩這個遊戲！這下子代理侍大人嘴巴會說出反話的特點也在第一天以廣播的形式丟臉地讓大家留下超級印象深刻的印象了啊啊啊啊！

總而言之後來到底是怎麼解決的呢？大概是看我已經想找個洞埋掉自己了，暉侍他總算拿出腦袋來幫我想辦法。

他研究了一下告訴我應該先輸入過氣息就可以當作認證了，不過玉珮還是不能離開我的手，不然沒有用。於是我再一次使用玉珮，等待符印投映到天空後，他忍笑靠過來對著我手心的玉珮說了句『暉侍符禁令，範圍資源一區，我是幫擔心造成大家困擾的代理侍大人發言的梅花劍衛，之前的禁令可以取消了，請大家多多見諒』，事情才告一段落……

當然，我已經丟臉丟到姥姥家了，事後聽說，關於這件事，受者民眾表示「代理侍大人也太少根筋了吧真是令人生氣」，沒直接受害的人則有部分表示「閃到腰大人一下子閃到腰一下子又出包，感覺好像笨拙得有點可愛耶」，我……到底應該表達什麼意見呢？感謝大家的關愛指教，我會多多注意繼續努力的？但我可沒有要努力閃到腰或出包唷？

而且這件事珞侍當然還是知道了，他首先質疑我到底記不記得自己會說出反話，再來質疑我到底需不需要侍符玉珮，畢竟我如果講錯也無法使用，拿了好像也沒用處。結果講著講著，因為聽說了暉侍替我下達命令的方法，他就改口要我用的時候沒把握就找人幫我發命令——

我這到底是什麼口不能言的代理侍啊！況且我哪敢隨便找人幫我發命令，萬一他講錯或者故意亂講，不就完蛋了嗎！我又無法自己取消！

侍符玉珮這種危險的東西我看還是先擺著當裝飾品吧，有暉侍在身邊的時候我再用好了……

然後說到這個過年啊，珞侍讓我在過年前上任，根本是在最忙的檔期多抓個人手來辦事的吧？

一上任就面臨過最忙碌的時期，代表接下來的一年，我應該也沒有問題了？

好吧，也不提接下來有沒有問題，眼前最大的問題應該是那個不知哪裡冒出來的過年聚會。

我根本——就沒有答應過要參加啊！強制參加是哪一招啦！至於匿名送禮什麼的，這其實是讓人宣洩惡意的時候吧？那麼我真的要這麼做囉？

買禮物也是要錢的，帶一道菜去也是要錢的！我很困擾啊！暉侍那個傢伙過去的遺產在他成為梅花劍衛之後就被綾侍大人以遺愛人間的名義拿去當慈善款項了，加上他不只常常被那爾西罰薪水、自己開銷又大，音侍大人被珞侍罰薪水還會跑去找他借，他又不忍心不借，於是……有的時候他走投無路也會跑來找我借錢啊！

我怎麼辦呢？我總不能看他餓死啊，他說得好聽說要簽賣身契給我，沒還錢的話就當我奴隸要打要殺要虐要玩都隨我，但我哪會這麼做！他現在應該已經有皇帝這個主人了，還私下賣身給鄰國的代理侍，這像話嗎？

不過基於他簽都簽了，我也很怕他欠款真的不還——雖然我曉得他是還不出來不是不還啦，反正我還是把那張莫名其妙的賣身契收起來了，哪天再拿出來搶在他做新衣服之前提醒他還錢……

可是萬一他心甘情願當奴隸，走投無路不還錢，我該怎麼辦？

我該怎麼辦……我該……我還是先去買禮物，然後煩惱一下要做什麼菜吧，呵呵呵哈哈哈哈。

終章　變動之中的不變

『我一直能夠聽見你的心音。
若這個世界上的他們，是你願意留下的原因，
那麼，我也願能在你回歸安寧之前，為你守護這個「原因」。』——天羅炎

訂好舉辦過年聚會的日子很快就到了，這天所有受邀的人要嘛結伴、要嘛獨自來到說好的地點。因為懷念兩年前的聚會，今年他們就將地點訂在一樣的地方。

部分西方城的人對於過個年居然還要跑到東方城城郊來頗有微詞，雖然對方的說法是「不然下次換成去西方城辦嘛」，但這麼做其實也沒什麼意義。

總而言之，減少抱怨，認命參與，大概就是這麼一回事。只是對於參與的人有誰這一點，不少人都頗有微詞。

「雖然要弄抽籤的時候就知道了啦，但你們真的很奇怪耶，為什麼連雅梅碟跟奧吉薩都邀啊？」

雅梅碟是伊耶邀的，奧吉薩是那爾西隨口邀的，因此璧柔現在便是看著這兩個人，語帶不解地做出詢問。

「每個人都邀了，卻只不邀某幾個人，這不是擺明了有意見嗎？」

那爾西說是這麼說，但他其實只是對奧吉薩這個石頭人參加這種無腦歡樂的聚會會有什麼反應感到好奇才邀他的，當然，沒有人知道他的動機。

「你們才奇怪吧，邀我父親做什麼！這種聚會不是不應該邀長輩的嗎！到底是誰邀的！」

伊耶一面說一面不滿地看著遠方正在跟音侍進行常人無法加入的對話的艾拉桑，整個不爽到了極點。

「是啊，是誰邀的啊……」

月退跟著恍神地看向旁邊。

「到底是誰邀的呢……啊啊，我想起來了，好像是珞侍說想看看恩格萊爾的父親，還說過年團圓把爸爸丟在家裡也太不孝了，所以就邀了。」

璧柔想了一下之後終於想起是誰邀的了，對於她說出來的答案，伊耶跟月退都十分無言。

「奇怪了，夜止有個侍也是原生居民吧？怎麼就不邀他父母？」

伊耶依然忿忿不平，璧柔只能就自己所知的來解釋。

「好像是說人家只是普通的平民，邀來跟我們這些人吃飯同樂會很不自在吧。」

「……」

話已至此，伊耶就沒有繼續質疑為什麼不邀雅梅碟的父母了。想來在場的人跟雅梅碟的父母也不會有什麼話題，要跟人家父母談他們兒子的話也不知該從何談起，真的邀了反而更添困擾吧。

開場前，到場的人因為無聊所以都隨意找人閒聊，像是「那爾西有帶雪璐來真是太好了，吃不完的菜通通不必煩惱該怎麼處理了」、「聽起來真不錯，他賺到了一大堆鳥飼料，可以省一些飼料費用」之類的無聊話，在所有人到齊之前進行了好一陣子。

等到人都到了，節目也該開始了，所謂的節目，其實最主要的還是看看大家做了什麼菜帶來，以及發放前一天收集完的禮物。

要先吃還是先拿禮物，是一件難以決定的事情。不過大家似乎都還不餓，所以最後他們決定先發禮物。

堆在草坡上的十幾個禮物，包裝風格各異其趣。儘管是匿名送禮，禮物上只有夾著當初抽到的收禮人名字，但某個包裝還是一看就能看出是音侍包的。

「音，為什麼你就是能把禮物包得跟垃圾一樣呢？」

綾侍毫不懷疑在場認識音侍的人都能看出哪個禮物是他包的，所以他一點也不避諱指出那個禮物來自音侍的事實。

「啊！哪裡像垃圾！我的禮物包得這麼獨特，一眼望去就可以看見它的存在，這樣你也要挑剔！」

「你忘了這是匿名送禮，看不出來是誰送的是很重要的事情嗎？」

「雖然是這樣，但我要讓人看得出來是誰送的也沒有關係吧！」

「這樣啊，小柔，快把那個禮物拿過來，我們優先發那一個吧，看看到底是哪個幸運兒得到這麼有藝術感的禮物，只要不是我就好。」

「好——」

綾侍是來幫忙音侍跟璧柔發禮物的，當璧柔把音侍的禮物拿過來後，綾侍拿起上面的紙條，看完便露出了充滿惡意的艷麗笑容。

「落月的紅心劍衛請過來領獎，真是恭喜呢。」

「恭喜啊——」

「恭喜喔——九百萬快過來啊。」

因為食物還沒發放的關係，大家所能做的事情，也就是關注目前的發禮物狀況。

雅梅碟那個八百萬的稱號是音侍取的，當初他的說法是「只要看到我就一臉我欠了他八百萬的樣子」，現在升級成九百萬，大概是臉色更難看了吧，范統坐在旁邊看著熱鬧，並思考著禮物拆開後有沒有變成一千萬的可能。

啊……沒事可做又沒食物可吃，禮物要發多久呢？我可不可以先吃自己帶來的食物啊？

依照規定，收完禮物要拆開來給大家看看是什麼，所以雅梅碟帶著毫不期待的表情把那垃圾袋一樣的包裝拆開，然後得到了……大概十根各種動物的羽毛。

「九百萬！我只是想告訴你，這個世界上並不是只有雞毛一種毛的！你應該多看看其他的毛，不要侷限在陸雞的毛！」

哇！屁啦！那是多久以前的事情啊！誰跟你毛不毛的，音侍大人你可以再更白目一點啊！

「那還真是感謝你啊，讓我以為這其實是爛禮物交換大會呢。」

雅梅碟當然一點也不給面子。如果這禮物是哪個必須敬重、不能得罪的人送的，他說不定還會看狀況收起諷刺的話，但音侍的話……當然沒這個必要。

「你這是什麼話，我這禮物可是手工去拔的耶，我這麼有誠意，你還不滿！」

誰會滿意啊音侍大人，幸好不是我被你抽到……話說回來，抽到我的不知是誰呢？我到底會收到什麼樣的禮物？還真是緊張啊。

為了避免耽誤太久，綾侍調停了一下要音侍閉嘴，禮物便繼續發放了。

「下一個是……喔，這個禮物是給珞侍的，珞侍，來拆你的禮物吧。」

聽到是自己的禮物，珞侍便上前收禮了。禮物一拆開來，大家頓時有點目瞪口呆，那是一個裝飾華貴的珠寶盒，上頭的寶石每顆看起來都要價不菲，特別是頂端鑲嵌的那顆石頭，色澤與光采一看就人覺得大概是市面上想買也買不到的珍品，收到這麼貴重的禮物，珞侍本人也錯愕了一下。

「我怎麼覺得在家裡的寶物庫好像看過那個東西？」

伊耶無話可說地看向自己的父親。

「咦？伊耶你發現啦？要送東西給東方城的國主，當然不能隨便送送啊！」

伊耶嘴裡唸了幾句「他又不會知道是你送的」、「我還在想到底誰這麼有錢結果果然是您」，就沒再繼續這個話題了，當然也沒有宣揚給大家知道的意思。

「下一個禮物是……小柔，這是給妳的禮物呢。」

「咦！是我的嗎！哇，好重，到底是什麼呢？」

璧柔迫不及待地拆開來，然後欲哭無淚，因為裡面裝的居然是輕量負重練習用的沙袋。

「為什麼要送我這個……送給我這個要做什麼嘛——」

「啊，小柔，乖喔，不哭不哭。」

「不管是誰送的，可能只是希望妳多鍛鍊一下身體吧。」

「難道要我鍛鍊出肌肉嗎！護甲才長不出來呢！」

旁觀中依然想著食物的范統也很想知道是誰送的，不過如果沒有人跳出來承認，這個謎底大概也很難解開吧。

接下來，他們又發出了給奧吉薩、綾侍跟艾拉桑的禮物。奧吉薩得到的是一個很普通的胸針，感覺就像懶得思考送什麼所以隨便挑的；綾侍得到的是一個可愛的布偶，璧柔承認是她送的，並在告訴綾侍原本音侍想跟她換籤後讓收禮者毫無怨言地收下了禮物；艾拉桑得到了月退剛入宮沒多久時的魔法攝像相片，這禮物簡直不知道要怎麼樣才弄得到手，而那爾西表示跟他沒有關係。

「音，接下來這個禮物是你的。」

「我的禮物嗎！到底會是什麼呢！」

音侍手腳很快地把這個長形的包裝拆開來，然後哭喪著臉發現是一個劍鞘。

「為什麼──送我劍鞘──」

「大概只是象徵意義覺得你該收斂一點吧。」

「老頭！這不是你送的嗎！真的不是你嗎！」

「不是。如果是我，一定什麼都不包，然後在你拆禮物的時候送你一拳頭。」

「太過分了啊！太過分啦──」

范統不得不說那個送一拳頭實在很經典，這樣看來，送禮者送個劍鞘還算是好的。

「然後是……給……噗哈哈的禮物？」

綾侍唸著唸著，遲疑了一下，然後看向范統。

啊？什麼？怎麼連我家阿噗也在裡面？可是沒有人叫他準備禮物啊！

既然這樣，范統也只能把拂塵狀態的噗哈哈叫醒，要他去領禮物。

「什麼禮物……本拂塵為什麼有禮物？一定要收嗎？」

睡到一半被吵醒的噗哈哈自然是不給什麼好臉色的，不過上台拆個禮物只是小事情，所以他還是配合了。

禮物包裝拆開來後，裡面裝的是一本「護髮編髮大全」，於是噗哈哈翻了翻，沒說什麼就收進了袖子裡。

……你很喜歡啊？所以你有要嘗試看看嗎？也就是說你有可能之後以不同的髮型出現在我

面前嗎？你可不要綁什麼奇怪的髮型來嚇我，萬一你綁成像沉月那樣，我可是不想承認自己是你主人的！

噗哈哈領了禮物以後就坐回范統身邊開始看書了，瞧他停留在辮子的頁面看了很久，范統實在有話想說又說不出口。

「下一個禮物是伊耶的禮物，鬼牌劍衛請過來拆禮物吧。」

叫到伊耶的名字時，范統又將注意力挪回發禮物的地方了。

啊啊……終於要發出去了嗎？我真是又期待又充滿惡意，希望不會遭天譴啊哈哈哈哈。

按照范統的估測，伊耶拆完禮物應該表情會很有趣，而實際等伊耶拆完禮物，那雙增高鞋出現在眾人眼前時，他的神情確實也像想殺人發洩順便把現場看到的人通通滅口的樣子。

「哪個該死的混帳送的！是想嚐嚐千刀萬剮是什麼滋味嗎！」

我不想嚐嚐那種滋味，但我還是想這樣送。反正我跟你根本就彼此看不順眼嘛，哪可能花錢好好送你正常的禮物呢，但我覺得這個對你來說其實很實用耶，差不多可以增高十公分，你不穿穿看嗎？

「伊耶，你不要生氣，爸爸一直知道你雖然很矮但卻很誠實地面對自我，才不需要這種打腫臉充胖子的東西呢！而且這雙鞋看起來就是廉價品，爸爸支持你把它扔掉，送這種禮物的人真是太可惡了。」

眼見伊耶暴怒，艾拉桑連忙湊過去安慰，但這番安慰的詞語實在說得很糟糕，大家都又無言又想笑，又不能真的笑出來。

這位爸爸你就這樣直接說出他很矮了啊？他如果真的誠實面對自我，就不會不許大家說出這個事實啦，你知道，就是越不想聽人說，大家越想拿這點攻擊他嘛，還有啊你說成這樣，如果他其實想留下來在房間裡自己穿著開心一下也沒這個臉留了耶。

「不用您說我也會扔掉！您不用再多嘴了！」

真的要丟掉了啊？枉費我一番心意，真是的。

這個時候，噗哈哈哈看了范統一眼。

「范統你這個愛做壞事的小人真是讓人不齒。」

什麼啊！你怎麼又知道了！我只是偶爾壞心一下這樣也不行嗎！

「接下來的禮物是范統的，代理侍，過來收你的禮物吧。」

「喔！」

輪到我了啊？我的禮物……這麼小包？到底會是什麼呢？

范統走過去拿起自己的禮物後，快速地將包裝紙拆開，然後又是一層包裝紙，這樣連拆了三層以後，他總覺得好像只有某個傢伙會玩這種無聊的包裝法。

而當裡面的東西露出來後，他忍不住在心裡罵了髒話。

痠痛貼布！居然是痠痛貼布！暉侍你這個王八蛋！

彷彿要印證他的猜想一樣，裡面露出一角的紙條被他抽出來後，上面熟悉漂亮的字跡也確實屬於修葉蘭沒錯。

『腰要顧好，後遺症什麼的是很可怕的，有了它你再也不必擔心閃到腰時該怎麼保養！不過如果貼布不夠療效需要人幫忙推一推治療的話，隨時聯絡我都歡迎。知名不具。』

說好不提閃到腰！不要再提閃到腰了啊！雖然好像很實用可是……可是——

「居然是酸痛貼布呢，閃到腰的時候多用用吧。」

綾侍瞥了一眼他拆開來的禮物後，不帶情感地這麼說。

「閃到腰的！恭喜你啊！這個禮物很棒耶！」

音侍則一副「你真幸運」的態度。

啊啊啊啊！我也不是一天到晚都在閃到腰的好嗎！

因為下一個被喊來收禮的恰巧就是修葉蘭，錯身而過時范統索性也往他的腰不輕不重地毆了一拳，修葉蘭挨打之後還是維持一貫的笑容，而他的禮物是一支看起來特別挑選過、價格應該不便宜的西式筆。

「咦？我本來以為我可能有點顧人怨，應該會收到表達惡意的禮物呢，沒想到卻收到了挺精緻的東西？」

我也覺得很訝異啊！會好好送你這種應該包含了心意在內的禮物的人到底是誰啊？你怎麼就沒收到爛禮物！我心裡不平衡！

這種匿名送禮的模式在沒有人跳出來承認的情況下有時確實不太好猜，不過，不追究送禮者的身分是規定，所以筆到底是誰送的，大家也只能自己猜猜看了。

「喔喔！小月！這個禮物是你的喔！來拆吧！」

接下來領禮物的人是月退，他的禮物是一本介紹世界各種奇異地點與習俗的書籍，不知道為什麼，拆開來以後他便陷入沉默，彷彿已經知道是誰送的一般。

當最後一個屬於違侍的禮物拆出來是貓飼料、也被他面帶羞恥地領走後，氣氛頓時有點怪怪的。

「那爾西的禮物呢？」

第一個說話的是月退，然後他也冷淡地看向璧柔。

「愛菲羅爾……」

「不、不是啊！我真的、應該有放進去啊！雖然我放在桌上看了很久想說要丟掉，但我後來還是放進去了，我也不知道為什麼會變成噗哈哈哈嘛！」

「欸？小柔，那張空白的籤妳不是說是多出來的嗎？」

音侍忽然開口這麼說，於是璧柔不解地看向他。

「什麼多出來的……那只是我還沒把名字寫上去，後來發現不見了，你不是說你幫我寫好了？所以我後來就放進去了啊？結果你寫的不是那爾西？」

「啊？我以為是多的所以就亂寫了，我不知道妳放進去了啊！」

總而言之就是……發生了一點小誤會，所以那爾西的籤，就這麼被寫了噗哈哈哈的名字放進去了。

哇，這到底是個什麼樣的誤會？可是你們這樣，那爾西的立場也太尷尬了吧？

范統覺得誤會雖然搞清楚是怎麼回事了，可是這並沒有讓氣氛變好。

「我抽到的時候就覺得很奇怪，原來我應該抽到的是那爾西才對嗎……」

月退的臉色看起來更陰鬱了，這種狀況下，沒有人敢接話。

你原本應該抽到那爾西……你那本書也是那爾西送的吧？你們這什麼宿命般的緊緊相纏啊，居然互相抽中……慢著，所以那本護髮編髮大全是你挑的？我到底該說什麼？

「本拂塵搞不懂你們在說什麼。反正本拂塵收了禮物然後應該要送禮的對象是那個體虛金毛？」

你要這麼理解也可以……等一下，你不是說他是好金毛嗎？什麼時候又變成體虛金毛了啊！

「是這樣有錯啦，可是你沒準備啊，你要送嗎？」

「本拂塵哪是隨便佔人便宜的拂塵，范統你拿三張空白符紙給我，你應該有吧。」

空白符紙我當然多得是啊，拿去。

噗哈哈哈接過符紙後，不知用什麼手法注入了符力與咒痕，接著便拿去要給那爾西了。

「體虛金毛你的禮物。注入符力以後扔出去就可以用了，護身、治療跟範圍咒殺。」

「……謝謝。」

那爾西你好像得到了很可怕的禮物？我應該沒有誤會吧？阿噗畫的符咒，感覺威力應該很恐怖？不過那個範圍咒殺是怎麼回事，範圍到底有多大！整個東方城你也可以說是範圍啊！那爾西你也是因為無話可說所以即使被叫體虛金毛也沒生氣嗎！

「噗哈哈哈還真好說話，那看起來是個不錯的禮物。是因為那爾西之前偶爾會幫忙洗拂塵的關係嗎？」

珞侍的眼神看起來有點羨慕，雖然他收到的是價值連城的寶貝，但他應該更喜歡威力強大的符咒。

「搞不好喔。那爾西根本有看到白色的東西不乾淨就想清洗的強迫症，聽說還會下意識拿自己的洗髮精來用，結果越用越走火入魔，洗好的時候也自我感覺不良好地不曉得自己到底在做什麼呢。」

暉侍你不要在那裡跟義弟聊親弟的八卦啦！你夠了喔！

發禮物的程序算是完整結束後，接著也該開飯了。每個人都按照規定帶了一樣食物來，至於有多少人是自己親手製作的，大家不去深究。

只是……大概所有的人都希望，音侍可以不要那麼有實驗精神地自己做菜。

「今年我挑戰的食物比較普通一點啦——是填料雞胸！」

所謂的填料雞胸，應該是在雞胸內加入一些醬料內餡來製作的料理，不過音侍端出來的根本是連頭跟爪子都還沒剁掉的整隻雞，鼓鼓的胸膛裡面到底填了哪些東西，根本沒有人想要知道。

音侍大人，您應該不可能在裡面塞什麼正常的食物吧？不，真的是可以吃的東西嗎？您要不要先說說看裡面都是些什麼？

「這是我的得意之作喔！我只烤了一次就成功了！你們誰要來吃吃看的？」

前年有過經驗以及稍微了解音侍人品的人，都不敢輕易嘗試，倒是艾拉桑起了點興趣。

「從來沒看過的料理手法呢！既然如此，那我……」

「您不准吃！」

艾拉桑才正要拿起餐具來，伊耶就鐵青著臉阻止了。

「伊耶，怎麼連爸爸要吃什麼你都要管？」

「吃了會死的！您這個原生居民安分一點，不要碰這種來路不明的食物！」

喂喂，矮子，難道新生居民就可以吃嗎？新生居民死了也沒關係所以就可以吃嗎？

「伊耶！你怎麼可以說出這麼失禮的話呢！音侍大人總不可能在大家要吃的食物裡下毒吧？」

不了解音侍腦袋的艾拉桑大驚失色地斥責了自己孝順的兒子，而就算這樣，伊耶還是不會放任他去吃的。

「他如果曉得什麼是下毒就好了！什麼大家要吃的食物，根本沒有人會吃！」

矮子你，精闢啊。你自己的爸爸，你自己看著辦吧。

「父親，那個，真的不要吃比較好。」

月退也說了句良心話，加入了勸阻的行列。於是音侍大受打擊地找璧柔訴苦了起來。

「小柔！為什麼會這樣呢！我的得意料理，他們居然說成那麼危險的東西！」

喔喔，璧柔，妳又要為愛犧牲奉獻了嗎？戀愛中的少女最偉大，妳就，吃了吧？

「音侍，我……我覺得……」

璧柔臉色為難地猶豫了半天，才狠下心微笑著說完下面的話。

「就讓料理維持這個樣子也不錯嘛？你的料理看起來是個藝術品，大家都不忍心破壞呢。」

哇連妳也不吃了嗎？吃過碎玻璃焗烤以後，果然再怎麼愛還是不會想再來一遍？

因為深知這道料理的危險性，最後填料雞胸就這樣被大家供起來不碰了。

在多數人都不是自己煮菜的情況下，今年的食物吃起來其實都還不錯，其中比較特別的大概就是月退一如之前般展現鬼神似的劍術，將每顆果實都切成幾百片的水果拼盤，以及修葉蘭煮出來的，范統的世界才有的料理。

范統自己帶的是沒什麼誠意在外面買的食物，當然也挑了自己愛吃的。就這樣在大家都吃得幾分飽之後，音侍又說要來玩遊戲。

「我有帶感應式的特製撲克牌耶！難得魔法劍衛都在這裡，你們一定要來玩一下啦！」

「撲克牌我知道，但感應式的撲克牌是什麼東西？」

雅梅碟表示了他的困惑，聽他這麼說，范統也有點驚奇。

原來西方城是有撲克牌的嗎！哪個新生居民帶過來的！既然有撲克牌，那麼你們的職稱是哪個皇帝的惡趣味啊！

「撲克牌嗎？我最擅長了，要玩當然沒問題。」

修葉蘭很乾脆地就答應了，奧吉薩也被拉來下海，璧柔當然是沒有意見的，看這種形勢，不想玩的伊耶也只能勉為其難地跟著玩了。

「為什麼我一定要跟你們玩這種東西啊……」

「那我幫你們發牌吧！一人五張！最輸的兩個要跳舞！」

「慢著，我可還沒有答應——」

「伊耶，難道你覺得你會最輸？」

「誰會最輸啊！」

西方城的鬼牌劍衛總是很好激，音侍發完牌，大家看了看自己手上的牌，神色都有點微妙。

「我同花順耶！」

璧柔這麼表示，亮出一副方塊的同花順牌組。

「我也是同花順。」

雅梅碟亮了牌，清一色的紅心。

「……」

奧吉薩亮牌後是跟璧柔一樣的同花順，但是都是黑桃。

「啊……就算我也是同花順，但梅花是最小的呢。」

修葉蘭露出了困擾的表情，這時候，伊耶把牌一摔。

「這什麼見鬼的感應式撲克牌！通通拿到鬼牌玩屁啊！哪來那麼多張鬼牌，根本作弊吧！」

「就……感應式撲克牌啊，所以要魔法劍衛玩才有趣啊。」

「一點也不有趣啊！」

旁邊觀戰的范統也對這撲克牌充滿了無言。

這到底是怎麼感應的？我覺得充滿了吐槽點啊？所以是拿到手上的瞬間才改變花色的嗎？這樣感應根本就不用玩了嘛！

「啊，反正你都拿到鬼牌，你最輸啦，然後阿修的牌最小，所以最輸的就是你們兩個，快點一起跳舞。」

「誰要跳什麼愚蠢的舞！我不玩了！」

我也覺得很愚蠢。身高差那麼多一起跳舞很吃力吧哈哈哈哈。

「雖然這擺明了就是會讓你輸的牌，但中計了又不認還真不像鬼牌劍衛的作風啊。」

修葉蘭涼涼地說得好像事不關己，於是伊耶又暴怒了。

「這種不公平的賭局誰會接受！」
「公平的賭局你也未必會贏啦，要是拿出薪水來賭搞不好會輸到脫褲。」
「你知不知道新生居民最大的好處就是可以殺掉啊！」
哇幾句話間就要發生血腥暴力的事件了嗎？暉侍你幹嘛逗他！說起來過年也不要兩國官員集體聚賭好嗎，這樣風氣不佳啦！
「大過年的為什麼要見血呢？雖然剛剛那局很亂七八糟又荒謬，但一笑置之不就能輕鬆以對了嗎？」
修葉蘭說著，也微笑著對伊耶伸出了手。
「來，跳舞吧？」
最後，伊耶大概抱持著一種「這支舞跳完我就不再跟這些人起鬨」的心情和修葉蘭以不斷故意踩對方腳的模式跳完了舞，接著奧吉薩跟雅梅碟也和伊耶一樣不想繼續玩這種無聊遊戲就跑到一旁休息去了，於是，音侍又接著去強迫其他人來一起玩文字接龍。
這種時候綾侍是不買帳的，違侍則不在音侍糾纏的範圍，因此文字接龍的參與者就變成了范統、月退、珞侍、璧柔跟修葉蘭。
「我有辦法玩吧！我有辦法玩這種遊戲！」
我是說我沒有辦法玩！我會說反話啊！是要接什麼喔！
「范統，放寬心，我可以幫你翻譯。」

不是這麼說的！為什麼寧可幫我翻譯也硬要抓我玩呢！還有音侍大人為什麼自己都不玩啊！

「有什麼規則嗎？」

「啊，也不需要什麼規則吧，我開頭以後你們就接下來好了，那就——希克艾斯！」

居然有人拿自己的名字來當文字接龍的開頭！音侍大人你知不知道你這樣很雷！

「斯文。」

珞侍很快就接了詞，按照座位，接下來是璧柔。

「那就文字吧！」

「嗯……字形？」

月退接完後，修葉蘭也很快地接了下去。

「形狀奇怪的食物有時候吃起來也有出乎意料的美味呢。」

這什……太長了吧！也太長了吧！哪有人這樣亂接的，所以你是要我用「呢」來接嗎！

「你這也太短了吧！而且這是要我怎麼接上去啊！」

「范統，文字接龍的玩法不就是竭盡所能地逼死下一個人嗎？一直和平地接下去只是沒完沒了而已，況且又沒有字數限制。」

話雖如此但你也不能逼死我啊！你怎麼可以！

「喔喔——怎麼樣，閃到腰的接不出來嗎——」

「同字不同音的話不可以嗎？」
「也可以啦。」
「那就呢喃吧！呢喃！」
既然范統接出來了，接著便繞回珞侍那裡繼續接。
「喃喃自語。」
「語氣。」
「氣話。」
「話說我今天從早上到晚上只吃了一個蛋喔。」
喔！喔喔喔喔！暉侍你這種接法真是太過分了啦！
「我覺得你根本就不是犯規吧！哪有人每次都接一句話然後用語氣詞要人接下去的！每次都這樣的話還玩什麼呢！」
「噢，范統，你也可以這樣子對你的下一個人啊？你不怕惹怒上司的話。」
下一個人是珞侍。還真的剛剛好就是頂頭上司。
他們的交談內容珞侍自然也都聽到了，於是他對范統微微一笑。
「你敢的話，來啊？」
……對不起，我……你們這對義兄弟不要夾殺我！是要逼我認輸就對了嗎！
事到如今，范統也只能在這種哀傷的遊戲環境下繼續玩下去了，三十分鐘的文字接龍玩下來，修葉蘭總共讓他輸了十次，於是他就這麼被判了結束之前要在大家面前唱十首歌的懲罰。

由於音侍跑去纏綾侍，修葉蘭去找那爾西說話，珞侍也去跟別人聊天，這邊的人基本上作鳥獸散，就只剩下月退和范統還坐在這裡。

「啊，范統，那個……」

這時候，月退好像忽然回神了一樣，匆匆忙忙拿出了一個高等邪咒的儲存器，接著便直接對范統施放。

「不好意思，我想說過年所以準備了那個可以暫時說話正常的邪咒要幫你施，結果一開始忘記了，拖到現在才……幸好還沒太晚，至少等一下唱歌就沒有問題了。」

這一次四萬串錢的邪咒，范統能再得到一次，自然有意外的驚喜。

「喔喔喔！太好了！又可以說出正常的話了啊！不過這個很貴耶，這樣……真的沒有關係嗎？他們都沒有意見？」

「我是跟我父親拿錢的，所以應該沒有問題。」

艾拉桑到底多有錢，范統已經沒有辦法去想像了。今晚好不容易有兩個人單獨相處的時候，他也就順帶關心了一下月退。

「月退，我覺得你今天好像有點悶悶不樂……最近還好嗎？為什麼好像心情不太好的樣子呢？」

被他問起這個問題，月退沉默了一下，才遲疑地回應。

「范統，我都不知道你想當官。成為東方城的代理侍這件事情……好像有點突然。」

「咦？這件事不是早就……你悶了這麼久才問嗎？等等，這件事會讓你心情不好嗎？」

「我只是……不能明白。」

月退藍色的眼睛裡，帶著一股茫然。

「就這麼失去做普通人的權利也沒有關係嗎？成為眾人矚目的焦點、不再平凡，再也沒有偷偷關注什麼事物的自由，沒有從零開始交往的朋友，所有人在見面相處之前，就已經對你有了成見，這樣，也沒有關係嗎？你是抱持著什麼樣的心情接受這個職務的呢？早知道我是否應該先拉你來西方城當官？但我也只是不想讓你為難。」

大概是因為他問出的問題有點沉重的關係，范統愣了愣，才帶著溫和的笑容，開口回答。

「我也想過這些事情。之所以會接受，應該是因為……我需要被認同吧？你看，你是西方城的皇帝，珞侍是東方城的國主，你們都是我的朋友，但我卻一直只是個閒混度日的普通新生居民，我覺得我們的距離會越來越遠的。」

聽他這麼說，月退略微睜大了眼睛，似乎有點難以接受。

「你是我的朋友，我從來不認為這件事需要什麼資格，也不覺得你有什麼義務讓其他人認同你能不能和我來往，朋友難道不是如此單純的關係嗎？」

「也許。但是世界並非如此單純嘛，只能陪你們喝茶吃飯聊天吐苦水的朋友、幫不上你們忙的朋友……我不想要一直這個樣子，畢竟我已經決定在這裡生活，將幻世當成自己的家了。」

范統說著，呼出一口氣，然後繼續說了下去。

「我希望可以抬頭挺胸地站在你們身邊，不管是什麼地方都可以跟著你們去，所以我還要再更努力一點。先不提什麼配得上你們的身分之類的事情啦，我只是覺得，這樣下去，你們好像要去遙遠到我無法觸及的地方了。如果接受了代理侍這個職位，至少有個努力的開始，這樣子不好嗎？」

月退說不出話來。他不明白現在的自己究竟是什麼樣的心情，良久，他才回了一句話。

「沒有什麼不好。我明白了，那麼就停止這個話題吧，希望你的工作也能順利，明天我們也一起去玄殿抽籤好嗎？」

「哈哈，好啊，不曉得今年又會抽到什麼籤呢……啊，不過，你西方城那邊明天難道沒有事情要做嗎？」

「沒有關係，反正他們也已經很習慣沒有我的時候該怎麼做了。」

在他這麼回答的時候，范統總覺得月退的話語中，有種他不知該怎麼解讀的情緒。

他們接著又聊了好一陣子。可以不講出反話的范統很開心地把握機會多多聊天，月退也聽得很開心。到差不多口渴想找水喝的時候，那邊音侍也過來喊人了。

「喂——閃到腰的，你想好要唱什麼歌了嗎？」

「范統，快過來準備吧，需不需要提供一些曲目給你挑選啊？」

「好啦好啦！我就來了！可惡，你們不要太得意，我現在已經可以好好唱歌了，唱個十首根本沒什麼問題！」

范統在跟月退說了一聲後，便起身朝那邊跑過去了。

坐在一樣的草坪上，眼前是一樣的星空，一樣的流星，但月退卻覺得自己沒有辦法許願。好像什麼都還一樣，卻已經有了許許多多的不同。

他想著，自己總是追求著停留在最美好的時候不要改變，卻又羨慕著別人的改變，恐懼自己的不變。

也許他身上確實也有什麼已經變了，只是最重要的那個部分，在這樣的變動中，卻依然不變。

「恩格萊爾。」

若說現在與兩年前有什麼不同，或許天羅炎陪在他身邊就是最大的不同了。

在天羅炎化身成人坐到他身邊後，他希望她就這樣陪伴他一陣子。但儘管感應到他的渴望，天羅炎還是帶著迷惘的神情，對著他問出問題。

「我感應到你的心依然想離去。你希望得到永恆的安寧。那麼為什麼你現在還是留在這裡，宛如因矛盾而痛苦呢？我的主人。」

他究竟有沒有希望過，有人來問問自己這個問題呢？

看看草地上閒適休息的大家，想著自己現在擁有的家人朋友、理應感受到的幸福……

他看向了他的劍，低聲地說話。

「我想就像作了十幾年的惡夢，好不容易終於有一個美夢一樣……」

聽著遠方傳來的笑鬧聲，他的微笑中，涵蓋著即便心靈相通也無法讓他的劍全然理解的痛與溫柔。

「也許是因為，捨不得吧。」

在少年的低語中，他的五感所感應到的一切，也終在他出神的思緒裡，回歸寂靜虛無。

〈晝夢〉完

✣ 自述——瑾廉

我已經許久不曾回憶過去。

許久不曾。

❀

『死違侍，我們要跟著櫻去決鬥了，綾侍叫你別去，你就待在這裡吧。』

『什麼叫做要我別去？你們全都要去吧？我是東方城五侍之一，女王陛下與人生死決鬥的場合，我怎麼可能自己躲起來不去！』

『啊，我們當然要去，不然櫻哪來的武器跟護甲啊？你也已經知道我們的身分了吧？反正老頭說你這個情緒過激的不要去啦，真的有什麼意外的話你又打不過。』

『打不過又如何！我寧可殉國也不要躲著！你們憑什麼決定我去不去，只有陛下才能命令我！』

『說你過激還真的過激，白白送死要做什麼？假如真的有什麼意外你要負責照顧小珞侍，大家都出事了，小珞侍要怎麼辦啊？』

『你不要詛咒陛下！也不要擋在門口！這和我去不去是兩回事，給我讓開！』

『啊，好凶啊，為你好還被你罵，果然是討厭的死違侍，算了算了，不跟你溝通了，就這樣吧。』

我在據理力爭中被音侍打昏，醒來之後，一切皆已成定局。

女王陛下戰敗身死。東方城不得不接受落月提出來的要求，屈辱地妥協。

而我也是到那時候才知道，東方城的女王陛下，原來……竟是新生居民。

❀

在東方城，原生居民的生活說不上很苦，但也好過不到哪裡去。

因為跟新生居民一樣可以領公家糧食，跟新生居民一樣可以免費入學，對家境窮苦的原生居民來說，待遇與新生居民唯一的不同，大概就是每個月十串錢的補貼了。

在東方城，原生居民孤兒十分常見，但我並非孤兒。每個國家在資源沒有龐大到能夠讓所有人豐衣足食的情況下，篩選人才出來培育便成了一個比較能有效利用資源的方法。

不被判定為可用人才的人，假設是清貧家庭或是孤兒，這輩子如果沒能自己努力上進，大概就只能過苦日子了。

我從來不覺得公家糧食難吃，因為那是我與我的家人賴以維生的食物，是女王陛下給予受到重點培育的人才以外的人的仁慈。食物只要能提供活下去的營養就已經足夠，對於女王陛下的德政，我向來只有感激。

我的父親早逝，家裡之所以經濟狀況不好，是因為我母親除了養我，還要養兩個跟我們沒有血緣關係的弟妹。

我的弟妹是母親在路上撿回來的，據說是無依無靠連住的地方都沒有，讓母親看了無法丟下來不管，才帶回家裡來。也因為母親雖有同情心卻忙不過來，所以我從小就很習慣照顧人。

對於弟弟與妹妹，我沒有什麼特別的想法。雖然是來分一口飯的陌生人，但他們比我還小，確實需要照顧。那時候我總想著在篩選人才的考試中獲得賞識，家裡的生活品質就會有保障得多。

當時我想參加的是武試，為此投入了許多時間，畢竟，雖然我喜歡讀書，但戰鬥上的實力比較容易獲得認同，也可以靠著提升流蘇階級來改善生活。

那是一生只有一次的機會。

但那個機會，輕而易舉地破滅了。

『瑾廉……你覺得怎麼樣？還好嗎？』

對原生居民來說，這就只是司空見慣、比較亂的地區都會發生的搶劫事件而已。

只是個層出不窮的小事件。帶著弟弟妹妹出門的時候，遇到了新生居民的搶匪，因為拿不出錢來就被打成重傷……

我知道這是常常發生的事情。很快的，我也體認到，這是討不回公道的事情。

有些人遇到這種事情，事後連犯人都找不到。傷害我們的犯人有被逮捕，但先不提賠償，他顯然一點悔意也沒有，張狂地表示自己早就死過一次了，來到幻世也無法回原本的世界復仇，那麼隨心所欲地過日子，哪天被抓了滅魂也沒有什麼。

當時在我的保護下，弟弟臉上留下了傷痕，妹妹身上的傷讓她常常痛醒哭泣，我則被打斷了手骨還受了必須躺床一個月的重傷，硬撐著參加考試，也無法正常發揮。

造成這一切的是那些心懷恨意、已經沒什麼可以失去的新生居民。那是根本不應該存在於這個世界，也不把自己當成這裡一分子的怨靈。

我沒有死，也沒有因而過著生不如死的生活，但活著的我們被早該去死的傢伙留下了不可磨滅的傷害，原先習武天資就不算出類拔萃的我，在受了重傷又無法妥善醫療的情況下，未來能夠有所進展的機會，就變得更低了。

我比過去更加變本加厲地磨練自己，不只修練也研究各類書籍。為了能夠在下一次遭遇任何意外時直接讓對方從這個世界上消失，也為了把握任何能接觸到權力的可能性。

我不想對現狀妥協。

我想否定一切的不可能，抹殺一切應該消失的事物，告訴自己一切仍完好如初。那場對我們而言十分不幸的意外，只是一件小事情而已，我的身體還好好的，我的未來依然有希望，我的家人也依然需要我的照顧，需要我為他們付出、需要我努力得到良好的成績，然後讓大家過更好的生活。

這不是我的一廂情願，事情就是這個樣子。那個時候的我不斷地洗腦自己，深深地如此相信，即便有人想敲破我的幻想，我依然沉浸其中，只想否定掉所有在我的認定中不和諧的人。直到現在，也是如此。

『大哥，母親最近似乎認識了一個叔叔，聽起來彼此有好感的樣子，說不定我們要有新爸爸了呢。』

在某天半夜讀書累了出來喝水時，小弟像是想找些話題跟我說話一樣，帶點生疏與緊張地開口。

我這才發現，我已經好久沒有好好跟他們聊過什麼話了。

『是這樣嗎？』

可以從認識發展到也許會結婚，我都不知道，足以見得我已經多久沒關心過家人的事情。

『有見過？是個什麼樣的人？』

我忽略了弟弟語氣中不太曉得怎麼跟我說話的緊張，淡淡地做出詢問。

『那個叔叔人還不錯，對我們很好，大哥你有機會也可以跟他見個面啊。』

『有機會再看看吧。』

儘管為了力爭上游，我疏忽了與家人的相處，但我一直都覺得時間是必要的犧牲，眼前最重要的事情就是提升自己的能力，那麼，特意空出時間來了解一個未來大概也不會跟我有什麼關係的繼父，本來就是沒有必要的事情。

我又過了一段只跟自己相處的日子後，某一天，母親終於說要帶她想要再婚的對象回來正式介紹給我們認識了。

所謂的介紹給我們認識，其實只是介紹給我一個人認識而已，因為弟弟跟妹妹早就已經知道這個人，也互動過一陣子。只有我與未來的繼父連一面都還沒見過。

母親帶著那個男人回來的時候，她什麼都還沒說，我就已經瞪大眼睛，露出了難以置信的神情。

那是個年約三十歲的男子，站在母親身邊比她還年輕一點。對我來說，他的年紀比母親大還是小並不是重點，重點是他身上的印記散發出的波長。

母親所選擇的再婚對象，是個新生居民。

接下來母親說了什麼，那個男人說了什麼，我幾乎都沒聽進去。

我不知道我是否臉色發白，但我知道我緊握的手在顫抖。那股難以置信轉為無法控制的憤怒，讓我遺忘了所有的禮節，指著那個男人怒吼。

『他是個新生居民！您怎麼可以選擇一個死人作為您的伴侶？明明是不該存在於這個世界的髒東西，您居然想讓他進來我們的家？』

母親或許沒料到我會有這麼激烈的反應，一時之間相當尷尬。不過，她並沒有因為這樣就說不出話來。

『瑾廉，他並不是傷害你們的那幾個新生居民，你應該為了剛才的話向他道歉。』

『道歉？我沒有說錯話為什麼要道歉？新生居民沒有一個好東西，全都是未來有可能被執念與怨恨吞噬的傢伙，根本不能信任！』

在這樣的狀況下，母親只能請那個男人先離開，以免讓他聽到更多失禮的話。

而在他離開之後，我們之間溝通的氣氛依然沒有好轉。我和母親大吵了一架，爭吵中因為情緒激動，漸漸的，我也不知道自己到底在吼什麼。

我不明白母親為什麼不在意他新生居民的身分，不明白母親為什麼不顧慮我的心情。我想扭正這錯誤的一切，也就是排除那個即將成為母親再婚對象的男人，但事情一點也沒有往我希望的方向扭轉的跡象，到最後，母親打了我一巴掌。

『新生居民與原生居民是截然不同的存在，我當然知道！我之所以希望他成為這個家的一分子，除了我們彼此的情感與承諾之外，也是因為他願意照顧這個家啊！』

母親說著說著就哭了起來，而我沒有辦法理解她為什麼哭泣。

『我只是希望你不要再那麼辛苦了……從今以後，不要那麼辛苦也沒有關係的……』

我沒有辦法理解她為什麼哭泣，然後也沒有辦法理解她為什麼會說出這樣的話。

為什麼要否定我為自己找到的目標、否定我的努力，否定……我呢？

我應該是正確的。我應該走在我所希望、也是家人所希望的道路上。但為什麼母親要我別再繼續下去，我的弟弟妹妹也毫不排斥地打算接納新生居民成為我們的繼父？

屢次衝突爭吵之下，與家人之間越來越僵硬的關係，終於讓我離開了從小生長的家。我依然持續朝著我原本的目標努力，卻再也不想看見他們。

我的努力是有意義的。

不需要別人來肯定我，只要我自己知道就好，我的執著不知何時已經轉化為一種理所當然的奉獻。我想要改變東方城，消滅所有心懷惡意的新生居民，我相信這是為了所有原生居民好，不只是我想要這麼做，也是大家需要我這麼做。

我通過了神王殿的徵選，正式得到了一個不大不小的職位，開始在神王殿任職。授印的時候我跟其他人一樣連頭都不敢抬，回到只有自己的住處後，我也只出神地餵養街上跟著我回來的小動物，沒有將這件事通知我的家人。

就任的事情我沒通知他們，我只是按時將錢寄回去。也許他們根本不需要也不一定，與我母親結婚的新生居民領的是紅色流蘇的月錢，他理當養得活那個家的所有人。

每天每天，我總是迫使自己不要去想他們的事情，久而久之，我也真的不會去想了。我的心裡只剩下如同使命一樣的目標，而在升等考試過後，我感覺到自己確實是走在正確的道路上，因為上天再一次肯定了我。

升等考試後的結果，一般都在決定升遷與否之後公告名單，再另外擇日於神王殿內進行職位調動的小型頒布儀式。

然而，與其他人不同，我被獨立出來，單獨被女王陛下召見。當在我心目中尊貴崇高的女王陛下走下來時，我跪伏著不敢抬頭，也不敢將眼神往上飄一點。

雖然考取神王殿的職務後，我常常有機會進出神王殿，但平日還是沒有什麼機會能見到女王陛下的。

過去我只能在特殊節日與典禮上遠遠地看著，現在卻是不同的，女王陛下就站在我面前，直接對我說話——那時的我，或許是因為太接近心目中的理想，腦袋裡只想著這些亂七八糟的事情。

『我看了你的試卷，了解過你的事。為什麼想要權力呢？回答我的問題。』

女王陛下清冷的聲音，讓我找回了自己的思緒。當下我只想得到一個答案，即是一直放在我心裡的那個答案。

『為了讓東方城變得更好！讓東方城的原生居民過更好的生活！我相信這是正確的事情，而我願意為了這個願景奉獻自己，為陛下所用，萬死不辭！』

緊張的情緒使得我只想盡快說完我想說的話，表明我的心志。而女王陛下聽完以後，輕聲地又問了我一句。

『你願意為了國家而死嗎？』

我給了肯定的答覆。對我來說，這是不需要猶豫的事情。

『那麼，你願意為我而死嗎？哪怕沒有任何理由？』

女王陛下的聲音，一瞬間有股刺骨的冷意。

其實我的試卷上就已經寫明了我的想法，我對新生居民的意見和我的升遷渴望都已經寫在上面了。

現在回想起來……那時就已經是新生居民的陛下，不知究竟是帶著什麼樣的神情問我那個問題的呢？

『這是身為您的臣子應做的事情，只要您這樣要求。』

在我回答完後，所能做的事情只有靜候女王陛下的回應。

等待的時間是漫長的，時間的流動彷彿因為我的心情而變得更加緩慢。不知過了多久，我終於等到了她的決定。

『想要權力嗎？』

我如同受到蠱惑般地抬頭，與女王陛下的視線相對時，幾乎忘了自己這個行為的不敬。

『那就來我的身邊，成為我的侍。沒有異議的話，你可以離開了。』

我並不了解女王陛下心裡做出了什麼樣的判斷，一下子大幅提升的地位，讓我先是恍神，而後狂喜。

女王陛下賞識我的才華。我一定能夠實現我的夢想，我的努力沒有白費……

那個時候我很想告訴別人這個好消息，卻發現身邊已經沒有任何一個我可以告知之後獲得真心祝賀的人。

回到我住的地方以後，那些養在家裡的毛毛生物一如我每天回來時，依然會到門口迎接我。牠們全心全意地相信我、歡迎我、接受我……就像是我曾經幻想的家人，應該要有的樣子。

我沒有做錯什麼，這也許只是，在我追求我理想的路途中，必然會有的考驗與寂寞罷了。我的理想，具體而言到底是什麼時候變成這個樣子的呢？

因為我很少回溯前塵往事，只記得傷痛所留下的憤恨，所以……回頭審視時，也就只能茫然吧。

我與我的家人形同斷絕往來，寄錢回去只是我盡義務的原則，儘管家裡有時也會有信寄來，但我為了不要想起他們、不要想起促使我離家的那些不愉快，寄來的信件我一向不是退回，就是拆都沒拆。

我成為了東方城的違侍。在得到女王陛下賜名的這個職位時，我就已經決定拋棄自己原本的名字，當作自己已經脫胎換骨地繼續過之後的日子。

東方城選出了新的侍，這是很大的消息，我相信即使我不通知，我的家人也會知道。上任後我致力於原生居民與新生居民相關規定的改制，只要將所有的心神投入工作，就可以不去想別的事情。

縱然國內的新生居民對我罵聲連連，我還是依循著我的意志進行這些應該要有人去做的事情。女王陛下沒有阻止我，這就代表我的成績是被認可的，我在審判之日宣判了一個又一個新生居民的罪刑，日復一日地，從中感受我活著的意義。

對於自己的職務，我感到驕傲。在一切的體制逐漸駕輕就熟的情況下，我覺得事情越來越上軌道。與同事互相看不順眼之類的事情，因為無法解決，所以也就這樣容忍著這樣一路摩擦過來了。

在我任職滿三年的時候發生了一件事，直到現在，只要想到這件事，我都仍心情複雜。

例行的審判之日，例行的開會，我原以為那天的事情也能按照例行的模式結束，但會前待審資料送到我手上時，我一瞬間錯愕了。

時間在我腦袋一團混亂的狀況下逐漸消失，等到上了開會桌，審理案子的程序正式展開，那股錯愕的情緒才轉化為憤怒——不知該朝何處發洩的憤怒。

『違侍，這個案子，你怎麼判？』

女王陛下將問題丟到我這裡來時，我無法明白這究竟是審視的眼光，還是其實不帶任何其他意思。

出席這場會議的除了女王陛下，還有音侍跟暉侍。當著他們的面，我看著文件檔案上白紙黑字「團隊狩獵中襲擊同區的原生居民，造成四死二傷」的記載，胸中的那股憤怒早已化為一種沉沉的冷意。

『這些人都該死！描述中的襲擊說明了他們骨子裡的惡念，膽敢在明知律法標準的情況下仗著人多殺害原生居民，就該讓他們知道這個世界不容許他們繼續活下去！』

一如每一個新生居民犯罪的案子，我說出了我心中的想法後，轉向了女王陛下。

『等待他們的唯一刑罰就是死刑！陛下，請裁示。』

我想起了昨日家人也給我寄了信，只是我一樣將之處理掉，沒有閱讀。

我想起了忙碌於公事時偶爾會感受到的寂寞，但我還是將這些話說了出口。

我覺得我也許再也無法回去那個家了。儘管我從來也沒想過要回去……

『啊，死違侍，你怎麼這麼狠毒啊？這裡面其中一個犯人不是你繼父嗎？』

聽完我說的話以後，音侍又大呼小叫了起來。被當面揭出這件事，我覺得十分不堪，立即狠狠瞪了他一眼。

『他只是凶殘的新生居民之一！跟我沒有任何關係！』

『什麼東西嘛，雖然你不是他生的，可是你怎麼能這麼輕易就讓他去死啊，殺了好幾個原生居民的確是有點該死沒錯，但你至少也猶豫一下啊！』

我跟音侍幾乎就要在女王陛下面前為了我提都不想提的繼父吵起來，但在我們繼續吵下去之前，被女王陛下制止了。

『暉侍，你呢？你怎麼看？』

被詢問到意見的暉侍笑了笑，回應得相當奇妙。

『噢，等綾侍回來再評斷好嗎？』

他這樣帶過女王陛下的詢問，分明是很沒禮貌的事情，女王陛下卻沒有斥責他，反而點了點頭，要我們先審理別的案子。

而他口中等一下會到的綾侍，過一會兒的確出現了。他補上了新的資料給我們，上面說明了現場的實際情況，包含那個身分是我繼父的男人雖然剛好在這個團體中，卻幫忙阻攔凶手，那兩名傷者才沒有死的事情。

『你為什麼會知道得這麼清楚？』

這些宛如親見的補充，讓我不得不質疑。

『我抽犯人的記憶來看的，你有意見嗎？』

綾侍這麼回答我的時候，我不知該做何反應。

身為東方城的侍，他其實沒有理由特地為了一個案子，親自跑去找地牢裡的犯人查案。之所以會這麼做的原因只有一個，就是他們發現了犯人之一是我的繼父，不能就這樣不明不白地判刑，至少也得弄清楚狀況。

這其實、或許是我該自己去做的。但我什麼都沒有做，只因為那個男人是新生居民，便認定文件上所言的罪惡他都有份，他們都是一樣的。

『啊，暉侍，幸好你有發現這個人是死違侍的家人嘛，要是沒查的話不就隨便被死違侍殺掉了嗎？你不是說你的意見等綾侍回來再看看？那你說吧？』

音侍這話讓我無從反駁，暉侍則微笑著回應。

『我想我的意見應該也不重要了，陛下，能否請違侍重新說說應該如何判決？』

女王陛下再次同意了他的話，於是我臉孔僵硬地維持將其他人求處死刑的判定，繼父的部分，我則以加入了這個團體的過失合併其他細小事項請求兩個月的勞役。

『還是判得比正常標準偏重啊，真是個一點也不可愛的兒子。』

綾侍對我提出的判決冷嘲熱諷，而我雖然想否定那層父子關係，卻也不想繼續在女王陛下面前失態。

鮮少回憶過去的我，每次不經意地回想起以前的事情時，總是……一再地心情複雜，也一再地不知該如何評斷。

新生居民是危險的。新生居民是個隨時可能爆發失控的活動危機，他們不應該存在。

但女王陛下呢？

在我心中，一直奉為最崇高的存在般地尊敬的女王陛下呢……

❀

『小柔，最近我發明了新招喔！』

『真的嗎？快用出來看看，如果很強的話說不定你可以去找天羅炎決鬥呢！』

『啊，沒事找個凶女人決鬥做什麼啊……』

『我看你從頭到尾也只會劍刃伸長縮短那招，什麼新招，實在讓人一點也不看好。』

『什麼！老頭你怎麼能這樣瞧不起我！我現在就用給你看看！』

自從沉月祭壇的事件過去後，因為東方城與落月決定互助合作的關係，那個據說是落月少帝的護甲的女人就常常跑到神王殿來，和音侍、綾侍做一些對人生沒有意義的事情。

反正他們都不是人，我也已經習慣了。雖然常常在神王殿內撞見，讓我不太愉快，但只要裝作沒看到然後快速走過去就沒有問題。

一般來說應該是這樣的……但他們今天居然在這種隨時可能有人走過的地方試什麼新招，在我看見珞侍正巧從另一邊走過來，思索我該走到什麼距離再行禮時，眼前光芒一現，忽然襲上身的劇痛讓我知道我受傷了，而我根本不曉得事情是怎麼發生的。

『呀！音侍，你砍到人了！』

『咦？怎麼會有人？居然是死違侍？』

我聽見那個女人的驚呼聲，心裡都還沒開始咒罵音侍這個盡惹麻煩的野人，臉色大變的珞侍就已經衝過來扶住我，二話不說割了點血進行治療，同時嚴厲地轉向音侍說話。

『音侍，你就不能小心一點嗎！』

在珞侍這樣唸過他一句後，他居然還好意思露出受到打擊的委屈表情。

『小珞侍凶我……！老頭，小珞侍居然為了死違侍凶我！』

『是你欠罵。他還沒死呢。』

因為王血治療的效果是立即的，那股疼痛的感覺消失得很快，我也恢復了精神，想站起來罵他兩句「不要因為你旁邊那兩個都是護甲就以為自己可以亂用招」之類的話，但我還沒罵，珞侍就沉著臉先說話了。

『神王殿內不准隨便動用武力！你們這樣玩鬧分明是很危險的事情！音侍，跟違侍道歉！』

『咦——咦——！要我跟他道歉？』

『做錯事情不用道歉嗎？』

珞侍問這句話的時候居然是看向綾侍，於是綾侍先表達了沒有制止音侍進行危險行為的歉意，接著便壓著音侍的後腦要他低頭。

『快道歉。誰叫你要砍到人？如果你砍到的是我就沒事了，但很遺憾，你砍中路過的違侍。』

『是啊，音侍！快點道歉吧！我會陪你一起道歉的！』

在這種情況下，音侍只能老實地和那個落月的護甲一起向我說對不起，珞侍這才沒再繼續盯著他——不過卻補了一句話。

『為了讓你反省，這個月的薪俸就扣除了。』

『啊！我都已經道歉了啊！怎麼這樣！』

『道歉只是基本，我已經做出決定，不必再多說。』

『怎麼辦！這個月又沒有薪水了！綾侍借我錢！』

『不要。去找你主人借，他不是說不管什麼事情都不嫌你嗎？』

因為音侍已經道歉了，我無法繼續追究這件事情，又不想繼續待在這裡聽他們沒營養的對話，當下便打算先行離去。

『陛下，十分感謝您的治療，沒事的話，臣先離開了。』

『你要回違侍閣嗎？』

『是的。』

『我剛好也有事找你，一起走吧。』

聞言，我臉上一僵。因為平時有事情都是我跑一趟其他地方，我的居處是不讓人進來的，養在房間裡的貓自然也放任著在裡面亂跑，讓人撞見發現，我實在不怎麼樂意。

『臣那邊沒有收拾過，如果有事情要談，不如去您那裡？』

我硬著頭皮這樣提議後，珞侍頓了一下，似乎有點遲疑，但還是接受了。

『好吧，我們走。』

珞侍所謂要找我談的事，當然也是一些和東方城息息相關的事。談到最後，他才帶點猶豫地提起一件事。

『有一件事我想應該提早告訴你，侍的位子已經空缺很久了，我打算任命范統接替，不過不是當新的侍，而是代理暉侍這個職位的半正式任命。』

因為我的腦袋構造不像白痴音侍那麼慘烈，珞侍所說的人是誰，我只稍微回想一下就知道是誰了。

知道是誰以後，我的臉色也變得很難看。

珞侍現在是東方城的國主，就算我看著他長大，也不能再用理所當然的態度斥訓他。即使他還是個過於年輕的王，仍在學習中，但他也已經不是當初那個無人理會、需要照顧的小孩子了。我沒辦法太過直白地說出我的想法與反對的態度，只能試圖委婉一點地和他溝通。

『陛下，讓新生居民成為侍，如此委以重任，並不妥當吧。』

『因為沒有前例，加上范統他也沒經過考試，所以我才安排成代理侍而非正式的侍啊。』

『但先不論新生居民本身的問題，新生居民在重生與壽命等條件上已經佔據了很大的優勢，原生居民應該牢牢將世界的控制權掌握在自己手中，如果讓新生居民逐漸佔居統治者的高位，對東方城來說，絕對不是好事。』

『西方城的皇帝都是新生居民了……』

『所以他們遲早有一天會自食惡果自取滅亡的，我們不能像他們一樣，陛下。』

儘管我說了這些，珞侍看起來還是不打算收回成命的樣子。

『完全不重用新生居民也不好吧？這也是我們重要的人力資源啊。』

說完這句話，珞侍忍不住又接了下去。

『已故的女王陛下、我的母親她也是新生居民，她守了國家這麼久的時間，難道這一切也只因為她的身分與後期的倦怠就該被抹滅嗎？』

關於女王陛下的事情，綾侍曾經以平靜的口吻跟我們大略說過一次。因為到現在我還是不知道該怎麼面對，我只能狼狽地閃避。

『即便不提新生居民的問題，只因是您的朋友，不經考試就能直接成為代理侍，也不是什麼妥當的事情，他必須真的有用！』

『他也許未必很有用，但他只要答應要做，就會很努力去做。』

這樣的交談讓我感到疲憊。因為堅持不會有效果，所以我沒再堅持下去。

『陛下既然已經有了決定，就照您的意思吧，臣還是一樣反對，但不會太過針對。您還有其他事情要商談嗎？』

『沒有了。不過，晚一點我可以過去你那裡嗎？』

『唔……您還有什麼事情需要過來？』

在我問完這個問題後，珞侍對著我露出微笑。

『我想看貓，等你收拾完讓我過去看看吧？』

這句話讓毫無心理準備的我愣在原地，等我驚懼地想否認我房裡有貓時，早已錯失最佳的反應時間了。

經過一番了解後，我才知道神王殿裡根本已經人人都曉得我養貓的事情，這種只有我不知道事情已經揭穿的感覺，親身體會後，實在難以言喻是什麼滋味。

其實繼父的案子那一次，不也是差不多的感覺嗎？

打從我當初離家，已經那麼多年過去了……

我告訴自己這不是因為懷念。只是因為不聞不問已經那麼久了，我還是有點在意的，所以……次日我便挑了個空檔，前往舊家的所在地附近一探究竟。

雖然已經很久沒回去，但舊家該怎麼走，我還是記得的。路途中隨著越來越接近目的地，我前進的步伐越遲疑。

見了面該說什麼呢？當初以那種決裂般的姿態離開，現在能有什麼好說的呢？

我心裡想著也許遠遠地看一眼就好，不用真的去敲門、走進那個讓我尷尬的環境，然後思索自己為什麼要讓自己陷入這樣的局面。

明明已經這樣決定了——然而在我看見舊家一副荒廢多年無人居住的模樣後，我還是忍不住內心的震驚快步上前，想了解這是怎麼回事。

寄出的錢都沒有被退回來，寄給我的信雖然因為我沒理會而不常出現，卻也偶爾會送到我桌上，所以不會是什麼糟糕的狀況……我在不明事情的情況下這樣對自己說話，試圖鎮定自己的情緒。

就在我思索是否該回去再調查的時候，我身後也響起了一個略帶遲疑的聲音。

『……大哥？』

我反射性地回過頭，然後就看見了我多年未見的小弟。

『真的是大哥？你是回來看我們的嗎？』

即使這麼多年被我忽視，已經是大人的小弟見到我，臉上依然露出了喜悅的表情。

我不曉得該怎麼跟他說話，只好先問眼前看到的這個問題。

『這房子……』

『噢，我們已經搬家好幾年了。』

小弟說完這句話後，便接著解釋。

『父親想讓大家住大一點的房子，錢存夠以後就搬了……不過因為怕大哥萬一來信卻沒收到，母親還是堅持留著房子呢。我們過幾天就會來收信看看，幸好有這麼做，今天不就碰到大哥了嗎？』

他說的每一句話，我都不知道該如何回應。之所以沒有辦法用泰然自若的態度跟他相處，不只因為我們已經很多年沒有見面，也因為不知該如何和帶著純然善意的他說話。

『大哥，我帶你到我們的新家去好嗎？』

『不，我只是剛好路過所以過來看看，該回去了。』

在小弟邀我一起回去見其他家人時，我總算找回了我的語言能力。不過，他沒有因為我的冷漠而退卻，反而更加積極地勸我回去。

『大家都很想你啊！只是回去一趟，不會花費多少時間的，母親看到你一定會很高興，就跟我回去嘛！』

幾番拉扯交談下，最後我妥協了。

究竟是在什麼時候，我開始學會妥協的呢？是否隨著年歲漸長，年少時的剛硬與盛氣凌人便逐漸消退？

有太多需要我珍惜，而我沒有好好珍惜的事物，因為拉不下臉就說服自己將後悔的感覺當成錯覺，一直這樣洗腦自己，然後這麼過到現在。

我跟著小弟回到了他們搬家後的新住處，小妹看到我一樣表露出驚喜，母親則在迎出來見到我時，整個人僵住後，多年來被我單方面斷絕來往的難受，就這麼化作淚水，奪眶而出。

儘管手足無措，但這是我逃避了那麼久之後必須自己面對的。不像他們有很多話想跟我說，我幾乎渾渾噩噩地想不起自己曾經想跟他們說些什麼。

我待了一整個下午，笨拙地向母親交代離家之後自己的生活，也得知了他們現在的生活狀況。因為時間而造成的生疏，在交談的過程中一點一滴地淡化，雖然很多事情我還是說不出口，但原先的緊張感，也已經好了許多。

母親說我寄回家的錢他們都沒有動，幫我存著，以後我娶妻成家時就用得到……

小妹謝謝我查清了繼父的案子，但那其實、根本不是我查的，我甚至還曾經覺得他們瞞著我去查然後觀察我的反應，多半背地裡還會恥笑我……

當小弟問我之後是不是會常常回來時，我再度發不出聲音。

其實不要回來比較好。

以我的行事作風，東方城內大概充滿了憎恨我的人，尤其是新生居民。不要被知道是我的家人，就比較不會被針對，所以我想……我還是不要常常在這裡出入，對他們來說會比較好的。

但是，我已經錯過了很多很多。母親的頭髮漸白，就像我在她不知道的時候有了許許多多的改變，她也在我看不到的時候慢慢老去。

傍晚時繼父回到了家裡。我從來沒有好好跟他說過一次話，而今天，基於各種理由，我難得地想跟他談談。

在聽到我想單獨跟他談話時，大家都十分訝異。由於不知道我想談什麼，母親顯得有點擔心，倒是繼父十分爽快，立即就同意了，於是我們一起到了後院，我也將內心想了解的問題，問了出口。

新生居民心裡，到底如何看待自己的死亡？

來到了異世界，在原來世界留下的恨與遺憾，造成的陰影到底該如何自處？

我盡可能表達了我的意思，希望他能理解我想問的是什麼，然後為我解答疑惑。我從來沒給他好臉色看過，卻在第一次與他和平對話，就想求助於他，這讓我覺得我很糟糕。

如果不是家庭的氣氛影響了我，平時的我大概做不出這種事情吧。

『所謂的影響，其實有一部分的人不會很嚴重啦。綾侍大人不是會為新生居民做記憶封印嗎？執念的部分，如果沒有太過深刻，封印起來就會像個新生的普通人……』

聽完我的問題，他嘆了口氣，便解釋了起來。

『沒有封印到的部分，或是沒有辦法藉由封印來使其遺忘的恨與遺憾……就靠自己的努力了。與自己的意志抗戰、控制自己不要被那樣的情緒主導，雖然是個痛苦的過程，卻不得不做，也每天都得面對呢。』

繼父接著又跟我說了一些話，一問一答間，我像是懂了，卻又難以真正明白。

屬於幻世、每天醒來就會接觸到生前的一切，卻又明確知道自己已經死亡的女王陛下……究竟該多麼堅強，才能抵禦心中的負面情感，使之不要崩潰決堤？

我在思索這些事情時心情是沉重的。雖然我沒繼續說話，他還是可以自己找出新的話題來跟我說，像是想讓我理解他與母親之間的感情似的，講著講著，甚至還講到了外表的問題。

『我本來有想去付費重生讓外表老一點的，但你媽她阻止我，說什麼浪費錢還沒有好處……我也只是希望我們在外人看起來像是一對夫婦嘛，但她卻說我維持這樣，她有種佔了便宜老牛吃嫩草的開心感，所以我就沒去更動我的外表年齡了。』

瞧他說著說著一臉幸福的模樣，盯著他這張看起來年紀跟我差不多的臉，我固然有點不是滋味，所能講出來的還是只有沒什麼用處的威脅。

『既然如此你就該慎選同伴，不要再被人拖下水，也不要犯罪！再有下次，我還是會判你死刑的！』

『好，我知道。說起來，我到底該喊你瑾廉，還是違侍大人呢？』

即便他一副很想要我認他為父的樣子，我卻只能低頭，無法回應他的期待。

『現在的我是東方城的違侍。我沒有家人，你們也別告訴別人我是你們的家人，會有麻煩。』

繼父他愣了愣，卻也沒有多說什麼。

無論是我會有麻煩還是他們會有麻煩，他或許都不樂見。如果他能夠明白，自然會處理。

『但是如果可以的話，你還是多多回來看看你的家人吧。』

『我會的。』

我不知道這句空泛的承諾有沒有機會實現。那天夜裡我終於告別了家人回到神王殿，而後覺得自己也許變得軟弱了。

我覺得自己變得軟弱，但珞侍卻不這麼覺得。他稱讚我處理事情變得柔軟了不少，說著說著，忽然間關心起我的家人。

『違侍，你最近工作是不是太勞累了？很久都沒有回家去看看了吧，不打算放個假嗎？』

對於他知道我之前回家過的事，我已經不會感到意外了。反正各種事情總有人會告訴他，況且這也沒什麼好瞞的，頂多只是如果要解釋為什麼這麼多年都不回家，會有點尷尬而已。

『感謝您的關心，公務為重，臣回不回去不要緊。』

『真的不要緊？』

珞侍雖然疑惑，卻也沒有管太多的意思。

『好吧，不過……違侍，如果有需要的時候，不要客氣。』

『什麼需要？』

這話讓我不太了解，於是珞侍便補充了一句。

『任何需要。不管是遭遇了什麼困難，甚至是你的家人需要王血救治，都記得不要客氣，直接告訴我。』

他像是想表達好意與關心，認真地對我這麼說。當初在我照顧還是幼童的他時，從沒想過有一天他也會想為我做些什麼。

許久不曾回憶過去的我，在解開了好幾個心中的結後，驀然覺得自己其實是幸運的。

或許未來我依舊會針對各式各樣的事情抱怨，但現在的我，難得地心境平和。

就這樣一路跌跌撞撞地摸索下去……

✣人物介紹（那爾西版）

白易仁：

誰？

莊晚高：

聽都沒聽說過，誰啊？

小紅：

……連續三個不知道是誰的人。我可不可以抗議一下，為什麼我一定要用修葉蘭排的順序來介紹？這到底跟我有什麼關係？

艾拉桑：

恩格萊爾的生父。對我來說，大概是個見面會尷尬的人，另外他也是伊耶的養父……此外應該沒什麼可提的了。

沉月：

雖然不想這麼說，但我認為她是造成這個世界不幸的根源。也許沒有新生居民的幻世無以為繼，但讓理應安息的人回歸塵土，生育率比不上死亡率的原生居民也這樣靜靜地走向滅亡，才是世界應有的慈悲吧。

天羅炎：

恩格萊爾的劍。或許她是最了解恩格萊爾在想什麼的人，但以我跟她之間的關係，相信她也不可能告訴我任何事情。

璧柔：

月袍愛菲羅爾。雖然她同時也是西方城的鑽石劍衛，但我覺得她實在沒有資格背負這個職稱。其實她連擔任護甲都是失職的，恩格萊爾怎麼就這樣縱容她呢？

硃砂：

我記得他好像是當初跟著恩格萊爾一起回來的人，但我對他不太有印象。最有印象的地方，大概就是他那離奇的性別。

米重：

東方城的新生居民。似乎也跟西方城的民間情報管道有所掛勾，常常從他那裡流通過來一些東方城的新聞，比如說……三萬秒什麼的……

焦巴：

虛空一區的魔獸，似乎是東方城的音侍抓了以後送給璧柔養的。因為這隻鳥實在太黑，而且是天生的黑，所以我也無法興起把牠刷白的念頭。另外牠好像很喜歡雪璐，不過雪璐根本不解風情，只會啾啾討吃的啊。話說回來，這鳥到底是公是母？

違侍：

東方城五侍之一。大概也是東方城五侍裡面比較認真做事的人。我聽說他很喜歡貓，不過這件事只讓我覺得，連我都聽說了，大概很多人都知道了吧……

伊耶：

西方城的鬼牌劍衛。雖然很多時候很煩又很粗魯，但總的來說應該是個好人。我想我應該是羨慕他的實力以及個性，甚至也有點羨慕家庭？不過再怎麼羨慕也不會是我的，就好像他嘴巴上不說，但我覺得他應該羨慕我的身高一樣。

雅梅碟：

西方城的紅心劍衛。坦白說我覺得他真的挺煩的，我真的不怎麼喜歡那種不用大腦盲從的感覺，他好歹也是個魔法劍衛，卻像個侍從一樣卑躬屈膝，就算是對我示好，我也一樣反感啊。

奧吉薩：

西方城的黑桃劍衛。不知道為什麼，很多時候他不說話我就會覺得他是在嘲笑我，而我罵他以後他沒有反應，對我來說也是認為我不值得理會而不是單純的縱容。他不像是我的朋友，卻也不像個忠實的部下，父兄什麼的就更不像了，這種關係，到底該怎麼形容呢……

綾侍：

東方城五侍之一，玄青千幻華。大概是另一種層面上我不想面對的人。儘管抽過我的記憶拿去看以後，他似乎很有道德地沒說出去，但那種抽取記憶時被迫重新回味一次的感覺，還是讓我看到他就胃痛。

恩格萊爾：

西方城皇帝。我不知道我們之間現在應該算是什麼關係，我只知道，如果世界上有哪個人可以不用任何理由就要我不做抵抗地讓他取走性命，那一定就是他了……

月退：

恩格萊爾成為新生居民後使用的名字。或許在看到他以新生居民之姿回來時，我的內心的確有一部分是喜悅的……儘管我再怎麼排斥沉月，那一瞬間，我依然感謝過，這也許其實是詛咒的奇蹟……

噗哈哈哈：

范統的武器，與沉月有很深的淵源。從許許多多的事件看來，我覺得他好像很單純……如果下次范統又把他忘在聖西羅宮沾到灰塵的話，我應該還是會拿去洗乾淨吧，再怎麼說他還是挽救了一個原本已經無可挽回的狀況，即便我覺得世界是應該順應自然毀滅的。

雪璐：

我養的鳥。雖然當初是被迫接受的禮物，但養著養著一方面覺得無可奈何，一方面也覺得好可愛。雖然好像不管誰手上有吃的，牠都會跟他親近，但牠最在乎的還是我，也認得我才是主人……希望不是因為我餵過牠最多食物的關係。

矽櫻：

前任東方城女王。如果新生居民的生命延續，最終剩下的仍舊是絕望，那麼我真的、不知該如何去面對恩格萊爾的將來。

珞侍：

東方城國主。似乎是因為修葉蘭的關係，我跟他有了微妙的聯繫與交情。又因為我害死過他，他卻既往不咎，導致我在他面前也有點抬不起頭來。最近他的個性變得越來越難應付了，我覺得很困擾，但要我學習他或者修葉蘭那種玩笑式調戲的說話方式，我又辦不到，真是糟糕。

音侍：

東方城五侍之一，月牙刃希克艾斯。我想他大概是第一個讓我知道武器如果腦殘，主人會有多慘的實例。修葉蘭為什麼可以這樣毫不在乎地容忍縱容自己的劍一直不在自己身邊還會跑來借錢呢？因為這件事情他實在太不值得同情，令人生氣，所以該扣薪水的時候我還是照扣。

暉侍：

修葉蘭過去在東方城的職稱。我全然不瞭解那個時候的他，只能藉由他不說真心話的信與我偶然產生的奇異夢境來猜測他的狀況。我的哥哥，在與我未能再度相見的情況下就已死去，儘管現在他回到了這個世界，但還是有些無法挽回的事情，已經沒有辦法改變。

那爾西：

我。現在的我，大概是拖著病體還債般活著的狀態吧。我不明白恩格萊爾的想法，他好像認為皇帝讓我當就好，但這是屬於他的位子，就算我曾經不甘過，那也已經是以前的事情了啊……

修葉蘭：

我那現在在當梅花劍衛的哥哥。如果不提我跟恩格萊爾之間難以釐清的部分，修葉蘭他就是我生命中最重要的人了。就算他總是把自己的事情擺在後面，總是不關心自己，還變成一個油嘴滑舌的糟糕人，但其實他依然是個無可挑剔的好哥哥。如果我可以當面對他說出這些話就好了，我只是希望他能夠幸福快樂，能夠不再受任何事情牽制，就這樣開心地過他的日子——就如他也希望我能做到的。

范統：

東方城的代理侍，幫過修葉蘭很多事情的人。我實在不知道該怎麼評論這個人，好像是個濫好人，然後又常常發生一些讓人不忍提起的事情，像是什麼閃到腰或三萬秒之類的事，簡直不知道該不該笑……我覺得修葉蘭跟他在一起的時候好像總是很開心，但跟我這個弟弟在一起的時候似乎就沒那麼開心，是我太小心眼了嗎？

你可以跟我相處，
理解我、包容我，
但是，
你不能跟我太好。
為什麼？
器化、擬態、共感……
最後，便會走向**毀滅**。

所以到這裡就好了。到此爲止吧，
我的主人。

知道我與你最大的差別是什麼嗎？
那爾西。
我與你最大的差別，
就是你是活的，
而我是死的。
你一定能明白，
也一定……
不能明白。

【愛藏版】
沉月之鑰
第一部・卷七

作者　水泉
插畫　竹官

2024 年 1 月 25 日 初版第 1 刷發行

發行人　台灣角川股份有限公司
總監　呂慧君
編輯　溫佩蓉
書衣設計　單宇
設計主編　許景舜
印務　李明修（主任）、張加恩（主任）、張凱棋

台灣角川

發行所　台灣角川股份有限公司
地址　104 台北市中山區松江路 223 號 3 樓
電話　(02) 2515-3000
傳 真　(02) 2515-0033
網址　http://www.kadokawa.com.tw
劃撥帳戶　台灣角川股份有限公司
劃撥帳號　19487412
法律顧問　有澤法律事務所
製版　尚騰印刷事業有限公司
ISBN　978-626-378-307-2

國家圖書館出版品預行編目 (CIP) 資料

沉月之鑰．第一部（愛藏版）/ 水泉作．--
初版．-- 臺北市：臺灣角川股份有限公司，
2024.01-
冊；　公分

ISBN 978-626-378-301-0（卷 1：平裝）. --
ISBN 978-626-378-302-7（卷 2：平裝）. --
ISBN 978-626-378-303-4（卷 3：平裝）. --
ISBN 978-626-378-304-1（卷 4：平裝）. --
ISBN 978-626-378-305-8（卷 5：平裝）. --
ISBN 978-626-378-306-5（卷 6：平裝）. --
ISBN 978-626-378-307-2（卷 7：平裝）. --
ISBN 978-626-378-308-9（卷 8：平裝）

863.57　　112017496